法之界·思无疆
黑骏马法学文丛

傅达林 著

法律人的乡愁

知识产权出版社
全国百佳图书出版单位
—北京—

图书在版编目（CIP）数据

法律人的乡愁/傅达林著. —北京：知识产权出版社，2021.2
ISBN 978-7-5130-7373-8

Ⅰ.①法… Ⅱ.①傅… Ⅲ.①随笔—作品集—中国—当代 Ⅳ.①I267.1

中国版本图书馆 CIP 数据核字（2020）第 272862 号

责任编辑：庞从容	责任校对：谷 洋
执行编辑：赵利肖	责任印制：刘译文

法律人的乡愁

傅达林 著

出版发行：知识产权出版社有限责任公司	网　　址：http://www.ipph.cn
社　　址：北京市海淀区气象路 50 号院	邮　　编：100081
责编电话：010-82000860 转 8726	责编邮箱：pangcongrong@163.com
发行电话：010-82000860 转 8101/8102	发行传真：010-82000893/82005070
印　　刷：三河市国英印务有限公司	经　　销：各大网上书店、新华书店及相关专业书店
开　　本：880mm×1230mm　1/32	印　　张：11.25
版　　次：2021 年 2 月第 1 版	印　　次：2021 年 2 月第 1 次印刷
字　　数：260 千字	定　　价：58.00 元
ISBN 978-7-5130-7373-8	

出版权专有　侵权必究
如有印装质量问题，本社负责调换。

在中国法律人的心底,始终纠结着一种浓烈的"乡愁",无论是在孔孟故纸堆中找寻现代启示性密码,还是从西域法治彼岸援引契合本土的文明基因,都凸显出法律人对理想秩序的怀想。

谨以此书献给那些在法治道路上焦虑奔波的人。

——傅达林

序

法律人需要一点诗性情怀

法律人需要一点诗性情怀

"法律人的乡愁",这样的书名读起来有些忧伤感,但又不失憧憬,这可能恰恰表达了转型时期中国一个特殊群体的心态:法律人究竟能够做什么?

转型时期是一个失序时期,旧秩序的坍塌,导致依附其上的各种寄生利益集团产生混乱;新秩序尚未建立,导致观望的人还不确信能否获得实惠。这种转型带来的是法治变革中的风险因素——社会的混乱及思想的混乱,甚至人人陷入霍布斯所说的"自然状态",自危之下人人率先考虑自己的利益,而罔顾改革的公共利益与社会共识。

在这个过程中,法律人应当成为最坚定的价值坚守者,成为最勇敢的制度革新者,也成为最理性的法治实践者。

综观人类法治百态,法律人的积极抱负向来是一种强劲的因素。他们为浮躁的社会倾注理性,为趋利的社群凝聚共识,为制度的框架浇灌正义,为秩序的生成播撒文明。他们是这样一群人:心怀理想而又脚踏实地,聚焦个案而又眼观全局,恪守理性而又满怀激情。

法律人是把人类的最高价值理想,嫁接到现实生活的人;是把理性刻板的文本格式,运用于鲜活实践的人;是把生死冲突的利益争夺,导引入平和轨道的人。

说到底,法律人需要一点诗性情怀,生存在法治转型时期的法律人更是如此。

是为序。

目录

序

法律人需要一点诗性情怀　　iii

第一辑　法律与生活

法律能当饭吃吗　　003

宪法：靠近你，温暖我　　006

"权利并不取决于德性"　　010

"枪是一种权利"　　013

停车费中的"权利空档"　　016

"远光灯"前的规则盲区　　019

守住私人交往的信任空间　　022

契约·规则·自由　　025

网络信息世界里的"鲁滨孙"　　028

不能以"应急思维"建设"应急法治"　　031

从"经济学思维"到"法治思维"　　034

优良的公民素养是法治的"底盘"　　038

i

第二辑　法治内与外

　　直面法治道路上的文化障碍　043
　　舒缓法治社会的"结构紧张"　046
　　法律运行中的不确定因素　050
　　义务的"权利语境"　053
　　从虚假广告看法治的"质量"　056
　　刺猬哲学与法治思维　058
　　法治的人性"互搏术"　061
　　方法论意义上的"法治"　066
　　小议法律信仰与法治信仰　069
　　宪法宣誓：让人民出场的规范仪式　071
　　让每个人都从法治中获得"红利"　074
　　法治精神如何弥合朴素的正义观　077
　　正义的边界会不会老　080

第三辑　言说法律人

　　士・贵族・法律人　085
　　法的门前不只是一道知识门槛　088
　　法律人的乡愁：一种秩序的怀想　091
　　小议法律人的思维品格　094
　　谁是史良　097
　　开学典礼上的法治精神　099
　　法律人需要一些"书生气"　102
　　自媒体时代法律人如何"说"法　105
　　理性需要暂时的沉默　108
　　砥砺法治需要更多"建设者"　111

第四辑　立法那些事

"立法依赖症"　117

"法律解释依赖症"　120

小议法律"通货膨胀"　123

立法那些事儿　126

新时代立法现象系列观察　130

"拔鹅毛"的技术　147

政府破产与廉价行政　150

法入"围城"深几许　153

餐桌上的"风险刑法"　156

"自首者的预期"与"指令下的法律"　162

治罪中的"折中主义"　168

别让守法者吃亏　175

第五辑　司法的力量

为什么要尊重司法　181

公共政策选择中的司法困境　184

司法的权威源自逻辑的力量　187

"有限正义"　190

从"机械正义"到"具体正义"　193

司法当以"精密"求"公正"　196

道德案件中的司法逻辑　199

闲话司法裁判　202

法官的名字与正义相连　214

死刑犯：我的权利谁做主　219

刑事司法是杯"温开水"　233

推开程序正义之门　239

第六辑　法文化联想

　　常识的力量　　247

　　一人一世界　　250

　　茶道与法理　　253

　　毛笔与软法　　256

　　鲁迅与法治　　259

　　乡约与祠堂　　262

　　法治构建中的乡土情结　　266

　　"门"的隐喻　　269

　　法到深处无善治　　272

　　交响乐中的宪法迷思　　275

　　青年与宪法　　278

　　女性与宪法　　281

　　中医之道与治理艺术　　284

　　参禅的境界与释法的视域　　287

　　学术如江湖　　290

第七辑　法治影视录

　　《战马》中的规则精神　　295

　　杀人安人，杀之可也?　　298

　　技术为下，尊严为上　　301

　　法海的执法困惑与自然法旨意　　305

　　改革容不下修仙的"孙区长"　　309

　　厨艺与审判的技艺　　312

　　韩剧里的司法智慧　　315

　　辩论是法治的重要品质　　317

　　枪与琴的秩序联想　　320

城市精神的法治底蕴　323
仁慈的法治　326
好莱坞电影中的宪法精神　329
《流浪地球》中的世界公民观　332
从《疯狂动物城》反思人类的动物权利观　335

后　记　339

第一辑

法律与生活

法律能当饭吃吗

法律能当饭吃吗？20 世纪 80 年代初的这一问，曾经让不少法科学子迷茫困惑，心中的正义理想与现实的饭碗问题似乎相隔甚远。然而时过境迁，同样的问题在今天已经变得不值一提。君不见，法律职业资格考试的旅途上，许多学子莫不是奔着法律这碗"饭"而去的，寄生于此的各类辅导教材和培训班，更是着实养活、养富了一大批人。俯首而视，法律正在成为许多人的"饭碗"。

一位高中的同窗，在充分汲取了七年法学教育的"养分"之后，便一直在某沿海城市"摸爬滚打"，从律所的小律师到外资企业的大顾问，法律知识的精湛运用成就了她的事业腾达，只是谈起大学里的法律理想和曾经代理过的案件中农民工的境遇，竟然一时陷入沉默。同样一位早已通过司法考试的大学同学，很多年前就十分确切地告知我他的人生规划：转业后进入检察院，然后再到法院干几年，最后辞职做律师。据他说，有了公检法经历的执业律师，吃法律这碗"饭"便更有"经验"。

由当初质疑"能当饭吃吗"，到今日更多的人选择"吃法律这碗饭"，甚至于还吃出了一些"门道"，这似乎是法律的荣幸。它至少说明，在我们这个人治传统深厚的国度，法律已从虚置的摆设变成了一种时尚的"消费品"。各种法律职业迅速崛起的背后，乃是法在社会生活中权威性的提升。

这首先要归因于改革开放，其不仅在崇尚个人权威的传统中国激活了法律的力量，同时也让经济话语沁入法律人的心里。人们从规则中看到了利益配置的巨大空间，窥探出法律本身所蕴含的"饭碗"价值。与20世纪80年代相比，今日的法科学子身上，少了些许"为了人类正义"的空洞理想，增添了几分"饭碗意识"。曾几何时，高考选择填报志愿，法律成为热门，这盖缘于法律这碗"饭"比较吃香。

我也被卷入了这股"吃法律饭"的风潮，但由于个人生来"目光短浅"，既不能像市场经济中的"弄潮儿"那样打拼出一个日进斗金的法律饭碗，也难以如名校教授那般做到"上课"和"打官司"两不误，所以自己在"象牙塔"中的这碗法律饭，吃起来总不及外面朋友的"香"。日子久了，自己还变得迂腐起来，常在别人口若悬河地说起代理亿万标的案件的时候，大煞风景地插上一些"公平正义"之类的冷话语，难免让朋友们对我生出几分"吃不到葡萄说葡萄酸"的猜忌。

然而，我索性迂腐起来，在把法律当饭吃的流行趋势中，硬是提出一个让人哽咽的话题：果真要将法律当饭吃吗？

在法学教育迅速进入大众化、功利化时代，法律的精神已逐渐被市场经济稀释得十分稀薄，法律工具主义日渐凸显。在"吃饭"的实用主义思维中，法律的正义目的逐渐隐退，附加其上的利益分配被单独抽出，成为一些原本是正义使者的人的"饭碗"。

例如，立法本是配置正义的事业，但在有些人眼中，则是赤裸裸的"分蛋糕"，在孰多孰少的利益分配中，成就自己的"金饭碗"。这叫"立法腐败"。

一些执法部门也在把法律当"饭"吃,对于有利可图的法律规定,多会严格执行甚至延伸执行,有时不惜同室操戈争起执法权来;而对于无利可图的法律规定,则往往束之高阁,许久不见一次执法,即便受害人举报投诉到了办公室门口,也懒得一问。如此,则法律庇护下的公民连基本的生命权都难以保障了。

司法人员的"饭"可能藏纳于自由裁量权之内,前些年相关的法律实务市场更是接纳了太多的功利性观念,在对法律的操持与运作之间,盘活了利益资源,而对于法律背后的精神旨趣,鲜有人去关注。

当然,也有一种把法律当饭吃,则是合理利用规则"得利"。曾认识一个学生,就喜欢在每年的"3·15"消费者权益日到来之前,到各大超市搜寻一些不符合法律标准的问题商品,购买后找商家索赔,居然屡试不爽。

在我看来,公民把法律当消费品并无大碍,甚至是激活法律、践行公正的义举;但如果公权力机关也把法律当消费品,则可能带来法律运行的偏差与误导。"饭碗理论"的过于盛行,在带来法律实用主义的同时,也可能让法律流为"麦当劳式的快餐",失去了其对于社会的深层营养价值。而终究有一日,当现世人把法律这碗饭吃完的时候,给子孙们剩下的或许只是正义的残骸。

法律能当饭吃吗?

真要把法律当饭吃吗?

宪法：靠近你，温暖我

冬日读《于丹〈论语〉心得》，我注意到作者对孔子的阐释与众不同："在我的心目中，孔子只有温度，没有色彩。"一个"只有温度"的孔子，在凛冽的寒冬不仅骤然拉近了读者心中的古今时空，而且激发了人们走近孔子、触摸历史的欲望。

对于研读法律的人来说，这样的文化阐释很容易让我联想到宪法。在一国的法治结构中，宪法的地位犹如孔子在中国传统文化中的地位；更重要的是，宪法同样是没有色彩的，只有温度。为人类谋求一种更为优良的生活方式，是宪法恒久不变的追求。靠近她，我们感知到的并不是三六九等的权利色差，而是其关怀人性、尊重人权的温暖体验。

那么，公众如何去靠近宪法、体验宪法的温暖呢？

2016年12月4日，在第3个国家宪法日，"五四宪法"历史资料陈列馆在浙江杭州开馆，美丽的西子湖畔展开了新中国宪法史上跨越时空的对话。

美国哈佛大学法学院劳伦斯·却伯（Laurence H. Tribe）教授说过："宪法是一个无穷无尽的、一个国家的世代人都参与对话的流动的语言。"（焦洪昌，《宪法学》）它是前代人留给后代人的宝贵遗产,是整个民族精神的流淌。所以在美国、日本等都创建有宪法中心或宪法纪念馆。

"五四宪法"历史资料陈列馆的设立,向公众打开了一扇宪法之门。通过参观和纪念活动,公众了解的不仅是宪法的历史和本民族追求自由民主的精神,更能体验到宪法对于人类自身的终极关怀,对于我们个体生存权利的尊重,从而让公众靠近宪法,让宪法温暖人生。毕竟,习惯"宏大叙事"的宪法在民众心中仍处于束之高阁的状态,我们触摸宪法"体温"的时机和场合仍然太少了。

在人类历史上,宪法总是伴随着人民对抗强权、争取权利的斗争而演化发展,随着一项项公民权利被写进宪法文本,又随着一项项公民权利走出文本而进入大众生活,宪法不仅完成了自身的"体温"设计,而且以终极光源般的体温温暖着法治道路上的人们。我们可以从更广的视野和更深的层面去反思我们的宪法机制,去创建公民触摸宪法、宪法温暖人生的制度渠道,让更多的人信赖宪法、亲近宪法,感受到"没有色彩的宪法"的光芒。

法律如人。一个人要想获得众人的亲近,就必须具备良好的品行和稳定的形象,品行不端者众人寡之,而面貌频变者也无法让人对其产生信赖感。同样的道理,一部法律要得到人民的信仰和亲近,首先必须在内容上获得人民的认可并保持相对的稳定,背离人民意愿的法律自然无法赢得民众信赖,但修改过于频繁也无助于法律威信的确立,朝令夕改的宪法不仅难以在民众心目中树立起必要的信誉,而且容易动摇国家法治的根基。

新中国成立以来,宪法几经磨难,内容的更迭甚至一度背离了人民的意志,使我们严重缺乏亲近宪法、信仰宪法的历史基因。1982 年宪法在很大程度上结束了这种状况,特别是经过修正后,内容上更加符合人民意愿。在这个多元的时代,公民对"只有温度的宪法"的期待是一部最具普适性的权利法典,如果权利的普遍性、至上性原则不强,就难以充分抑制政府克减人权、减免人权保障义务的倾向。而失去权利引力,宪法也就缺失了让人亲近的品格。所以,进一步健全公民基本权利体系,公众更能对宪法产生自然亲近感,更加感触到宪法输送的关怀与温暖。

亲近宪法的另一方面,在于她的被遵循、被实施。当法律规则平静地躺在精巧的法典文本中或厚厚的法律汇编中,当法律规定的内容被违背而无人捍卫时,法律就难免变成一张白纸。因此,宪法之美,绝非仅停留于文本设计上的权利分量,还体现在实施时的"最高效力"。内容设计得再好的宪法如果不进入公民生活的视野,不被人民当作维权的依仗,就无法发挥其至高效力,也无法实现对公民的关怀与庇护。

美国宪法曾遭遇过"沉睡于文本"的境况,其设立的总统弹劾制度,由于极少动用,美国人把它形容为"生了锈的大口径枪"。直到20世纪70年代初的"水门事件",才使得180多年前宪法设立的总统弹劾制度,显现出鲜活的生命和巨大的力量。显然,这种力量不仅蕴藏于总统弹劾制度的结构和程序及其立宪制度背景,而且蕴藏于运作这项制度的人们的所有行动。正如美国历史学家所指出的,"假如在关键的地点和时刻没有一个像欧文这样的参议员,一个像赛里卡这样的法官和一个像《华盛顿邮报》这样的报纸挺身而出的话,尼克松和他的僚属们可以渡过这一关"[J. 布卢姆等,《1980美国的历程》(下)]。

实施宪法的根本力量,在于民众。只有把公民亲近宪法和公民的权利保护结合起来,让公民能够走进宪法,走进新中国宪法的历史,激发出公民对宪法的内在热情,才能润物无声,将信仰宪法的基因"随风潜入"。制定良好的宪法只有得到良好的实施,在其他法律法规违背时能够及时审查并废止,在公民宪法权利受侵犯时能够寻求到保护,才能深入人心,赢得信仰。

1967年,时任国家主席的刘少奇在面对不公的非法待遇时,亦不忘手持宪法捍卫尊严;如今,宪法观念的勃兴促使更多的公民拿起宪法武器。宪法的价值和生命力就表现在,某一时刻人们按照宪法的要求和指引,庄严、正直地对付他人对宪法的挑战,汇聚力量和才智去捍卫宪法的尊严。

在《于丹〈论语〉心得》中,作者为我们讲述了一位连接多彩世界的灰色孔子;而在走过改革开放四十多年的一张张法治脸谱上,我们则看到了一幅靠近宪法、温暖人生的法治图景。套用易中天先生的话,对人类生活而言,宪法的主题始终是单纯的,单纯到没有色彩,没有时间和空间,只有温度。

"权利并不取决于德性"

不足四岁的女儿在看电视时,总喜欢问我:里面谁是好人、谁是坏人?看着她那稚嫩而略显认真的脸,我想到自己小的时候,何尝不是如此?就是在大人的世界里,看任何电视剧首先也得搞清楚谁是"好人"谁是"坏人",而只要是站在"好人"一边,任何评述的话语似乎都具有了正当性。

中国有着深厚的"德性文化",这种文化潜藏在一代又一代人的观念习惯当中。于是,不同时期的幼孩都从父辈那里学会了一种爱憎分明的两分法:这世界上的人无外乎"好人"与"坏人"两类,而德性被视作区分"好人"与"坏人"的唯一标准。如同我面对小女的提问,除了按照自己的标准告诉她剧中哪个是好人、哪个是坏人之外,几乎无法作出更多的解释。

简单而片面的思维延续到成年,将影响到整个一代人法治观念的塑造。比如:对待那些德性优善的"好人",如果不小心触犯了法律,我们总是想着执法能否"网开一面",以体现法律的人文关怀;而对待那些德性较差的所谓"坏人",情感施舍似乎比较"吝啬",不说是"一棒子打死",至少也期待着法律之剑能够"从重从快"予以惩处,心理上不大情愿赋予其公民权。由此,德性成为公民赋权的关键标尺,道德高的人自然权利满怀,道德低的人则可能远离权利,道德的价值很大程度上被视为权利的目的。

现实生活中,我就经常遇到一些读者的质问:你写文章怎么老是替"坏人"说话?尤其是那些体制内的"坏人",对其公民权利的伸张往往会招致民愤声讨,甚至遭到"写手""五毛党"之类的猜忌,写文章的人也一概被划到"坏人"的行列。当然,也不乏一些鞭笞贪官污吏的评论,会受到舆论的热捧,此时写文章的人就成为伸张正义的"英雄"。这种唐突的身份评价转变,有时让人深感德性文化中的舆论之神奇。

其实,在法治的审视下,无论"好人"还是"坏人",其最本质的属性是"人",那么就享有一些基本的权利,这些权利并不因为个人道德的缺陷而丧失。法治考虑的不是"好人"与"坏人"的差别,而是"人作为人"的权利。问题是,当我们阔步迈向法治彼岸的时候,国人的观念仍然滞留于传统的德性文化,"在道德上是人的人拥有人权,在道德上不是人的人不拥有人权",甚至衍生出"对坏人的好就是对好人的坏"之类的奇怪逻辑。所以,对于超市或大街上的小偷,我们可以动用公共武力想尽羞辱之策;对于所谓的"失足妇女",我们可以游街示众以"涤荡"社会污浊;对于尚未最终确定有罪的犯罪嫌疑人,我们可以召开公处大会"张扬正义"。

哈佛大学政治学教授茱迪·史珂拉在其著作《美国公民权:寻求接纳》中,有一句发人深省的话——"权利并不取决于德性",我以为是国人观念深层所极度缺失的一个法治常识。香港影视中,我们不难看到警察请嫌犯到警局"喝咖啡"的场景,被调查人员在接受盘问前不是面临一顿拳击棒喝,而是"喝点什么?茶还是咖啡?"这样的询问。这道看似多余的非法律程序,也能体现出执法者对人——哪怕是坏人的一种尊重。

一个国家的法治水准,往往不在于人们对"好人"权利的保护程度,而在于对"坏人"权利的认可立场。即便针对一个十恶不赦的杀人真凶,也需要给予法律上的正当程序性权利,让他获得律师辩护,让他真实享有"接受公正审判的权利"。因为只有保护了"坏人"自由权利的法律,才可以公平地保护每一个公民;只有保护了"坏人"自由权利的社会,才可以公正地保护每一个个体。

国学大师冯友兰先生曾提出"西方是智性文化,中国是德性文化",一语道破中西方在构建法治上的文化差异。现代法治对权利的审视,立足于科学理性的智性文化,这与偏重感性的德性文化的思维迥然不同。法律对待人的标准应该是理性的,保护坏人人权不等于保护坏人,更不等于倡导恶性。然而我们所极力捍卫的"好人"与"坏人"的区分标准,往往被人为地打上时代的、阶级的、集团的甚至个人的烙印,在对"坏人"的极尽败坏中,我们也容易遗失自身作为一个"好人"的资格。

因此,中国法治观念塑造之艰难,就在于如何改变人们单纯从道德价值角度进行立法、执法和司法的思维,确立起公民权利的智性文化。很显然,这样的文化工程不是法规制度的构建所能获致的。记得总有刚接触法律的人问我:律师应当为"坏人"辩护吗?我无法向他阐释法治的精神与规则,只能回问他:假如你是医生,你救不救躺在手术台上的"坏人"呢?

"枪是一种权利"

当今美国，最受关注也最受非议的法律话题，一个当属堕胎，另一个大概要算禁枪了。就美国人而言，枪不仅仅只是一个工具，更是一种权利。这种观念在二百余年的时间里虽不断被质疑，但依旧被最高司法部门所确认并保护。据说2020年年初疫情来袭，美国民众往家里囤的不是粮食，而是枪。

长期以来，无论是立法还是司法层面，美国政府对待枪支有一种复杂的态度。尽管不断发生的枪击案令民众错愕，但持枪的自由总体上在美国丝毫未被撼动。这背后的原因，既有强大的枪支产业深刻影响着的美国公共政策，也有宪法解释与适用的严格机制，还暗藏着美国深厚的文化观念和法律传统。

我们或许疑惑，美国人为什么如此钟爱枪？难道是天性崇尚暴力吗？其实相反，美国人视枪如生命般重要，恰是为了抵抗暴力。早在独立战争时，争取自由的美国人就懂得"枪杆子里出政权"，公民持枪是对抗暴政、捍卫公民权的最后依仗。1776年7月4日，《独立宣言》即宣称："当追逐同一目标的一连串滥用职权和强取豪夺发生，证明政府企图把人民置于专制统治之下时，那么人民就有权利，也有义务推翻这个政府。"用鲜血换来自由的建国先驱们深刻认识到"人民有推翻暴政的自由"之重要性。而没枪怎么推翻暴政？所以在随后的宪法修正案中，专门规定"人民持有和携带武器的权利不受侵犯"。

时过境迁，今天的美国政府虽到处标榜民主自由，但美国人对政府暴政的天然防备心理并没有改变，"防官如防贼，防权如防火，防权力滥用如防洪水"的宪法精神没有改变，保证人民持枪权利的法律也没有改变。所以，在美国人的骨子里，认同"枪是一种权利"，而只有保障公民持枪的权利，才能避免政府和军警垄断使用暴力的特权，才能有效防止少数人用枪杆子搞专制统治。

然而，美国人对持枪权利的维护，却是以无数次流血事件为代价的。在屡屡发生枪击案之后，美国人仍然不想"亡羊补牢"，禁枪的立法总是陷入困境，其中还有一个重要原因，就是美国人对"老祖宗"制定的宪法无比敬畏。

近年来，在枪支问题变得突出之后，支持和反对枪支管制的两派人士开始就修正案的诠释展开激烈争论。支持者认为，200多年前制定的宪法修正案早已"过时"，依据法院的历次裁决，政府有权对枪支加以管制；反对者则始终依托修正案，反对任何的枪支管制措施。第二修正案成为美国枪支管制立法中无法绕过的"栅栏"，不少次关于枪支立法的讨论最终在第二修正案的争论声中陷入僵局。而要想对这条修正案进行改动，就必须获得大多数州的同意，这似乎更加困难，因为美国的50个州中，44个州的宪法都有明确保护公民持枪权利的条款。所以，政府只能再三呼吁为枪支管制"立法"，而对于彻底禁枪，由于第二修正案的存在，政府不敢"越雷池一步"。

美国是世界上第一个也是至今唯一一个公民普遍有持枪权利的国家，立法上的态度除了受到宪法及以宪法解释者身份自居的最高法院的左右，更深层面还源于其独特的"枪文化"和政治背景。枪最能体现美国人野性、刚强、独立不羁的个性，枪支之于美国，犹如汉堡之于美国、热狗之于美国、摇滚之于美国，是美国文化中不可或缺的一部分。尽管多数民众支持枪支管制，但也不愿严格到欧洲那种程度，更不愿放弃个人拥有枪支的权利。

与此同时，深层次的党派分歧和利益集团，也时刻在影响着政治力量以及立法过程。由于利益集团的介入，美国两党在枪支问题上采取了截然不同的政治立场，不同的政见直接影响美国的立法更迭，看似分配权利的正义立法，其实也是政治力量妥协的产物。这也提示我们，在法律移植的风尚之中，如果不详加考察域外的深层文化和政治背景，贸然引进法律经验就极可能"水土不服"。

停车费中的"权利空档"

"此路是我开,此树是我栽,要想此路过,留下买路财。"拿这句话形容当下一些停车黑收费现象并不为过。公共属性的道路,停车费却进了一些私人的腰包,这里面的公民权利困境大可值得深究。

一个周末,我和家人到一建材城购买家具,由于停车场没车位,就将车停在路边。虽然明知收费的人并无资质,但妻子害怕车子被划,还是先行交付了3元钱。回来后,收费的人称超时需要补交6元,于是我们和她理论起来,问其收费的许可文件和收费凭据。让人意想不到的是,既不着规定的统一服装,也不能出具任何依据的收费员,称这条道路是其村子出钱修的,所以收费是村子的集体行为,且摆出一副纠缠不休的样子,挡在车前不让走。

相信类似的场景很多人都碰到过,一般也就抱着"多一事不如少一事"的心理,为几块钱犯不上较真。殊不知,这样的迁就与容忍,等同于将自己的权利拱手相让。人人如此,公民权利在整体上便面临失陷的极大危险。我和妻子都是学法律出身,不甘心就这样被巧取豪夺,于是首先打110报警,随后拨打机动车停放收费投诉电话。见我们如此较真,收费员气急败坏地让我们走了,其泼态着实让人深感进了"法外丛林"之境。

有的时候，维权就像逆水行舟，不进则退，忍让与迁就是公民权利的大敌。大凡黑收费的人，多"拣软柿子捏"，早已摸准了车主的种种心理。或蛮横或威胁或博取同情，一旦在一些车主身上屡试不爽，便纵容其巧取豪夺的心思与胆量。如若人人都能与其较起真来，令其每一块钱都收得极其困难，我相信黑收费现象自然会销声匿迹。可见，在维权的拉锯战中，造成权利空档的首要原因，在于公民的自我放弃。

黑收费之所以猖獗，还可能存在另一种原因，就是其背后有"后台"，或是摸清了执法不作为的"规律"。近年来，经常在媒体上看到所在城市执法部门整治停车乱收费的新闻，我查询到这次的黑收费早就被电视台曝光过，缘何如同拦路抢劫的非法行为，却一直能够在整治中存在下去？我们事后维权的经历说明，这与执法的不作为存在极大关联。在回家的路上，我们继续拨打投诉电话，接线员非常确定地告知这是黑收费，且之前有人投诉过，但需要我们直接向执法机关反映。我不明白，公布明明白白的可以处理违规收费的投诉电话，为什么在解决具体问题时就一推三六九，而当我们真去找执法部门的时候，则是电话没人接或推诿应付。

更有甚者，一些黑收费本身就有执法部门的默认与庇护，而执法者获得的相应报酬，则是从停车费中分一杯羹。于是，车主成了"唐僧肉"，宪法上保护的公民合法财产权被违法者与执法者私下瓜分。加之一些执法部门"睁一只眼闭一只眼"，权利被侵犯的人权衡利弊得失之后，如何有勇气去为几块钱较真呢？作为纳税人，公民在自身权利受到侵犯后，理当得到执法部门的救济与保护，而行政执法的断档，无疑容易造成公民权利普遍失陷的境遇。

其实，即便那些形式上合法的停车收费，也存在极大的权利保护真空。收费的正当性根据，在于"取之于民，用之于民"。然而现实中，政府部门每年究竟收了多少停车费，这一大笔收入如何在收费员和执法者之间分配，钱最终都花在了哪些地方，几乎全是糊涂账。从公民口袋里掏钱，却并不告知这些钱用到了什么地方，信息公开和公民监督的缺失，不仅造就了很大的腐败空间，豢养出一个个寄生于私权利的群体，同时也为公民权利添附上更大的负担：一方面我们缴纳的停车费越来越贵，另一方面我们却依然找不到停车位。

几块钱的停车费，看似无关紧要的小事，实质上折射出诸多公民权利空档的境况现实与发生逻辑，凸显的乃是公民对于自身权利的认知心态，以及执法部门对公民权利的重视程度。普通民众或许不会细想，权利一点点被蚕食的最终结果，是整个权利大厦的坍塌。

因此，填上公民权利的空档，最终还必须依靠公民自身的觉醒。只有人人奋起反抗，每一次都能不怕麻烦地对抗不义行为，法治社会的正能量才能敌过负能量，我们的权利才不会面临失陷的危险。

"远光灯"前的规则盲区

开夜车的人多有这样的体会：迎面而来的汽车，打着最刺眼的远光灯，在模糊你视线的同时，也传递出一种令人恼怒的霸道做派。在我的亲身经历中，这种不当开启远光灯的做法，经常见之于城市的霓虹灯大街上；相反，在漆黑的农村小道上，人们会车时多会将远光灯改为近光灯。这难道真是"礼失而求诸野"（班固，《汉书·艺文志·诸子略》）？

其实不然。权利源于需求，在车水马龙的城市大街上，夜晚虽然有灯光，但是过往车辆频繁交错，彼此的车灯会带来相互干扰，因而将自己的车灯调得最亮、最刺眼，才能在竞争性的权利运行中让自己赢得便利。而在农村小道上，几乎没有这种"竞争性权利"的干扰，会车时改为近光灯才是"利人利己"。由此观之，不当开启"远光灯"的现象，产生于彼此权利的竞争性便利中，其所透射出的恰是一种权利不当行使的规则盲区。

按照道路交规，城市街道上行驶的车辆，应保持使用近光灯的状态，这是降低权利互耗、避免交通意外的最佳规则。而这种规则之所以被打破，直接源于一些人对自己权利的过度主张和行使。说到极致，这是一种权利"霸权主义"，在原本拥挤的权利通道上，将自己的权利资源用到极致,而罔顾他人权利的存在。这种现象若任由其发展,要么是整体提高社会的权利运行成本,要么造成"力量决定权利"的结果,原本平等的权利在实际运行中视个体实力而变成三六九等。

法治社会,权利的行使应当确立不入侵他人权利的边界意识,恪守为他人行使权利提供便利的规则精神。伴随着市场经济的发展,人们的权利意识急速提升,可与这种权利生长相适应的规则意识却并不发达。如果将车辆夜行开灯视作一种权利,那么城市大街上汇聚的是一幅权利彼此交错的图景。只有每个人都恪守权利的边界,按照规则行使属于自己的权利,才能减少权利的冲突,避免权利演变为"丛林法则"下的无序竞夺。

在公众视野中,"远光灯"之所以刺眼,是因为它只追求车主自己个人的权利,而忽略了与人方便的行使权利的规则。"远光灯"的不当投射,实质是一种权利过度滥用、无序竞争的表征,其带来的不光是对面车辆权利的克减甚或无效,而且可能造成整个权利运行陷入失范的状态。要避免这样的后果,必须在公民内心确立起权利的规则意识,让权利与德性相关联,养成优良的权利行使习惯。

一般而言,对权利过度主张或滥用的现象,执法部门负有矫正之责。权利是法定的,法律规范也为权利行使划定了边界、设定了要求,只要违反权利行使所应负的义务规范,就理当受到执法的处理。但是限于客观原因,执法部门对于权利的不当行使很难精准矫正,倘若缺乏另一方权利人的诉争,类似不当开启"远光灯"这样的违规行为就很难得到有效治理。

因而,从法治构建的角度看,要形成权利正当行使的法治秩序,还必须着眼于法治社会的生成规律,通过综合施策塑造全社会的权利规则意识。尤其是在迈向法治社会的过程中,应当警惕一种脱离社会义务和公共道德的片面权利观，将自己的权利视作高于其他人权利的权利。成熟的法治社会里，我们作为权利的享有者，最终应当学会这样一个道理：对其他同样拥有此类权利的人，我们彼此负有一种"社会义务"，正是它构成了立法对权利进行规范和限制的正当性基础。

守住私人交往的信任空间

不知从何时开始，上幼儿园的女儿喜欢和别人之间拥有"小秘密"。如果和妈妈分享的"秘密"被泄露给了爸爸，她会很不高兴甚至伤心得哭了。在成人眼中视若儿戏的"秘密"，在孩子幼小的世界里却具有非同寻常的意义。最近我才明白，这种意义就是人类自小便开始珍视的私人信任空间。妈妈将母女间的秘密外泄，对女儿而言乃是破坏了她和妈妈之间的信任关系。而校园中，小孩私人间的"秘密"被出卖，往往是朋友关系恶化的重要导火线。

这让我联想到前不久热炒的一桩拍卖公案。自从钱钟书私密书信传出将被拍卖后，收藏界、文学界乃至法律界都发生强烈"地震"，争议的"战火"甚至燃烧到互联网。引发争议的这批信件，主体是钱钟书20世纪80年代与时任香港《广角镜》杂志社总编辑李国强的书信往来，据说涉及不少对历史和学人的评判。"不能公开说"的话却要被公开，钱钟书的夫人杨绛对此严词反对，法学家们甚至专门为此召开研讨会，让这桩拍卖变得更加意味深长。

现代社会，争议与冲突最终多走向法律上的评判。对于名人私信的拍卖行为是否违法，虽然相关拍卖法规并没有作出直接明确的规定，但很多法律专家为我们提供了确定性的法律意见：私人信件涉及作者的隐私权、著作权等多种合法权益，未经作者同意，拍卖私人信件严重侵害作者及他人的隐私权和著作权，应当依法禁止。问题是，这种在法律专业人士眼中实属违法的拍卖，缘何在实践中却被视作"并不违法"而大行其道呢？这似乎戳到了我国拍卖法律规范的模糊之处，也凸显了拍卖实践对于《侵权责任法》《著作权法》等其他领域法律规范的选择性忽略。不过在我看来，法律界之所以以保护隐私权为主要诉由，反对拍卖未经许可的私人信件，不仅仅是为了主张民事法律在拍卖领域的普遍适用，更源于对法律评价背后价值性论题的关注与忧虑。

如同小孩间制造的"小秘密"，书信是私谈、私话、私人交往的载体，尤其亲密朋友间的私信，更是彼此情感沟通与信任通达的桥梁。私人信件的这种特殊属性，决定了无论信中谈论的话题是否涉及第三人或当事人隐私，都蕴含了发信人对收信人的个人信赖，彼此之间早已形成了一种信任契约关系。在这种信任契约中，写信人并没有授权收信人日后公开信件内容的意图，否则他完全可以选择以公开信的方式交往；而收信人则在伦理上具有尊重写信人意愿、不单方面将私信公开的义务。这种私密空间的伦理价值，如同孩子心中对朋友间保护秘密一样，必须受到尊重和保护。因而，虽然收信人对信件享有所有权，但并不能随意处分这些信件。如果未经写信人同意而单方面将私信公开，不仅伤害到发信人对自己的信赖，违背了彼此间的信任契约，而且破坏了正常人际交往的伦理秩序。

可见，拍卖私信的重点不是公众知情权与名人隐私权的平衡问题，而是私人空间伦理与市场交易自由的冲突，是人际关系道德与市场经济利益的较量。我们评判拍卖私信行为是否正当的基准，不仅只看信件内容是否具备公开的公共价值，更要看是否征得当事人的同意。本案已曝光的信件中，钱钟书已写明不想对外界表露自己对他人的看法，杨绛先生的信也在被拍之列，她本人也已表示反对。在这种情况下，以违背写信人意愿的方式坚持拍卖，剥去表面上追求学术价值的外衣，剩下的只能是赤裸裸的市场交易利益，以及之前私信架构起的信任关系与人情伦理的分崩离析。

理解了这一点，就不难理解杨绛严词反对的公共价值。其实不独拍卖领域，在接受采访、撰写回忆录等出版领域，名人私信内容被单方面公开的事件也并不鲜见。如张爱玲私人信件的大量公布，就曝光了一个晚年生活窘迫的张爱玲，令张迷们深感痛心。诸如此类的私信公开，也多是在说出真相、传播价值、艺术交流等漂亮借口下做出的。在这种忽略人的尊重、信任、伦理价值的市场行为导向中，受害的往往不是张爱玲、钱钟书、杨绛等个人，而是我们每个人。其对私人空间秩序的破坏、对人际关系伦理的解构，有时甚至是有致命危险的。久而久之会让人们陷入"潜伏"境遇，相互间不敢坦诚交心，失去基本的尊重与信任，甚至将人心导向不尊重、无契约的狭隘境地，摧毁人与人之间的信赖关系。

商人的眼中只有利益，立法者的眼里则必须有更重要的价值。面对复杂的利益冲突，伟大的立法者必须超越羁绊，始终追随人类那些须臾不可放弃的重要价值。与信件所有者的私利相比，与拍卖所能实现的市场自由和学术价值相比，保护人的情感和伦理，守住私人交往的信任空间，远比法律模糊时拓展市场交易自由的公共价值重要得多，这也理当成为法律审视名人私信拍卖背后价值冲突的基点。人和人之间是需要一点"秘密"的，守住私人交往的私密空间，我们才能守住彼此间的信任，守住我们未来的生活方向。

契约·规则·自由

我在一篇评论中看到这样的消息：在智利圣何塞铜矿被困矿工即将升井时，33名矿工清楚等待他们的将是怎样的一份荣耀和报酬，可贵的是，当他们知道井下经历已成为媒体重金索求的新闻后，为防止个人利用这些集体故事获利，他们在井下通过一名律师共同签署了一份法律合同，拒绝了国家电视台采访和拍摄纪录片的邀请，约定获救后一起出书，共同分享收益。

这是一份让人内心久难平静的合同。据称，当地电视台向每位矿工开出了25万英镑的价格，希望买断各人的独家故事，但矿工们拒绝了。33位订立者在生命重生的险要关口，不是思量着如何"让领导先走"，更非思忖着自己的一己之利，而是以绝无仅有的公平理念，书写出一种可歌可泣的契约精神！当我们沉浸于获救者与总统拥抱的画面，回忆着生命重生的感动时，是否想过：那签订于地下700多米深的一纸契约，究竟蕴含了多少人类孜孜以求的价值关怀？

或许，有人从中读到了智利人无比理性的现实主义。但毋庸置疑，这种事关利益分配的现实主义，是确立在充分尊重他人权利、极度追求公平正义的基础上。因为有了这份契约，就能防止个别人借机大发横财，确保每个人都能从共同体的灾难中获得同等的收益，即使那些不善言辞的矿工，也不会因为个人的能力或媒介的偏好而失去获利的机会。对33位矿工而言，当共同的灾难成为一笔共同的财富时，他们选择了以契约的方式来公平分配。

由此，我联想到了规则。生活中的规则随处可见，但很多时候，人们只挑选于己有利的规则遵守，对于己不利的规则则表现出极大的不情愿。例如，马路上的红绿灯，多数市民只认识到"闯红灯不安全"的功利价值，而对红绿灯作为共同体规则的意义，实在是没有心思去关注，因而在无过往车辆的红灯面前，绝大多数行人会选择通过。我就曾见到过外国朋友在红灯前"固守"而被旁人讥笑的场面，那笑里分明透着"胜利者"的姿态。

规则之所以很多时候被打破，盖缘于其对一些人的自由造成了障碍，甚至有些人能够从破坏规则中获利。《史记》中记载的田忌赛马故事，从来都是作为智慧的典范来传颂，但在汪中求先生看来，"田忌这场比赛的胜利，是对游戏规则破坏的胜利，是阴谋家的胜利"（汪中求，《契约精神》）。这也正是缺失契约精神的表现，把对方的行为看作自己选择行为的依据，不断调整自己的出马顺序，用破坏规则的方法取胜，最终就会陷入混乱和无序。

现实生活中，人们对破坏规则的态度还取决于是否妨碍他人自由，如果没有，破坏规则就会被视为"无关紧要"，所以闯"没有人的红灯"很容易取得某种"正当性"。但公共规则作为共同体间的契约，不单单是几个人之间的事，表面上"无害性"的破坏规则，常常会衍生为一种普遍性的"去规则化"倾向，最终降低规则的权威性。

国庆假期，我曾带孩子到某景区观看表演，广场台阶上早已坐满了人，在为数不多的保安管理下，尚能维持正常的秩序。但表演刚一开始，前面就有个别人站起来，虽然在后排人的斥责下坐下了，但实践证明，这种破坏规则的行为具有极大的"传染性"，随后更多的人出于一己之私而站了起来。不难看出，在权力（很多观众的眼里，保安就代表着权力）控制较为微弱的情况下，某个人对规则的破坏，很可能带来整个秩序的混乱。

其实，无论是 33 名矿工签订的契约，还是国家正式出台的法律，抑或是我们眼前的红绿灯，它们作为旨在规范人的行为、维持良好秩序的规则，本质上都是为了追求人的自由与平等。18 世纪法国著名思想家卢梭曾反复追问：人们怎么才能生活在一个有秩序的群体中，仍然"自由如初"？最终，他的回答是"社会契约"。19 世纪英国法律史学家梅因则直接指出："迄今为止任何社会的进步律动，都是一个从身份到契约的过程。"（梅因，《古代法》）

现代法治的重要标准是对规则的遵守与维护，而人类的规则意识直接源于契约精神，因为契约中包含着意思自治，包含着个体权利的平等与稳定。信守契约、尊重规则乃是维护共同体中个人平等自由的基本前提。正是为了避免丛林法则下的混乱状态，人类才上交部分自由创造了政府这一"必要的恶"，并发明了宪法和法律，将其作为与政府间的神圣契约。由此，要确保统治的正当性，就必须要求统治者首先遵守契约、力行法治。如果政府治理可以忽略与公民之间的平等契约，像个人一样只选择有利的规则执行，那么最终耗尽的不仅仅是政府的聪明才智，更是统治的公信力与正当性。

曾有人问：究竟是什么东西持久地支撑了凤凰卫视，构筑了整个公司敬业文化的根基？杨锦麟先生仅用了八个字回答：香港人的契约精神。据他讲，香港出租车司机如果捡到 10 万元的钱包，他一定会想办法找到失主或上交公司，其行为的背后并没有多么高贵的"雷锋精神"在支撑，一切只缘于"这是职业司机应遵守的规定"。或许，这种信奉契约的精神，这种遵守规则的意识，才是真正的"法的精神"，而这恰恰构成了一个国家、一个民族崛起的文化基因。

网络信息世界里的"鲁滨孙"

在手机微信里,我被莫名地拉进了各种名目的微信群,看着每天不同的圈里讨论的却是同样的话题,总会生出许多滑稽感来。想退出或删除,又怕伤了朋友的面子,看着每天同样的信息不断"刷屏",耗费自己的流量,着实有些心疼。及至最近读到一篇名为《别被朋友圈拉低了智商》的文章,心有戚戚焉,遂也产生了"退朋友圈保智商"的心思。

我从农村到城里上大学的时代,正是中国互联网开始崛起的时代。随着信息技术的发展,这么多年来,我们一直陶醉在互联网所营造的更加开放、更加多元的信息世界里,并乐此不疲地开发着能够分享更多信息的新技术平台。到如今,只要拥有一部4G手机,哪怕是漂流孤岛的鲁滨孙都不会再感到孤寂,而会与闹市中的人们一样,时刻都能感受到"世界尽在掌握之中"。

对信息的掌控欲望无止境。自互联网产生以来,兴奋的人们看到其海量信息所蕴藏的巨大价值,产生了一波又一波信息开发的商业化浪潮。席卷之下,传统媒体式微了,主编和记者们转型了,人们阅读新闻的方式也革了新闻产生机制的命。一些被广泛传播的新闻,甚至不用再依赖记者卧底暗访三个月,坐在家里上网查资料就能炮制出大量的网络头条,纸媒则可以直接从网络新闻中"转手"过来。新闻信息的产生机制完全改变了,其中的事实求证、专业分析开始变得不重要,一切旨在追求阅读量。阅读量就代表着影响力。

在这样的信息模式下,生活在互联网时代的我们,注定逃不了被"忽悠"的命运。从各种缺乏科学依据的伪知识,到带着反智识主义的假提示,从毫无出处的趣闻逸事,到精心炮制的谣言或商业策划,带有公共性质的新闻和知识被盖上一层厚厚的商业帷幕,有的直接在阅读提示中植入"语不惊人死不休"的广告。而以往的经验告诉我们,即便是假新闻假信息,当反复被朋友圈转发后,大部分人可能会选择相信。久而久之,这种信息供给模式,就会慢慢消磨掉我们好不容易成长起来的判断力,以及人的天性中那份求真的优良品质。

更严重的情况还不止于此。即便在新闻道德和新闻法治的规制下,新闻信息机制能够自我矫正,适应人类清醒过后的求真诉求,我们依然正在陷入另一种危机:从各大新闻门户网站,到私人微信朋友圈,再到各大追赶网络的纸媒,新闻信息几乎完全雷同。网站、论坛、博客、微博、微信……这些不断开发出来的信息技术平台,真的是在扩大人类的信息获有量吗?它们实现信息传递的有效性了吗?对此我深表怀疑。

海量的网络信息无法直接满足客户需求,只能依赖操控手分拣出来,而且这种日常基本新闻信息的呈现并不分层,难以实现与不同职业背景、不同知识渊源的人的个别化交流。在海量的网络信息中,除了专业性的学术活动外,生活中的阅读与接受,只能受网络信息提供者和挑选者的限制。他们通过门户网站、新闻客户端、微信等技术手段,塑造了信息的格式化供给体制。在这个体制中,我和八岁的女儿阅读一样的信息知识,格式化的"浅阅读"甚至消解了人们对实体书店的心理依赖。黑暗里,那些曾经指引我们前行的书店灯光不在了,人们纷纷打开手机,将彼此禁锢在同一座信息孤岛之上,沦为网络信息世界里新的"鲁滨孙"。

现有的网络信息供给模式,最致命的影响是损害了信息的多样性。当所有人浏览同一则新闻,当朋友圈都在刷屏同一个信息,当地铁上彼此陌生的人盯住手机却在分享同样的素材,当整天大家讨论的话题早已被规设好了,我们所能获得的信息量是减少了还是增多了呢?我们所关注的视野领域是缩小了还是拓展了呢?我们讨论的公共话题价值是更局限了还是更有普遍性了呢?常识告诉我们:当大家把目光都投向同样的问题时,这个如此丰富的社会所提出的那么多问题就可能会被屏蔽,而它们同样是这个社会存在的部分,甚至是更重要的部分。

终有那么一天,人们会很怀念读报纸的时代。当不同的人根据各自不同的兴趣,阅读不同的报纸、杂志和书籍时,人们在一起讨论交流带来的是"1+1>2"的信息增值效果。信息交流产生了价值,拓宽了人们对知识、对信息的拥有量,也由此促进了人与人之间的交流欲望;相反,在今天这样一个移动网络时代,当熟悉的人坐在一起想要交流时,彼此分享的却是一些雷同的信息源和知识集,产生的是"1+1=1"的信息停滞效果。久而久之,人们也就失去了相互交流的欲望。往深里说,不同的信息供给模式将产生不同的人际交往空间,最终塑造着不同的社会关系结构。

人是一种爱学习的动物,但当大家知道的一样多,也就意味着大家知道的一样少。我不希望那一天真的到来,但为了防止那一天的到来,我们就必须在当下做出一些改变。

不能以"应急思维"建设"应急法治"

居安思危、未雨绸缪,这不仅是一种生活经验,而且是一种公共治理的智慧。2020年,面对突如其来的新冠肺炎疫情,社会各界都在献计献策,探寻疫情防控之道,"法治"成为其中一个绕不开的重要关键词。法律界和社会舆论提出了诸多法律上的意见和建议,从禁食野生动物立法到公共卫生事件应对机制完善,尽快健全我国应急法治成为一种共识。

时至今日,"紧急状态无法治"早已成老皇历,法治不仅是常态社会治理的理想状态,同样也是人类有效防范和应对突发事件的必然选择。甚至在某种程度上,应急法治的完善与否乃是衡量整个法治体系的关键指标。

吃一堑,长一智。从疫情中吸取经验教训,以此急速构建起应急法治,这是我国近年来应急法治建设的主要路径,至今仍然具有重要价值。只是值得关注的是,这种路径之下很可能藏着一种应急性的思维。这种"应急思维"的典型特征是:只顾眼前,不思长远,甚至忽略法治建设规律和风险治理系统性要求,抱着"头痛医头,脚痛医脚"的想法,一旦应急状态过去,便容易"好了伤疤忘了疼",对应急法治缺乏科学性、系统性谋划。

2003年"非典"过后,我国的应急法治就有了很大进步,但那时就已折射出"应急思维"的危害:一方面,急速立法缺乏后续精细化完善,疫情过后便进行立法和应急机制建设容易"刀枪入库";另一方面,付出巨大代价制定出的法律条文,执行中慢慢被打折扣,类似如野生动物交易的法律规定,在大多数市场形同虚设,为日后的公共卫生风险埋下隐患。

又比如,为有效抗击新冠肺炎疫情,我们以"中国奇迹"建成武汉火神山、雷神山两座医院,这对挽救武汉市民的生命起到关键性作用。那么,疫情过后这两座临时搭建的医院将何去何从?如果按照"应急思维",便是"水来土掩",疫情结束即可拆除。"非典"过后,北京的小汤山医院就关闭运行。其实,我们国家有这么多大城市,应当在重大城市特别是人口千万级的高密度城市,普遍建立包括公共卫生应急医疗救助在内的大型应急场所,将平时功能和应急功能融合发展。平时建设就考虑到应急需要,这大概是应急法治建设的题中之义。

经济社会越发展,风险系数就可能越高。面对无处不在、防不胜防的风险社会,应急思维可能会出现捉襟见肘的窘境。我们不能期望将安全法治寄托在每一次危机与灾害的警示上,无论什么风险与危机,人类应对的体制机制都是相通的。我们所要建设的法治体系,本身就包含了对风险的防范、对危机的应对、对灾害的治理。应急法治并非独立于法治体系之外,而是我们基于科学与理性,在平时法治体系中作出的未雨绸缪。它或许需要在应急实践中去检验、修正与启迪,但不能仅以应一时之急的思维与方式去建设。

在新冠肺炎疫情防控过程中,中国一直高度重视运用法治思维和法治方式。应对突发公共卫生事件或许是应急法治建设的实践起点，但如何在应对突发公共卫生事件中深化法治实践，真正发挥好法治对应急状态的治理作用，则需要人们在疫情过后及时转"应急思维"为"法治思维"，以规律性认识和系统性规划提升应急法治体系的建设水平，并将其严格落实到平时的法治实践之中，这样才能真正提高我们抵御风险、抗击灾害的能力。

从"经济学思维"到"法治思维"

思维决定方式,人的行为归根结底是由思维决定的。党的十八大提出,"提高领导干部运用法治思维和法治方式深化改革、推动发展、化解矛盾、维护稳定能力",法治思维旋即成为舆论热词。但一种思维的培养,很难在短期内以"学习"的方式习得。多年来,法治思维对于官僚集团的影响究竟有多深,或许值得认真省思。作为一个前提,我们需要追问:为什么要强调法治思维?其旨在解决什么问题?当前领导干部头脑中的主导性思维是什么?只有搞清楚过去与现在才能把握将来,真正让法治思维在官员头脑中生根发芽。

要从庞大的官僚体系中提炼出一种普遍性思维是很难的,但回顾经济改革的实践,我们不难感觉到有一种主导性思维在影响着官员,我将其描述为"经济学思维"。经济学思维奉行投入与产出的效益,始终关注如何以最低的成本获得最大的收益。当大量经济学人进入官场,成为决策的当权者,其所属专业的经济学思维很容易成为执政的思维模式。没有经济学背景的官员,也大多会在提升自己教育层次的规划中,努力向经济学靠拢。如果做一个统计,分析官员队伍中经济学出身的比例,可能是一项很有意思的研究。即便完全没有经济学知识,一些官员也会积极向经济学人学习,与企业老板打成一片。

官员从政的"经济学思维",集中表现在三个方面:一是经济GDP至上。经济发展才是硬道理,成为官员追求的几乎全部政绩目标。官员从政的职责范围应当是全面的,包括主政地方的政治、经济、社会等多个方面,但是这些最后却被浓缩为经济发展的具体指标数据。二是重效率轻公平。为了提高经济发展效率,可以绕开法定的程序,可以采取更为集中的决策方式,忽略发展中的公平价值与正当程序中的民主价值。三是按经济规律行使权力。这是经济学思维运用的极致表现,无论是领导干部个人还是政府部门,权力运行也"按经济规律办事",尊重经济规律最后变成了为经济规律所控制。

以"经济学思维"主政,带来的是地方经济的赶超发展,在"让一部分人先富起来"的改革初期,具有一定的正当性。但长期以来这种发展方式也带来很多问题:一方面,地方发展失衡,城乡差距拉大,城市中群体收入拉大。地方官员瞄准的只是那些"高大上"的指标和产业,使诸如房地产这样的产业畸形发展,但其光鲜亮丽的背后却暗含着种种风险乃至悲剧。另一方面,教育、环境、社保、文化等难以成为发展中的重心,民众的福利、权利得不到应有的保障和尊重。经济发展之后公民的参与权利和生存尊严等没有得到同步提升,利益资源配置过于强调效率而忽略公平,积攒了大量的社会矛盾和利益冲突,使得社会治理陷入困顿。

更严重的还表现在权力普遍进入市场交易,衍生出一种"腐败经济学"。经济学思维使得权力与资本的结合过度紧密,并对官员个体行使权力产生深刻的潜意识影响。这种思维一旦运用到权力上,便会将权力导向一个"勾兑"的利益市场,滋生出各种权钱交易的腐败。一些"落马"官员所奉行的官场逻辑就是这种"腐败经济学",在官场广泛结交商人老板,精心构筑自己的"腐败合伙人",以权力入股,用权力投资,将腐败当作一项工程"做大做强"。

不难看出,对执掌地方发展大权的官员而言,将市场主体的经济学思维奉为圭臬,缺乏法治精神的浸润和熏陶的后果是多么可怕。采取经济学思维"运作"权力,一个个由人构成的地域共同体被简约成了经济数字,一切都被置于投资回报的经济利益衡量之下,发展的最终目标是一个纯物质的世界。诺贝尔经济学奖得主米勒对中国发展开出的药方,就是"中国不需要更多的经济学,而是更多的法律"(卢现祥,《西方新制度经济学》)。导正发展方向,实现治理现代化,提升权利、福利、公平、正义等在发展中的价值比重,化解改革中的矛盾冲突,都要求在官僚体系中注入法治思维,实现主导性思维的转变。

从"经济GDP"转向"法治GDP"。与经济学思维不同,法治思维不是奉行经济是GDP的唯一指标,它看重社会的自由、公平、和谐,关注人的权利、福利和幸福感的提升,倾向于采取一个综合性的发展指标体系。它不是不关注经济,而是要求以法治思维去谋划、以法治方式去推动经济,从制度上为经济发展创造优良的公平环境。针对改革开放以来形成的经济学思维定式,法治思维的塑造须从官员政绩考核和评价环节入手,以"法治GDP"牵引官员主导性思维的转变,引导、监督官员将法治所蕴含的科学理性、民主参与等价值纳入执政当中,实现发展的全面、均衡、可持续和公平。

从"权力主治"转向"权力受治"。经济学思维强调权力的主动性和高效率,忽略了权力本身受限的一面。法治思维要求将改革中"解放"的权力重新约束起来,对权力进行合法性评判,包括目的的正当性与行为的合法性。因此,实现从"权力主治"向"权力受治"转变,将官员的思维焦点从权力行使的后果转向权力行使的方式上,恰是培养法治思维的重要途径。尤其是在改革的推进过程中,确立起"权力受治"的规则意识,塑造依法用权、依法行政的行为习性,确保权力运行的合规则性、连续性、可预测性和安全性,让法治思维变成官员的立身之本、发展之维。

从"实体人治"转向"程序法治"。法治思维很大程度上体现为一种"程序性思维",程序安定与否对实体影响巨大。法学家拉德布鲁赫把程序法描述为"形式的形式",认为其"如同桅杆顶尖,对船身最轻微的运动也会做出强烈的摆动"(拉德布鲁赫,《法学导论》)。改革发展与社会治理的任务,使得官员的实体权力过大,从而越来越显现出对程序法治的需求。程序法治具有限制恣意、保证理性选择、促进沟通合作以及反思性整合等多项功能,能够强化对实体的外在约束,矫正"实体人治"模式,实现各个领域发展和治理的科学化、民主化和法治化。法治思维要求官员须走程序法治之路,同时程序法治也反过来强化主政的法治思维。

当然,经济学思维本身并非洪水猛兽,官员无论在推动发展还是公共决策时,都需要尊重经济规律,要有经济学知识,要考虑成本与收益,做纳税人最为精明的职业经理人。但这不意味着要将经济学思维上升为执政的主导思维,因为在国家的职能配置中,官员是公权力的承担者,核心使命是为社会、为市场运送公平正义,所以法治思维最为契合执政需求,这也是现代法治国家法律人占据政治要位的原因。对中国而言,官员执政从经济学思维到法治思维,无异于一场新的革命,其过程或许曲折艰辛,但方向却是清晰明确的。

优良的公民素养是法治的"底盘"

参观巴黎卢浮宫的中国游客或许会疑惑：那些精美绝伦的人体雕塑和旷世画作，会不会是复制品呢？如此多的珍奇异宝，就陈设在游客触手可及的地方，没有管理员看守，允许游客拍照，法国人也太不爱惜这些艺术品了吧？的确，除了三大镇馆之宝之一的《蒙娜丽莎》作了较为明显的隔离外，卢浮宫里的文物大多是以一种开放的姿态展现在世人面前。对于习惯了透过厚厚的玻璃罩观赏文物的我们来说，卢浮宫的这种大方简直令人怀疑其文物的真伪了。

这背后，我以为与法国人对待博物馆、对待历史的态度有关。漫步于巴黎街头，处处都是古迹文物，处处都是历史，但处处也都是当下人的生活。在这里，历史是鲜活的，是被延续的。博物馆里的每一件文物，仿佛都是活生生的，并没有被人为切断，你可以畅通地与之对话，用你的生活经历建构你自己的历史叙事。除了这种对待历史的态度，卢浮宫所展现出来的气魄与度量，我想除了高科技的保护措施之外，也与法国的国民素质有关。整个参观的过程中，那些拥有着欧洲面孔的人的行为都展现出了较为优雅的素养，没有大声地喧哗，更无人真的去触摸那些触手可及的藏品。我想，正是这种优良的公民素养，才增强了其诸多制度安排和生活方式的"底气"。

法治，很大程度就是发轫于这样的公民素养。从卢浮宫的景象观察，其呈现出的是一种制度安排与公民素养的良性互动：优良的公民素养产生了不设防的制度安排，而不设防的制度安排又改善提升着公民素养。在这里，大多数东方面孔同样彬彬有礼地参观，并未见"好奇者"伸手触摸或作出出格之举。如同一个文明的磁场，进入其中的人很快被规训，这样的效应令人深思。

刚刚过去的国庆节，火爆的旅游场景里，总少不了被媒体捕捉到的不文明行为，再联系近来网络上不断曝光的"霸座"现象，公民的素养已经无数次被置于舆论案头。其实，道德的谴责是很轻松也很容易的，它不需要付出多少思考的成本。或许值得警醒的是：在这种公民素养的讨论之中，我们缺失了对制度安排与公民素养"恶性互动"的观察。很多制度的设计逻辑是：因为公民素质不高，所以不得不"先君子后小人"。如此，为了防止那些少数公民素质不佳的行为，社会规则便体现出对人性恶的假定逻辑，折射出对公民素质的不信任，甚至呈现出一些戾气与恶意。而这样的制度环境，自然也产生不了规训文明的磁场效应。

讨论这样的恶性循环，很难明辨出究竟是先有"恶公民"还是先有"恶制度"，就像良性循环里分不清"良公民"与"良制度"的先后关系一样。但这并不妨碍我们作出这样的判断：优良的公民素养构成了法治的"底盘"。从中国语境出发，建设法治社会在某种程度上就是塑造优良公民，就是提升公民素养。因为，如果缺乏公民素养的保障，那么一个社会的制度将处处设防，所谓的法治也将始终停留在被动的状态。相反，当社会上多数人展现出优良的公民素养，那么法治才会成为缘法自治的状态，优良的制度安排才能产生出规训少数不文明者的磁场效应。

由恶性循环到良性循环，这个过程注定不容易，也很难理出逻辑上的真正起点,但是我们依然可以有所作为。尤其是公权力,可以逐渐减少对公民的傲慢与偏见,放下身段作出更多合理的制度安排,为不文明者划出底线,同时又不伤文明者的自尊。就像治理"中国式过马路",无须出台过多的"违章者曝光"举措,而应该将精力更多放在绵密执法上,放在文明出行的倡导激励上,日久见人心,恶性循环终将会变成良性循环。

第二辑

法治内与外

直面法治道路上的文化障碍

记得多年前和朋友小聚，饭桌上聊起生活中发生的警察"钓鱼抓嫖"事件，再联系到之前的诸多"钓鱼执法"，纷纷感叹接近公民权利的执法生态令人担忧。未曾料到，桌上一位刚进入执法系统的法学本科毕业生小D，却表现出一种不以为然的态度。

这让我们这些"局外人"十分吃惊。听他所言，这或许只是朋友圈内的真实表达，所以采用的是一种坦诚的话语体系；然而，在一些公共场合，他的话语体系立即会转到正义运送者的立场，义正词严地表达出自己对于公正的捍卫。周围人介绍，小D大学毕业后很快"适应了环境"，在单位很红，是一个受领导器重的骨干。

顷刻间，我想起曾经读过的小说《沧浪之水》，书中描述的知识分子在官场挣扎的痛苦至今历历在目。然而，我丝毫没有在小D的表情上找到些许印证，相反，他展现出的是一种灵活转换于两套话语体系、两种身份场域的圆润与练达。

小D或许只是一个偶尔观察到的"特例"，但从我这些年的课堂观察看，如今人们对价值理想与现实环境背反的痛苦期的确缩短了。以往，从大学毕业的法科生，进入体制会有一个较长的适应期，甚至产生困惑和纠结。法治理想是丰满的，执法现实却是残酷的，他们身处激烈的理想与现实冲突当中，胸怀实现正义的大志，却遭遇到一些圈子与利益对法治原则的侵蚀，内心纠结无比。但至少他们心中对法治、对正义仍抱有共同的理念与期待，他们是怀揣着改变世界的想法进入法治操作系统的。如今，我们很难看到那种痛苦与困惑，老师在课堂上讲授的法与正义，不断受到学生基于现实的质疑，认为这是空洞虚假的无用知识。在人生的很早阶段，他们就从社会上体验到现实与理想的差异，既然无法改变世界，不如提前改变自己，于是法治的理想渐渐退却，现实的利益占据了心头。

类似的现象，表征法治道路上横亘着巨大的文化障碍。"钓鱼执法""钓鱼抓嫖"，让人瞥见了隐藏在执法体制之内的法治亚文化。执法者身怀利器，完全遗忘了执法行为的初始目的，展现出一种赤裸裸的工具主义，但面对公众依然是一种"正义使者"的形象，容不得半点毁坏。包含执法者在内的法律人，日渐呈现出人格分裂的倾向，白天与黑夜、台上与台下、文件材料与茶余饭后，完全处在两种截然不同或相互冲突的法律观当中，更可怕的是他们不再对这种身份转场感到有什么不适应。

病理学上，有一种疾病叫人格分裂，别名为"分离性身份识别障碍"，典型症状是多重人格症，一个人同时具有两种或多种非常不同的人格。遗憾的是，这种不同场合扮演不同角色的人，正在进入法治系统之中，产生一种扭曲的畸形文化心理。一些人可以大言不惭地伸张正义，同时又明目张胆地偷鸡摸狗。在非正式的私人场合，日常生活中朦胧莫辨的一些东西被挑明了，讳莫如深却又一直有人在暗中操练并受益匪浅的诀窍也被人洞察了，曾经对法治怀揣梦想的人也迷失在对权力的崇拜之中。

民间社会也是如此。孟德斯鸠曾说："人们遵守法律并不是由于恐惧或由于理智，而是由于热爱法律。"（孟德斯鸠，《罗马盛衰原因论》)但现实有时往往相反,就像韩寒说的,"面对特权,我们厌恶,但享用到一点假特权,心中又有窃喜;面对吃特供的人,我们批判,但自己用到了那些特供,又会得意"(韩寒,《我所理解的生活》)。人人都希望法律能够得到严格的一体遵循,但一旦自己突破法律而获得某种"优待",立马兴奋得溢于言表。说到底,大家只是想让别人遵守法律,而将自己置身于法治的构建之外。

需要警惕的是,上述一些人对待法律的心理,有逐渐扩大并形成某种社会心理的危险,甚至潜在地培育出一种反法治的大众文化形态。在法律体系已然形成、法律设施日趋健全的背景下,法治道路上更大的障碍是一种文化上的裂痕。缺乏先进的法律文化,快速建立起来的法律制度与设施,就很难生长出法律秩序和法治精神。

法律文化不能仅理解为法院的大楼如何符合司法正义的想象,琴棋书画如何融入廉政的载体。本质上,法律文化乃是一种人心拯救机制、社会心理整合机制,它让我们彼此分享同一种尊崇法治、尊重权利的法治价值理念,让我们面对现实并不舍弃追逐法治的梦想。因此,刺激人格分裂的痛感,弥合失散的法律观念,构筑共同的法治信念,当是法律文化建设的要义。

舒缓法治社会的"结构紧张"

对于亿万普通人而言,宏大的法治梦想最终都体现为权利的现实份额,每个人都能获得属于自己的"那一份",这是法治的主要功能。因此,法治供给的制度体系与组织设施只是表象,究竟能够给民众运送多少权利,并在法定权利缺失时及时进行补救,才是社会关注的焦点,这也构成了公众对于法治信赖的心理基础。这样的道理我们都懂,但或许被忽略的是,在急速发展的经济社会中,人们对权利的期望值也在不断提升,从而为法治供给提出了更高的要求。

多年前,一位中学的同学从南方来旅游,席间告诉我他正在聚精会神办的两件事:一是移民到澳洲;二是把自己公司的总部迁到香港。作为同学中经商的佼佼者,他开办公司立志要做中国人自己的产品,志向可嘉。但谈起为何要急着办那两件事,他不禁大发牢骚。虽然处在改革开放的前沿城市,但是书面上开列给企业经营者的那些权利,总是会遇到现实中的诸多障碍,他要做的就是逃离这样的环境,以一个境外的身份去换取一份"超国民"的待遇。

这位同学只是千万创业青年中的一个代表,听说沿海不少创业成功人士,都走像他一样的道路,说通俗点就是中国人以外国人的身份来挣中国人的钱。我无力指责同学"向外"的初衷，他也是在家乡创业遭遇种种困局之后得出的经验教训。这反映出中国青年创业道路的艰辛与不易，更折射出一些地方并未给人们追求成功创造优良的法治环境。从同学身上，我分明感受到一种"结构紧张"的社会状态。

美国社会学家默顿曾提出"结构紧张"的概念，他认为存在这么一种社会状态：在社会文化所塑造的人们渴望成功的期望值与社会结构所能提供的获得成功的手段之间，产生了严重的失衡。这一理论完全适用于我们对法治的观察。经过改革开放以来的法治建设，一种崇尚法治、尊重权利的现代文化所塑造的公民渴望权利的期望值与社会结构所提供的权利份额及权利实现手段之间，也出现了结构紧张的状态，它甚至在一些地方以非常极端的方式表现出来，曾经弥散在网络上的戾气及现实中的群体性事件，提供了再恰切不过的证明。

我们常听人说：真应感谢这个时代。从言说者近乎千篇一律的表情上，不难感受到改革开放带给人们翻天覆地的变化，感受到父辈们由衷地对当下生活"想都不敢想"的感叹。问题是，这种时代带给我们的变化，从来都不应是单纯的经济生活的改变；相反，经济生活条件的提高，总是要伴随着公民权利的充盈与提升。亿万中国公民在解决温饱问题之后，自然要关注自身更高层次的权利追求，此乃社会发展合乎逻辑的结果。

于是，一面是经济改革带来公民对权利诉求的增长，一面是治理者在构建法治过程中对权利的强调与宣示，但社会所能够提供给人们的权利实现的条件与手段十分有限，这时候，法治就处于一种"结构紧张"的状态，各种社会矛盾与冲突就容易激增。尤其是当书面宣示的权利待遇长期得不到公权力部门"兑现"后，冲突往往就会在官民关系之间呈现白热化。在社会结构中,公权力部门掌握着运送权利的行政资源,官员更靠近这些资源,当公民的权利份额因公权力而缩减后,人们自然会将矛头指向政府部门。何况,由于不同程度存在着官民不平等的权利结构,"人们根据有利原则为自己立法"(西塞罗,《论共和国法律》),那些距离公权力最近的群体更容易享受到权利的果实,这使得底层公民的权利实现处于"结构紧张"的旋涡当中,最终只能通过极端的方式引起社会关注。

在通往权利的狭窄道路上,一旦出现了结构性拥堵,太多渴望获得权利的人们拥挤在法律的门口,有的被挤到社会结构之外,很容易产生非理性的信念或社会行为。如果用合法手段实现自己的权利受到阻碍,人们就可能会尝试用各种非法手段实现这些目标,甚至一些深感绝望的人会把自己的努力方向转向犯罪,这也是近年来一些恶性犯罪案件频发的重要社会根源。

法治的"结构紧张"还体现在不同利益群体之间的内耗与较量。急剧的社会变迁造成了利益主体多元化,不同主体对权利的预期普遍提高,对实现权利的公共资源的争夺也更加激烈,如果国家不能提供宽敞的利益表达和协调机制,社会结构的不协调就会使社会群体之间产生对立或冲突,各方的利益表达有时会变得更加无序。当前底层民众对于富人群体的仇视心理,以及富人阶层对底层民众的反感心理,其实也都是"结构紧张"的附带产物。

那么,如何舒缓这种"结构紧张"呢?法治社会的主导价值要素应当是权利,虽然由于社会条件和经济现实,每个人、每个群体实际拥有的权利份额都不一样,但均衡的社会结构会给所有的人创造一个公平实现权利的机会。诸如高考公平的话题,背后涉及的乃是宪法权利的平等实现,但是过大的城乡差距以及二元制的户籍制度,严重失衡的教育资源分配,让"农二代"很难借助高考而跃出

"农"门。当前,在围绕权利的制度改革中,舒缓"结构紧张"的关键是要让制度规范的整合速度超过社会结构的分化速度,针对公权力体制改革的速度要跑过旧体制和利益集团的钙化速度,对公民权利的确认和利益疏导速度要快过社会矛盾的积攒和权益压制速度。

记得当时,我拿不出什么理由说服同学不去移民。不过近两年,听说很多曾经"出走"的人又想着回来。这让我相信,法治过程中的"结构紧张"最终会得到舒缓,我们所生存的城市,终将会以优良的法治为广大创业者提供施展抱负的归属之地,并在供给权利份额的过程中,将每个人都与法治梦紧紧联系在一起。

法律运行中的不确定因素

"大夫,我得的是什么病?""我这病是什么原因引起的?"对病人而言,这是他们最关心也最希望医生做出权威解答的两个问题,但现实往往相反,很多医生给出的是"不确定"或多种"可能性"的答复。这样的不确定,有时会让患者对医生产生不信任,也可能加剧对自己身体状况的担忧。

有时候,我觉得自己就像那些医生。课堂下,一些学生总会拿亲朋好友遇到的案例问我:这个案子会怎么判?我一般只能这样回答:按照法律应该怎么判;但是也不一定,因为司法实践中的具体情况很复杂,实际中存在诸多可能性。作为解惑的老师,我的回答当然不会令人满意,就像上面的医生一样,缺乏专业知识的权威性解答。学生从我的答复中并未得到明确的答案,反而是对课堂上的"应然性"知识与实践中的"实然性"事实深感疑惑:原来法律上讲的那些确定性结论,实践中却面临如此多的不确定因素。

这在某种程度是对自己笃信知识的"背叛",但我不想罔顾现实,用法律文本的美好构想去欺骗了事。在法律与事实、理论与实践中间,横亘着一条巨大的鸿沟,很多时候,法官和律师都难以如法治追求者所期待的那样,成功地在二者之间建立起必然的逻辑联系。因为在法律走向事实、理论付诸实践的过程中，充满了太多的不确定因素。比如法官的情绪与压力，他可能受到的各种干扰，比如当事人的活动能力，还比如特殊的环境和社会形势，以及其他更多让人难以捉摸到的利益考量，等等。

法律所蕴藏的公平正义价值，很大程度上是通过自身的确定性来传递给社会的。这种确定性不单指立法需要稳定相关的权利义务关系，更强调法律的执行与操作应当确定无疑，不能充满各种变幻莫测的玄机。否则，法律规则下的人们便无法从中找到行为的预期，也会对模糊不定的法律运行产生反感。人类之所以普遍向往并选择法治作为共同体的生活方式，就是因为法治带给我们不同的人有确定的预期，只要按照法律的指引去生活，就能够得到相应的权利结果，而只要违背法律，就会受到必然的处罚和不利后果。人们从这种必定性中感受到法律的权威，信赖法律能够真切地保护自己的利益。但是，不确定性会让法律的运行变得虚幻，直接危害到人们对法治的预期与判断。

不确定性还会增加法律运行的成本，扩大法律之外人为操作和干涉的空间。在"法律规定是一回事，法律执行则是另一回事"的语境下，一些当事人便不会把解决纠纷的功夫放在循法和取证上面，而是极力寻找那些不确定性的力量，找各种关系去影响法律运行的公正性。在这种激烈的争夺中，执法不再是一个原本存在客观标准的正义运送过程，而是一场"胜者为王，败者为寇"的利益游戏。甚至有一些不良律师，在法官与当事人之间积极构筑利益"脐带"，有一些法官也会将不确定性当作兜售判断权的砝码，有一些行政执法者更容易拿不确定性来做利益交易的资本。

法律运行中存在诸多的不确定因素，有立法的不明确原因，过于抽象的原则性立法会陡增执法者的"解释权"，造成实践中"同类案件不同裁判"的现象。而在部门影响立法的环境下，一些缺乏较真儿的立法语言还可能为执法者预留出一些"机会"，让法律运行过程可以掌控在部门利益之下。不过与立法相比，更多的不确定因素来自执法过程。尤其是缺乏利益隔离的机制保障，作为权利义务实际配置者的法律执行主体，极容易成为各方利益争夺公关的焦点，也极易变作一些地方官僚为自身权力"保驾护航"的工具，甚至执法者本人的情绪，都可能在责任机制缺失下影响到执法的确定性。

抵达法治必须减少法律运行的不确定性，在法律文本与现实生活之间，重新搭建必定性与确定性的逻辑关联，让法官、律师、行政执法者等在法律运行的轨道上，能够心无旁骛地按照法律的本真意图指引实践操作。要做到这一点，不仅需要依靠法律职业共同体的伦理构建和执业规范，更需要从法律运行的制度环境入手，从容易滋生不确定因素的体制机制入手，从深层的法律运行文化培育入手，为法律的良好制定并得到良好的执行扫清障碍。

义务的"权利语境"

权利与义务,对法律规范而言,犹如鸟之两翼、车之两轮,驱动着法律规范进入复杂而现实的社会关系。但很少有人关注到,这两种看似泾渭分明的东西,也会发生转化的奇妙关联。二者除了传统的反向差别和对等性关联之外,还有别样的关系:义务有时也能转换成一种权利诉求,并进入一种别样的"权利语境"当中。

比如,赡养老人是子女的一项法定义务,这对一些不愿承担赡养义务的子女而言,可能只是一种单纯的负担。但对于一些恪守孝道的子女而言,这种义务或可变成一种心理需求,如果兄弟间排除了对方赡养老人的机会,对方便可能有一种被剥夺了"尽孝"权利的感觉。至于在赡养与继承的关联中,义务更可能由于构成后续权利的前提,而本身带有一些权利属性。一些家庭官司中,争夺赡养权的纠纷很多都是冲着权利去的。类似对履行义务机会的隔离与排除,就会进入一种剥夺权利的语境。

再比如,纳税是宪法规定的公民义务。但从该项义务的起源看,纳税往往是获得公民身份的"入口",无纳税便无权利,当纳税与公民的政治权利挂钩时,谁还能说纳税仅仅是一项义务而不具有权利的属性呢?同样,服兵役也是我国宪法赋予公民的光荣义务,这种"光荣"便暗含着精神权利的意蕴，对一些军事迷而言，对爱共同体"甚于我的灵魂"的人而言，为了国家也为了自己的荣耀，入伍参军更像是一种权利而非义务。

当然，义务一般不会自动转换成权利的语境，很多时候当尽义务的机会被剥夺了，人们才会感受到其权利的属性。而一些人之所以主张享有"尽义务"的机会，则来自该项义务本身对主体的特殊意义。极为孝顺的子女会将赡养老人当作一种精神上的权利。崇尚军事文化的公民尤其是男性公民，对当兵有着一种超乎义务的权利诉求，因为从履行服兵役的义务当中，他能够体验到对战斗与荣誉的满足。在《战争的文化》一书中，以色列作家马丁·范克勒韦尔德就描述了华丽的军服对于年轻人的诱人魔力。当一位立志报国的好男儿因为各种原因无法穿上那身军装而哭泣时，服兵役的义务属性便降为零。

讨论义务的权利语境，有什么用意呢？只是纯粹学术上的牵强附会吗？其实不然。它首先提醒我们，权利与义务并不是截然对立的，即便在同一个规范上，即便对同一个主体而言。对人类而言，在不同的社会发展阶段，同样的事情有时是义务，有时则可能变成权利。如果不考虑这种语境的转换，有些事情对我们而言原本就兼有权利与义务的双重性。例如：劳动是一种义务，同时也是一项权利，所以我国《宪法》才规定，"中华人民共和国公民有劳动的权利和义务"；接受九年义务教育是一项义务，同时也是神圣不可侵犯的宪法权利。

现实中，权利义务关系远比法律规范上的安排复杂。对义务作权利语境的分析，能够发觉义务实现的更多动力机制。同时，也需要我们对权利作义务语境的分析，以能够找到权利实现的整体关怀，防止陷入绝对权利主义的极端。最明显的例证是，当人们越来越关注自身的财产权时，一种学理上对"财产权的社会义务"的讨论也更加热烈。很多时候，或许财产权的享有，本身就需要权利人承担一定的社会义务。所以，应将义务与权利置于相互关联的统一性视野中来观察，以便国家和社会的公共政策，更加以合乎道德原则的方式实现波斯纳所界定的"财富最大化"目标。

从虚假广告看法治的"质量"

广告是现代生活中的常见物,与每个人的生活息息相关。但是,当初"广而告之"的广告,演变至今可能已经变成了"夸大其词"的代名词。随手拈来一则广告,我们都能找到其宣传品与实物之间的差别,以致我们从小就懂得了"广告是假的"这个生活经验。

其实,立法对广告有比较严格的规范,以防止其浮夸吹嘘,保护消费者利益。我国《广告法》第3条明确要求"广告应当真实、合法";第4条明确规定:"广告不得含有虚假或者引人误解的内容,不得欺骗、误导消费者。广告主应当对广告内容的真实性负责。"何谓"真实"?何谓"欺骗"?宣传页面上的产品质优价廉,买到家的东西却相形见绌,这算不算"欺骗"?《广告法》第8条规定,广告中对商品的性能、功能、质量等有表示的,"应当准确、清楚、明白",但是稍微看看我们身边的广告,有几则能够真的达到这个标准?

以房地产广告为例,《广告法》第26条明确要求不得含有"升值或者投资回报的承诺",不得"对规划或者建设中的交通、商业、文化教育设施以及其他市政条件作误导宣传"。但如今各大城市楼盘的广告中,这两条恰恰是房企相互竞争的"重头戏":地铁还在规划中,楼盘就打出"与地铁零距离"之类的标语;甚至公园还未规划，楼盘就能添油加醋地拿来作为推销亮点。

如果严格对照立法标准，毫不夸张地说，现在的广告90%以上都是虚假广告。《广告法》第28条明确规定："广告以虚假或者引人误解的内容欺骗、误导消费者的，构成虚假广告。"同时，立法还将商品的性能、质量、规格等信息与实际情况不符，对购买行为有实质性影响的列为虚假广告。这些立法语言明确具体，并不存在含糊的空间。遗憾的是，在立法规范之下，各种虚假广告一路绿灯，堂而皇之地进入我们的生活。

更严重的是，作为一种信息传播方式，广告在推销商品的同时，还向社会提供了一种影响价值观的"附产品"。当铺天盖地的虚假广告在大众传媒上传播扩散时，当执法部门对随处可见的虚假广告视而不见时，当消费者对浮夸成风的虚假广告习以为常时，整个社会的道德标准和法治标准都在降低。就像反腐一样，之前的腐败冲击的不单是法治权威，还有人们的内心底线。违法违规广告如此盛行，构筑出一条法治的灰色地带，其最终模糊的是法治的质量。

因此，真正需要我们反思的是：从何时开始，我们心里降低了对"虚假广告"的认定标准？我们又是如何一步步接受广告与实物不一致的？如果立法确立的标准在执行中被打折扣，那么这样的法治便是"低质量"的。甚至从长远看，它会渐渐蚕食法治的质量标准，让公平正义在利益侵蚀下慢慢退却。

虚假广告只是社会治理的一隅。从社会治理角度分析，每个领域、每个行业其实都存在类似的现象。一些当初很好判断的违法违规现象，一点一滴渗透进社会并衍生出一条灰色地带，它渐渐改变着世人的容忍度，影响着执法者的初心，最终让法治慢慢退却。新时代的法治社会建设，或许更应当回归法治初心，守住当初的标准，敢于较真，绝不退让，如此才能推动法治建设向更高水平、更高质量迈进。

刺猬哲学与法治思维

世界上大致有两种类型的人：一种善于把复杂的事情简单化，另一种善于把简单的事情复杂化。笼统上很难说这两种人孰优孰劣，但是对于社会的公共治理而言，对于人际间的法治关系构建来说，我们缺乏的往往是前一种人。

环顾四周，不难发觉当下的人们考虑问题越来越复杂，生活中自我添加的束缚与羁绊越来越多，以致一个收到短信必回的人，会被上升到品质层次，即被视为"有德性的人"。相反，那些酒桌上劝不进酒的人，要么被看作"不给面子"，要么是彼此"感情不深"。至于逢年过节请客送礼那一套，除了利益勾兑之外，更是添加了太多"礼轻情意重"之类的情感因素。

在这么一个"看物非物、意在物外"的泛道德社会，公共治理更显复杂，法治构建有时颇受掣肘。当我们身处复杂的人际关系，行为被附加上各种假定的意义时，法律便显得十分笨拙，很难进入实际的调整过程。正常的执法活动，在"打狗看主人"的思维影响下变得畏首畏尾；原本"按规定办"就能解决的问题，也往往需要人情关系的再投入，公共治理与生活的成本由此陡然增加。

简单事情复杂化的思维，实际上是一种混合思维，把道德、情感、伦理与法律等诸多因素纠缠在一起，考虑问题首先不是从法律出发。相反，法治思维本质上是一种"法律的归法律，情感的归情感"的事情认知与评判模式，它并非强调法律对情感的一概排斥，而是一种把复杂事情简单化处理的思维模式。社会生活千姿百态，人际关系错综复杂，而法律就是最基本的规律性抽象，是一种浓缩的生活经验，是一种处理人际关系的综合概括。依据法律进行公共治理就是运用一种简单化的思维，以不变应万变，以四两拨千斤。所谓大道至简，最高级的规则经常是最简单的规则，最普遍的规律也常常是最简单的规律。爱因斯坦说过："每件事情都应该尽可能地简单，如果不能更简单的话。"窃以为这话极合乎法治的思维方式。

社会发展由简单到复杂是自然进化之道，而社会治理由复杂到简单则是智慧进化之道。霍金曾在世纪之交断言："下个世纪将是复杂性的世纪。"的确，当今社会的信息化、全球化、市场化、多样化、风险化等发展趋势越来越明显，人类面对的是一个较之以往复杂千倍的社会。这种复杂性呼唤公共治理的多元化，呼唤服务组织的层级化，也呼唤应急建设的多维度。但是这并非意味着在复杂的社会治理中就必须运用复杂化思维，相反它更需要以法治的简单化思维去应对。这种简单化思维并不是幼稚、简陋、不动脑子的思维方式，而是一种将一切复杂矛盾回归到法治本源上解决的智慧型思维，它排斥不必要的过多干扰，从错综复杂的世相中抓住主要的矛盾关系，从变动不居的流动社会中把握恒久不变的治理规律，以获得"事半功倍"的治理效果。

动物世界里，有很多物种的生存哲学值得人类学习，例如刺猬的简单哲学就给越来越复杂化的人类提供了法治思维的启示。无论狡猾的狐狸想尽什么样的办法要抓住刺猬，刺猬都会缩成一个圆球，浑身的尖刺指向四面八方。不管世界多么复杂，刺猬都会把所有的挑战和进退维谷的局面压缩成简单的举动。对于这种以不变应万变的刺猬哲学，普林斯顿大学教授马文·布莱斯勒高度赞誉："想知道是什么把那些产生重大影响的人和其他那些跟他们同样聪明的人区别开来吗？是刺猬。"（李瀚洋，《刺猬的简单哲学》）古人讲，"治大国犹如烹小鲜"，也凸显出社会治理的简单化智慧。

身处由德治向法治转型的社会，公共治理者面临着诸多社会冲突与复杂矛盾，其治理水平与效果往往取决于治理的思维方式。从这个角度而言，近来热议的法治思维与法治方式，形象地说就是鼓励领导干部多多学习刺猬的生存哲学，将复杂的社会利益冲突导引到常规的法治平台上，通过制度的途径化解疏导各种社会不满，以简单思维而不是不动脑子的简陋思维去重塑法治。

当然，相比于制度的构建，思维的塑造更显漫长，它需要日积月累的养成，需要行为习惯的浸润，也需要大环境的改善与孕育。当有一天，我们在饭桌上不再把喝酒当成人际关系的负担，生活中不再过度阐释那些人为添附的意义，法治的思维或许更容易扎根脑间。所以，不妨过得简单一些，别把事情想得那么复杂，或许你会发现生活原本没有这么累。

法治的人性"互搏术"

中学时读金庸小说,最喜欢的人物就是老顽童周伯通,尤其是他发明的左右互搏术,无聊时用自己的左手与右手打架,这种武术的寂寞玩法,曾勾起我对武侠世界无限的痴迷与遐想。

小说中互搏术的创设,或许暗合了武侠世界的秩序规律:一手正气,一手邪恶,正邪两股力量构成秩序演进的一对基本矛盾,相生相克,在运动中推进新旧秩序的更替发展。武术无疑是武侠世界的主导性因素,既是秩序的破坏力量,又是秩序维系和重建的力量,而正邪的关键则在于掌握武术的人。同理,现代社会,法律成为主导秩序的主流因素,良好秩序的生成很大程度上也取决于人,甚至如同老顽童的互搏术,法治这种机制本身也可视作一种人性的"互搏术"。

所谓人性的"互搏术",在于人性中本具有两端:一端善良、理性、宽容、克制,另一端邪恶、冲动、专横、贪婪。法治就是用人性中的"善端"抑制"恶端",用汇聚起来的公共理性防备四散开来的私利冲动,以促进有利于最大多数人利益的人类福祉。追根溯源,法治的发生原本与人性相关,法治的设计就是建立在一定的人性假设之上。通说认为,人性恶是法治的人性基础,而人性善则是德治的人性基础。在儒家看来，人皆有善端，并有向善发展的无限可能，只要通过适当方式，人人皆可为"尧舜"。孟子执"仁、义、礼、智"之"四端"，在性善论推演下，治理国家便成为"修身、养性、治国、平天下"的道德修养过程。千百年来，儒家在统治方式上寻求一条由"内圣"开出"外王"的"仁政"之道，至今仍不绝如缕。只是单纯从人性善中开出的仁政之道，在脱离了社会条件后总是陷入虚幻之境，难以成就一个"君子社会"。

古希腊哲学家柏拉图早年也认为人性本善，所以提出"贤人政治"，幻想让哲学家当统治者。但到了晚年，他发现人性并不如想象中那么完美，于是在"贤人难求"的情况下，他又提出法治是现实可行的"第二等好"的方案。他的学生亚里士多德则走得更远，认为人性中掺杂有欲望和兽性的一面，以此提出"众人之治优于一人之治"的论断，成为现代法治思想的滥觞。西方基督教文明对人性的批判更为彻底，既因为人为神所造而肯定人固有的尊严，又认为人人都具有与生俱来的堕落趋势和罪恶潜能。这种对人性的双面观察，有助于增进人类对法律功能的认知，提升法律在社会治理中的地位和作用。

正视人性中固有的缺陷，便拆除了指望圣贤或"哲学王"治国的人性基础，并为"法律的统治"确立了理论上的逻辑前提。但面临的困境是，既然人性本恶，又如何确保法治不会沾染上人性陋习呢？针对人性恶开出的法治处方，又该寻求何以实现的逻辑前提？这就必须回到周伯通的互搏术上来。人性中的两面犹如人的左右手，法治的机制不是脱离人而寻求对"恶端"的外在治理，而是通过发挥人性中的"善端"实现互搏，最终达致以善去恶的秩序理想。

那么，如何实现这种人性的互搏，并确保"善端"能够始终遏制住"恶端"呢？这就涉及法治对人性场合的划分，即公域和私域的区分。在承认人性中善与恶共存的基础上，法治在人的私人生活领域，以人性之善大于人性之恶为基本预设，倡导自治与自由空间的拓展；而在人的公共生活领域，则以人性之恶甚于人性之善为基本预设，力行制约与公共规则的遵守。不仅如此，法治还通过立法汇聚人在公共领域表现出的善，形成体现公意的公共理性，最大限度地彰显和促进善。

博登海默说："人类自有一种与生俱来的能力，它使个人得以在自我之外设计自己，并意识到合作与联合努力的必要。这就是理性的能力。"（博登海默，《法理学：法律哲学与法律方法》）这样的理性构成了立法正当性来源，并成为法律对人进行规范的道德根据。因为"理性之声告诉我们，为使我们自己的需要适应他人的需要、为使公共生活具有意义，对个人行为施以一定的道德限制和法律约束是必要的"（博登海默，《法理学：法律哲学与法律方法》）。卢梭也曾说过，"唯有当义务的呼声代替了生理的冲动，权利代替了嗜欲的时候，此前只知道关怀一己的人类才发现自己不得不按照另外的原则行事，并且在听从自己的欲望之前，先要请教自己的理性"（卢梭，《社会契约论》）。而立法可视为"公共场合"中人性理性的汇聚，用来防范人性自私、专横、非理性进入公共生活。这种积攒人性中的"善端"，通过理性进行规则设计，用以防范人性恶的行为失范，正是法治人性"互搏术"的典型体现。

同样，在法律的实施当中，人性的要素也至关重要。人性中自私自利、专横贪婪、暴躁冲动的一面，使人倾向于突破规则，当规则与自己的利益一致时便遵守，当出现冲突时便选择突破规则，于是出现"守法机会主义"而非"规则得到普遍遵守"。《管子》讲，"夫凡人之情，见利莫能勿就，见害莫能勿避"，道出了寻常人人性趋利避害的常态，这正是出现守法上的"搭便车"与违法上的"法不责众"现象的根源。而执法力量的存在,便是要将这种趋利避害的人性,导引到不伤害他人的理性轨道,使得个体自私目的下的趋利避害进入公共空间,以人性中宽容有度、理性克制的一面,刺激出突破规则的羞耻感,增进人们追寻规则、认同规则、守护规则的人性基础。

对于执法者本身,也存在着人性的矛盾冲突。当执法行为与个人的利益纠缠在一起,执法就不再是一种机械化的法律运行状态,而是携带着部门利益甚或私人偏好的目的性行为,现实中发生的种种"选择性执法"现象,就掺杂了人性不利的因素。柏拉图曾说过:"如果在一个秩序良好的国家安置一个不称职的官吏去执行那些制定得很好的法律,那么这些法律的价值便被掠夺了,并使得荒谬的事情大大增多,而且最严重的政治破坏和恶行也会从中滋长。"(柏拉图,《法律篇》)正是出于对执法者人性因素的倚重,柏拉图认为,"只有那些最能遵守法律的人",才能"被任命为最高的官职和众神的首席执行官"。(柏拉图,《法律篇》)而为了确保执法者能够以公共理性和人性善端忠实和服务于法律,则必须保证这些执法官吏的职位并为他们带来荣誉。如果受过良好法律训练的人丧失了良心,其作恶的危害性更大。因为他能通过精细而令常人难以反驳的方式,盗用正义和法律的名义,对"罪恶"做乔装打扮,最终使得乾坤倒置、正义荡然无存。

不难看出,法治整体上是通过适当的立法和执法机制而对人性的一种"设防",利用人性中的"善端"治理"恶端"。但我国法治建设的一个悖论是,从域外引进的法治系统以"人性恶"为前提,特别是法治被当作规范和约束公权的装置时,对公权采取的乃是极度不信任的态度;但中国立足传统的立法理念与制度构建却是以"人性善"为逻辑起点,尤其体现在对公权的信任假定上。在公权本良善的道德推定中，处于管理对象的个体则被假定为"人性恶"，于是才有"刁民"之谓，这着实与法治的精髓南辕北辙。

总之，法治是为设防人性恶而发明的文明装置，而其实现又要发挥人性中善的一面。始终都不能离开人的操作的法治，就是在区分公域与私域的场合下，利用人性有利（善与理性）的一端，来规制人性中不利（恶与非理性）的一端。这就是法治的人性"互搏术"。未来的法治昌明，意味着在公共社会空间里，人性善良理性的一端将会得到极大拓展。这种人性的提升与人类福祉的增进，是法治展开人性互搏的终极目标。

方法论意义上的"法治"

现实生活中，我们很多人似乎更为关注结果，而对达成结果的方法与路径往往并不怎么关心。这样的思维模式，直接影响到人们对法治的评判以及心理认同。其实在很大程度上，法治之于我们的生活，更多的意义在于方法论上的指引，而并非实体结果的直接供给。

以功利的视野观测，法治对于我们的好处，首先是其能够给予人们多少权利果实，这成为很多人评判法治的标准。因而人们是否选择法治、是否信仰法治，首先会看自己能从法治中收获多少实体上的利益。倘若与自己的实际利益关系不大，或是没有直接回应自己的权利诉求，很多人便会在心理上对法治产生隔膜。遗憾的是，随着法治的深入发展，人们会慢慢发现：很多时候，法治并不能为我们直接输出一个公正的结果。无论是一些体系繁密的法条，还是许多琐细的司法裁判，提供给人们或当事人的并不是一块"分配好的蛋糕"，而是一种"切蛋糕的方法"。

其实，法治作为一种生活方式，其意义往往更在于"方法论上的指引"，即面对纷繁复杂的现代生活，法治在公正结果的供给上往往会力不从心，其更多时候提供给我们的是一种方法——达致公正的方法。

以组织法为例。在改革开放四十多年的高速立法进程中，国家机构的组织法显得较为滞后，一个被普遍认同的重要理由便是：改革开放产生的深刻变化，让国家机构很难长期稳定不变，而处于不断流变过程中的国家机构改革现实，使得组织法很难作出有效的规范。在我看来，这其实是一种认识偏差。国家机构组织法的功能，其实并不在于直接规定国家机构的具体组织形式和机构名称、人员构成，组织法在实现组织法定上很难直接给出一个实体上的结果；但是，这并不意味着组织法便无所作为，相反，组织法具有方法论意义上的组织法定功能，即立法者可以通过程序规范，为流变中的国家机构改革提供合乎法定原则的方法路径。

再以领导干部用权为例。一些手握重权的领导干部，之所以对法治亲近不起来，大概骨子里就认定法治是用来限制自己权力的，其无法从法治中获得直接的"好处"。其实不然，法治与权力并非天然对立，法治提供给权力行使者的"限制"，从根本上说是一种权力运行方法。如果领导干部能够从法治所提供的规则指引中，找到权力运行最科学、最正当、最安全的方法，这不仅会增加自己的法定权威和威信，还会破解各种复杂的矛盾和问题。对公权力行使者而言，这种"方法论意义上的法治"才是真正的利好。

法治优于人治，某种意义上也是从方法论上说的。单就某项利益的配置而言，好的人治有时能够最适当、最高效地实现结果公正。但从普遍意义上分析，法治则是总结了社会发展客观规律的方法之治，人治则是建立在不确定性基础上的个人经验之治，法治的优势不言而喻。

可见，我们对于法治的期待，不应停留于表面上的"授人以鱼"，而应深入能够全方位指引我们生活的"授人以渔"。法治给予我们的生活指引，就在于教会我们如何按照法治的精神和原则去安排工作和生活，而不单单是一个直接的实体结果。只有我们都掌握了这种方法，才能遵循法治的价值标准去实现公正而安全的交往。这或许就是法治熨帖社会生活的魅力所在，也是千百年来法治历久弥新的奥妙所在。

小议法律信仰与法治信仰

"法律必须被信仰,否则将形同虚设。"这句译自伯尔曼《法律与宗教》的经典名言,在中国也近乎耳熟能详了。人们每当论及推行现代法治之艰,几乎都会归咎于数千年传统文化缺乏法律信仰的心理基因,伯尔曼的这句箴言便会被一次次传诵和引用,其含义甚至早已超出文中语境,而演化为一种治理人治顽疾所急需的灵丹妙药。

由人治到法治,法律信仰的重要性的确毋庸置疑。无论从什么角度描述法治,都离不开法律有效发挥作用这一点。而法律欲发挥持久作用,一个关键要素便是人们对法律具备认知心理和信奉程度。伯尔曼所说的法律必须被信仰,指向的正是法律有效发挥作用的前提条件,缺乏这种信仰,法律治下的人们便少了行为上的自发自觉。这一语境,大概契合了"法律是生长而非构建出来的"认知。因此,在漫长的法治生长过程中,法律信仰渐渐成为现代法治精神的精髓要义。

然而,在中国的法治语境中,法律更带有构建色彩。改革开放以来的急速立法,让新旧规则交织共存,也让法律规则变化迅速。这一套构建出来的法律规则,要想成为人民的信仰图腾,难度可想而知。于此背景之下,"法治信仰"概念的提出,我以为指出了超越于法律信仰的中国式命题。人们经常在同一意义上使用这两个概念，其实仔细揣摩，二者存在着不同的含义与指向。

法治信仰首先包含了对所信仰法律的价值判断。法律信仰存在概念理解上的歧义，人们所信仰的法律究竟是制定法还是自然法？如果是制定法，便存在着良法与恶法之别，已经过时的法律规范甚至恶法，应不应当成为信仰的对象呢？如果是自然法，便存在着文化理解上的隔阂，且与道义伦理又如何区分？不同于法律信仰，法治信仰暗含着良法的价值选择，隐藏着对制定法的评判精神，并不排斥我们以批判的眼光来审视法律、改良法律，始终追求合乎人性、合乎规律的"制定良好的法律"。

法治信仰还表达出不同主体对法治状态的理想追求。法治至少包含良法善治两层含义，对民众而言，这是一种依法自治、奉法快乐的生活状态；对执政者而言，乃是一种依法治理、自我约束的执政方式。相比而言，法律信仰更多指向个体对于法律的认同、遵循与持守；而法治信仰不仅指向个体对于法治价值的认同、法治实践的参与，更指向执政者对于法治的真实心态、推进决心及践行能力。观察对比中西方的法治缘起不难发现，法律信仰于"社会中生长出法治"的西方国家自无疑义，而法治信仰于构建法治中国而言则更为精当。

法治信仰还暗含有全社会践行法治的实践维度。法律信仰，虽然也含有关键时刻选择为法律而献身的精神，但对多数人而言往往停留在被动的心理活动层面，即尊重、遵守、不违背法律，其归依更在于个人行为上的遵从，倡导每个人都将自身行为纳入法律规范之中。而法治信仰较之法律信仰更具实践指向，包括了主体的实践性要求。法治本身就是一种实践活动，它并非静态的规范。因此，法治信仰不只是要求信仰者被动认同，更需要信仰者为之行动。从实践角度看，法治信仰的概念优于法律信仰，也更契合了当下法治中国建设的要义。

宪法宣誓：让人民出场的规范仪式

距离伦敦市中心20英里的一处乡村绿地，被誉为"现代民主的诞生地"。1215年6月15日，据说正是在这里，英国国王约翰在宗教和贵族势力的双重压力下，被迫在一张羊皮纸卷上签下自己的名字。于是，历史上第一次限制封建君主权力的文件——《大宪章》诞生了，人类现代宪法的雏形肇端于此。

但很多人并不知道，这份讨价还价形成的《大宪章》最后一条规定："余等与诸男爵俱已宣誓，将以忠信与善意遵守上述各条款。"这可视作宪法宣誓的最早渊源。在血与火的民主历史长河中，宪法宣誓作为一项制度沿袭了下来。英国光荣革命后，国会制定了《加冕宣誓法》；1701年的《王位继承法》再次确认国王和女王即位时应按《加冕宣誓法》宣誓。到1787年，宪法宣誓在大洋彼岸开花结果，世界第一部成文宪法——《美利坚合众国宪法》，正式规定总统就职前应宣誓"恪守、维护和捍卫合众国宪法"。之后，宪法宣誓逐渐在全世界范围内确立。

在中国，宪法是个舶来品。清末立宪开始，宪法如走马灯似的频繁变更，但权力从来都没有服膺于宪法。虽然其间也仿照域外经验规定有宪法宣誓，但宪法本质上并没有构成中国近代政治的核心。

由于站立在宪法背后的并不是人民,而是不断变化的权力,所以宪法宣誓也一度成为权力把玩的道具。直到新中国成立,人民才真正归位到宪法的主体。现行《宪法》第 2 条第 1 款规定,"中华人民共和国的一切权力属于人民",这为宪法宣誓制度的建构提供了充分的法理依据。

《大宪章》颁布整整 800 年后,中国正式确立了现代意义上的宪法宣誓制度。好奇的人会问:为什么要向宪法宣誓?这种形式上的做法究竟有多大意义?在我看来,宪法宣誓最大的价值是彰显了宪法哲学中的人民主体地位,让国家权力重新归位于宪法统率之下。因为宪法的主体是人民,人民通过制宪创造出了国家权力和国家机构。"宪法者,国家之构成法,亦即人民权利之保证书也。"孙中山先生此语道出了人民制宪的真谛:政府(广义上的国家机构)由宪法设立,目的是保护人民权利。所以,宪法就是人民颁发给公职人员的"营业执照",那些被选举任命为行使国家权力的人,必须向宪法"母体"表达生育意义上的忠诚。

中国数千年的专制扭曲了权力的正当性来源,让君权神授、臣权君授的观念流毒甚广。及至当今,真正认同权力来自宪法并服膺于宪法的观念也颇为淡薄。而从宪法"生育"出国家权力的那刻起,便同时暗含了权力"弑母"的风险。一纸文本的宪法如何自保?为此,有必要创设一种公共仪式,让隐含于宪法文本背后的人民重新出场。宪法宣誓就是主权在民的仪式性表达,借助于这一仪式,让宣誓主体懂得权力的最终来源,让全社会感知宪法背后的"真主"所在,涤荡权大于法的传统残余,寓意权力主体服膺于宪法统治。

人需要一些仪式的启迪。透过仪式,个体能在身外的世界和心中的世界建立意义关联。星云大师说过:"人在崇拜的时候,五体投地，表现出谦卑、服从、忏悔、求助、感恩和接受，同时也是将自己的心灵融化，与被崇拜者在心灵上合一与连接"，"虔诚礼拜的时候，拜和被拜是一个整体"。其实宪法宣誓也是如此，在仪式中，"人民"如同神灵闪现，构成了宪法最强有力的精神力量，而宣誓者与宪法找到精神上沟通的渠道，权力运行由此才有意义之"根"。

进入常态政治，创设宪法和国家机构的人民渐渐隐退，当宪法创设的权力日久生出邪念时，又该到哪里去寻找"人民"呢？在此，宪法宣誓提供了一个规范化的仪式场合，让"人民"借助神圣的宣誓得到重现，让权力放纵的心得到收敛，民众、权力、宪法、人民之间实现了象征性交流，规范背后的宪法精神如同"火种"一样被点燃，照亮未来宪法政治之路。

让每个人都从法治中获得"红利"

这些年,我经常到一些单位讲法治课,内容大多是传播一些法治理念,让听众尤其是领导们自觉接受法律的规制。这便遇到一个难题:法律人所念兹在兹的法治,重心和关键都在治权治官,面对台下坐着的领导,人家好心请你来讲课,难道就是为了接受你的批评与教训?思忖半天,发现给领导们讲法治课还真不容易。硬着头皮去说教,效果往往并不好。如何让领导干部听得进去?如何拉近用权者与法治的距离?如何增强大家对于法治的认同?一次讲课的经历,让我获益良多。

那是某单位政治教育学习的"规定动作",台下端坐着所有的领导,我主讲的内容是法治思维与法治方式,针对的直接对象就是领导干部。在讲到法治思维中的程序性思维时,我援引了西方法治国家程序法治的典型案例,也反思我们国家刑事司法领域因为程序违法而酿成的诸多冤假错案。虽然演讲者极力绘声绘色地描述程序的魅力,但听课者似乎只是以旁观者的身份在听奇闻趣事,这种"置身事外"的现象经常会让法治宣讲者感到无力:大家听得很认真,但法治的精神与理念却很难入脑入心。

既然法治是一种生活方式,那么听课的人在生活中会遇到哪些法治问题呢？带着这样的思考，我试着拉近听者与法治的距离：我们每个单位，可能都有一些很难解的利益疙瘩，有时领导的决定不被理解甚至受到阻碍，为什么会出现这种现象？法治能够帮助我们解决好这些难题吗？其实，小到一个单位，大到整个社会，都是由不同利益者组成的复杂的利益型社会，不同的人、不同的群体之间存在多重的利益纠纷和矛盾冲突。睿智者不惧怕这种利益矛盾，而且能够借助法治的思维和方式来化解这些利益冲突。因为从功能上说，法治乃是一套平定纠纷冲突的程序机制，包含着理性、平和的协商与谈判因素，蕴含有尊重主体尊严、吸纳不满情绪、促进群体沟通的机能。

比如说程序，一些领导干部往往忽略这个东西，甚至认为程序是对自己的掣肘，是降低效率的繁文缛节。然而，恰恰相反，程序对于领导决策和处理矛盾而言，具有强大的"吸纳不满"的功能。它就像是一块块海绵，能够在开放、透明、包容、沟通、交流中，通过让利益相关者说话，尊重人的主体性价值，创造表达意见和诉求的空间，从而让人输出不满情绪与怨愤，增进对决策或处理决定内情的了解与理解。这个过程，就是程序在吸纳不满、增进沟通、凝聚共识。尤其在涉及利益处置时，同样的一个决定后果，但做足程序、让当事人充分参与，相比闭门决定往往具有截然不同的效果。

不知道是受"吸纳不满"新鲜提法的刺激，还是触及工作中的积弊和痛点，程序是海绵的比喻明显提起了大家的兴致，一堂法治课能够在听课者头脑中留下些许印象，也算是莫大的安慰了。课后，这个单位的党委书记握着我的手说："教授，你讲的程序'吸纳不满'的观点太好了，以前我们党委决策很少想到这一层，这对我们改进工作很有启发。"也许是客套性的赞誉，但这次讲课让我感受到：只要让大家看到法治是个好东西，认识到遵从法治有助于自己的工作，有助于自己的成长进步，法治或许不难在人们的头脑中生根发芽。

作为转型时期的法律人，普及法治、宣传法治、推进法治是我们义不容辞的责任。而对广大领导干部在内的非法律人士而言，法治究竟是什么，有时往往取决于我们怎么去宣讲、去传播。不是将法治与领导干部、与权力天然对立起来，不是营造公民权利与公权力的天然对抗氛围，而是让每一个阶层、每一种身份的人，都能从法治中看到好处，从遵从法治中获得"红利"，这样就不难培育出全社会信仰法治的心理。

法治精神如何弥合朴素的正义观

中国有句古话,叫"是非自有曲直,公道自在人心"。虽然在诸多辩题上,似乎总是呈现出"公说公有理,婆说婆有理"的诡异状态;但人们依然相信,事物最初始的那个真理,会藏纳于人的内心深处。对于公平道义,人们最终的真实看法应该是一致的,这种略带唯心论的道义观,大有洗尽铅华呈素姿的意味。

很多时候,来自内心的公平正义共识,构成了现代法治的道德根基。缺乏人心支持的规则,很难获得持久的生命力,最朴素的正义感、道德观,往往是良法善治的重要心理基础。但是,这并不能推导出:朴素的正义就一定能够通向法治,有的时候,二者方向并不一致。

例如曾被热议的"贩卖儿童一律死刑",虽然被证实是一次"未经批准"的网络营销,但所引起的舆情反应,足以折射出相当多人的心理看法。法律界人士再一次站在理性的法治立场,煞有其事地与人们理论其中的法律是非。但在我看来,这并不是一次成功的"普法",长久以来存在于业界与公众之间的观念裂痕,似乎并没有得到多少弥合。提前设想一下,当再度出现"不杀不足以平民愤"的案件时,人们还记得起这些合乎法治理性的金玉良言吗?

有大数据分析显示,参与发声建议的网友,主要分布在19岁至34岁这个年龄层。也就是说,支持贩卖儿童一律死刑的人中,绝大多数是有知识、有文化甚至多少懂点儿法的主儿,他们是伴随着国家普法运动成长起来的,被视为在思想上更容易接受现代法治文明的人。这可能要令推动死刑废除的刑法学者心灰意懒,这么多年苦口婆心的教诲"死刑不是万能的",最终敌不过一个"自在人心"的朴素正义观。

什么时候,朴素的正义观成了现代法治道路上的"障碍"？我们不止一次地呼唤民众内心的朴素正义,期待它转化为一股股革故鼎新的正能量；但是,当这种力量激发出来的时候,我们似乎缺乏正确引导的能力。每一次转发和点赞,都那么义正词严,民众对受害儿童和家庭充满正义感。这种正义感,因为朴素,所以扎根很深；因为质朴,所以改变很难。问题的关键不是舆论场的相互指摘,也不是居高临下的常识说教,而是深深的反思:现代法治精神,该如何弥合与民众朴素正义感之间的裂痕？

有人说,法治与正义不是相通的吗？不讲正义的法治还是法治吗？美国法学家博登海默说:"正义有一张普洛透斯似的脸,可随心所欲地呈现出极不相同的模样。当我们仔细辨认它并试图解开隐藏于其后的秘密时,往往会陷入迷惑。"(博登海默,《法理学:法律哲学与法律方法》)正义有其限度,缺乏具体的语境分析,抽离了特定的含义界定,以所谓的正义之名去寻求一种超出法治结构的应变,会让法律充满不确定性,让法治如同正义一样变得虚无缥缈,这种不确定性恰是从法治主义走向人治主义的危险信号。法律人当对公民内心的朴素正义感充满敬仰,同时也需提防其可能对法治精神造成的损害。正义为人们提供一套价值话语体系,但只有将正义置于具体的事实当中,才能接引法治精神。真正的法治精神,是在朴素的正义感基础上孕育出的对法律的尊崇，对理性的珍惜，对可预期规则的服膺。

窥一斑而知全豹，从刷屏的买卖儿童一律判死刑事件中，我们看到了普通民众的心理状态，与法学家所推动的法治进步事业，仍存在巨大的鸿沟。面对此，法学者的公共责任，就在于架起朴素道义与法治价值的桥梁，让普通公民在质朴的正义感、道德观、伦理情的基础上，生长出合乎法治精神的理性与自治。

朴素正义观背后，还有迷恋死刑震慑犯罪的功利主义动机，虽然这种迷信已被法学者指出是一厢情愿，历史上朱元璋的酷刑反腐也早已证明极刑在国家治理中的有限性，但人们心理上依然痴迷死刑的威慑力。该如何剔除深藏于内心的功利主义死刑观呢？历史的说教太远，哲理的分析太酸，说到底人们要的是眼见为实。意大利刑法学家贝卡利亚说过："对于犯罪最强有力的约束力量，不是刑罚的严酷性，而是刑罚的必定性。"（贝卡利亚，《论犯罪与刑罚》）这被刑法学界誉为金科玉律，但老百姓需要的是证据，只有通过刑事执法的严密度和刑罚的必定性，在犯罪行为与刑罚之间建立必然性逻辑联系，才能让民众亲眼看到：没有死刑，照样能够很好地预防犯罪。到那时，人们或许就不再热衷于死刑了。

正义的边界会不会老

正义是有边界的。人类构筑法治的目标,乃是在人性贪婪的种种冲动下,坚守住正义的边界,并积攒能量不断延拓正义的边界。然而,对于处在转型期的中国而言,法治改革的攻坚意味着其将是一场拉锯战:法治前行的步伐在拓展正义的边界,而利益固化的力量则在极力缩小正义的边界。

曾读到一篇名叫《如今官员们为何经不起网络监督》的文章,谈到很多因偶然事件受到网络围观的官员,都经不起"阳光"的照射,一查最后"确有问题"。这种查处与腐败之间的"必然性"表象,或许有舆论选择性呈现的因素,但却与现实中人们接触到的案例形成了一定的印证。不妨摘录某权威媒体梳理的几个窝案来看:河南中储粮窝案,涉案人员达110人;广州白云区贪腐窝案,81名领导干部被调查,以至于开区政府常务会议"人数都不够";中石油"地震",更是史无前例的"老虎"窝案。

类似程度的窝案,给惩处带来一个很现实的"局部性问题":如果按照法定标准严格追诉,可能因波及面过大而产生不良影响;如果不按照法定标准追诉,法律的权威又该到哪里寻找?很多年前黑龙江绥化市委书记马德卖官受贿案,几乎涉及全市处级以上主要领导，最后只能采取划线的方式予以区分。这不得不引起反思，职务犯罪的"黑数"到底有多大？如果地毯式排查，究竟有多少领导干部符合法定的立案标准？面对这样的两难，社会上一直有种声音，就是提高贪污贿赂犯罪的定罪量刑标准。考虑物价上涨等因素，不否认这种建议的现实合理性，但由此带来的疑问是：这是否意味着原来构筑的正义边界在老化？

除了法律对权力的规制界限，公众对犯罪现象的容忍底线，也构成了正义的边界。伴随查处的官员级别越来越高、数额越来越大、人数越来越多，一种"见惯不怪"的民间看法也弥散开来，诸如"10万不算贪""当官贪点没关系，关键是要干实事"等说法，在平时的生活中并不鲜见。又比如，贪官爱财而迷色，这似乎已成为贪腐的"流行"趋势。涉官的性丑闻就层出不穷，"日记门""裸聊门""艳照门"等一系列同质不同形的事件反复出现。而这些"门"大都在经历"曝光—围观—追究—查处"的轮回上演后，根本性的问题依旧：官员性丑闻为何层出不穷？如何根治官员性丑闻？这背后是否意味着官员心中的正义边界也在蜕化？

"正义的边界总要老"，这是学者吴思的一句告诫。他举例说，朱元璋时期法律严苛，政治清明，但随着年头的增加，某些行为的边界总要朝有利于官吏的方向移动。明朝到了海瑞时期，百弊丛生，监察系统的能力大踏步衰退，甚至贪污慢慢被视为正当的行为了。历史上"正义边界"不断变老的周期律提醒我们，"丑闻的底线总是不断降低"。

在通信技术如此发达的当下，丑闻暴露的概率越来越高，这使得公权力很难逃离公众的火眼金睛。这种曝光度的提高显示了公共舆论监督的力量，同时也可能不断冲击人们的心理底线，并在不知不觉中将容忍的尺度渐渐扩张。原本触及底线的违纪，或许在不干预私德的借口下被视为正常；原本应入罪的违法，或许在相互比较下被谅解为违纪；原本该重罚的犯罪，或许在其他表现因素的冲抵下被从轻发落。

法治社会，正义的边界由立法确立，如何调整需要民意机关在充分商讨的正当程序下，妥善决断。针对实践中可能发生的边界模糊或老化的现象，最终的捍卫力量仍在于严格执法。近年来，执纪执法部门坚持"有案必查"，坚决防范"破窗效应"，正是捍卫正义边界的关键所在。

第三辑

言说法律人

士·贵族·法律人

在中国传统的社会治理中，有一支不可忽视的力量——士。他们受儒家思想的熏陶，奉行"内圣外王"之道，内心致力于心灵的修身养性，入世则潜心于实现道德君子的天下理想。正是这群儒家士大夫，在上千年的皇权专制统治中，一面维系着皇权之正统，一面又发挥着重要的制衡作用。

研究历史的人知道，秦汉两代制度差异颇大。在秦朝，将帅必起于卒伍，宰相必起于州部，单一性的极权统治最终断送了皇权根基。汉代在早期推行老庄"无为而治"、实现社会复兴的基础上，采纳儒士董仲舒的建议，通过独尊儒术的制度安排，将儒家思想引为正统。自此，儒士们得以大规模进入统治阶层，逐渐建立起钱穆先生所说的"士人政府"。

纵观历史上的诸多能人贤相，从皇帝老师到首辅大臣，多是深受儒家仁爱精神影响的饱学之士，他们借助于儒术的权威和进入政府获得的资源控制权，逐渐形成了一个精神和利益的共同体，并在社会中树立起难以撼动的治理权威。就连所谓的"异族入主中原"，也不得不借助于"读书人"的力量实现秩序重构。

"学而优则仕"，这些儒士一方面通过对"三纲五常"以及皇权体制的捍卫获取其主流社会的地位,另一方面又有自己独立的理想价值和政治目标。他们不甘于做皇权的工具,而是通过自己阐发的社会核心价值观,对皇帝和官吏形成强有力的约束,成为一支维护同时又遏制封建皇权的特殊力量。正是他们,把儒家的道德理想植入皇权体内,为皇权制的治理架构注入了理性基因,安排了一种自我矫正机制。这正是封建王朝实现自我更新和延续的一大奥秘,此后虽历经朝代更迭,但这种文士治天下的格局则一直延续到清末。

英国历史上也有这么一支力量,那就是受过良好教育的贵族。僻处孤岛的英国曾是一个等级森严的民族,在相当长的时期内,特有的采邑制等级和诺曼人带来的征服者与被征服者之间的尊卑贵贱,造就了英国极不平等的贵族统治架构。现在看来,这种贵族统治有着违背法治精神的根本性缺陷,但在当时,也形成了一种上层的优雅政体,并在随后抵制独裁专制的历史进程中发挥了关键作用。

贵族代表着英国上流社会的精英,他们有着天生的优越感,瞧不起底层公民,在社会结构上分割出像电影《泰坦尼克号》中的两种"舱位";但是这种贵族统治的维系,很大程度上也促进了一种崇尚荣誉、秩序与权威的贵族精神的形成。从穿着服饰、语言文字到价值观念、政治诉求,这些规范严格、举止优雅的贵族形成了一种"学而优则仕"的共同体,一定程度上对专制政治构成了有效制约。因为在荣誉与秩序的背后,法律的权威最后取代了世俗权威而成为最终的决定力量。在英国,普通法一直是历代贵族用来制约王权的工具,并逐渐演变为维护人民权利的坚强堡垒。尤其是在近代资产阶级革命中,贵族同市民阶级的联盟,终结了古老的王权专制,使英国最终迈上宪制道路。在英国宪制史的叙述中,就有所谓"绅士宪政主义"(gentry constitutionalism)之说。

曾受英国殖民统治的美国,则以法律人治理著称。所谓"讼而优则仕"，在美国，能进入法学院学习的都是精英之辈，虽然他们广被误认为是"唯利是图"的家伙，但美国宪制制度的运转却正是靠这些"唯利是图"的法律人。

通过严格的法律教育，法律精神渗透在美国精英的心智中，让他们学会了政治妥协，比较完整地掌握了治国的技术理性，并成为社会统治的执牛耳者。在美国制宪会议代表中，律师及接受过法律教育的人比例极高，很难想象，如果当初这些代表们并非是一群善于妥协的"乡巴佬"（易中天语），其宪法的通过又该是怎样一番景象？而自美国独立以来的45任总统中，就有27位有法律背景。前任总统奥巴马律师出身，其内阁里40%的成员都拥有法律教育背景。

法律人在美国政治生活中的角色，有些类似于英国的"贵族"，他们不仅具有共同的规则信条，而且形成了一个庞大的共同体，"覆盖整个社会，渗透到构成它的所有阶层，它在不知不觉中围绕着整个国家运作"（托克维尔，《论美国的民主》）。对于这种法律人治国的现象，托克维尔在考察后给予了重点关注，他发现美国人"托付给法律职业群体的权威，及这些个人在政府中所发挥的影响，是现有的最为有力的抵制多数之暴虐的保障机制"（托克维尔，《论美国的民主》）。如今，这群法律人基本上已经将宪制理想付诸实施。

从中国、英国到美国，无论是士、贵族还是法律人，他们或许都不可避免地带有时代烙印的缺点，但由于都是当时社会的知识精英，有着共同的教育背景、思想信仰和入世情怀，形成了具有公共道德理想和价值追求的共同体，因而在寻求对统治权力的理性制约上，在追求"善"的道德秩序、精神秩序和文化秩序上，都发挥了关键作用。

法的门前不只是一道知识门槛

从最初的律师资格考试到统一司法考试,再到统一法律职业资格考试,基于法律专业性需要而设置的考试在名称上的变化,既拓展了法律人才准入的对象范围,也见证了我国法律职业共同体的壮大,其本身就是法治中国发展的一个窗口。1986年举行的全国律师资格考试,拉开了五千年来中国第一次法律职业资格考试的序幕;2002年国家统一司法考试首次举行,中国普通公民有史以来第一次获得了从事国家司法工作的均等机会。

中国是一个考试大国,法律职业资格考试之所以能持久地引人注目,就在于这是选拔执掌天平之人的正式机制。而此前平均10%左右的通过率,更是为法律职业确立了较高的准入门槛。形象地说,研习法律的人想要进入法律职业之"门",就必须跨越这道"门槛"。虽然学界也曾吐槽过司法考试的出题逻辑,质疑过科目设置背后的利益争夺,但司法考试于中国法治建构的意义仍非同凡响。它不仅为国家和社会遴选了一大批法律专业人才,较大程度改变了司法系统的队伍结构,而且以其独有的话题性引发公共舆论的关注和讨论,这本身也是司法考试制度所发挥出的法治影响力。

值得思考的是,每年都有数万人通过资格考试,一共数十万法律精英迈向社会，其对法治建构的贡献究竟如何？这当然可以列出很多条，例如，我们司法系统的面貌从着装到内在素养都发生了翻天覆地的变化。可是为什么人们期待的法律职业共同体似乎并未形成？为什么法律人原本所共有的那股精气神很难寻觅？为什么不同法律职业之间甚至出现撕裂？

这让我想起老家亲戚曾经咨询过的一个案例：亲戚家盖房，请外村人帮忙，帮忙的人不慎坠楼受伤，由此产生赔偿纠纷。其中的法律细节并不复杂，责任判定也有法可依。但令人唏嘘的是，伤者不知从哪里找来两位律师，闯到亲戚家好一顿"坑蒙拐骗"甚至"威逼恐吓"，扬言若不给予满意的赔偿就会报官拿人，这当真是欺负农民不懂法！可能这只是极端的个案，但是引人深思的是：随着法律人对知识掌握得越发精通和娴熟，该如何运用好基于知识垄断产生的权威呢？如果法律职业者只是兜售一些法律知识，甚至拿着半懂不懂的法律条文"忽悠"被代理人，那么这种人进入法律职业之门，对法治而言并不见得是好事。

我常常反思：无论是律师资格考试还是统一司法考试，通过"高门槛"的法律人才究竟是学到了"术"还是"道"？正所谓"道为术之灵，术为道之体；以道统术，以术得道"。术是知识，道为理念，知识可以死记硬背，但是理念不能，它只能被感悟、被信奉、被潜移默化地融入头脑。法律知识能够提供给我们工作技能，法治理念能够提供给我们精神追求，法律职业共同体的核心往往不在于专业知识的分享，而在于对同一种理念、同一种梦想的执着。

由此，我们更需反思当下的法学教育。在资格考试唯知识论的指挥棒下，原本传"道"的法学教育渐渐成为教"术"，甚至在一些法学讲堂上大张旗鼓地宣讲如何钻法律的空子、如何规避纸面的法律而经营出有利于己的潜规则来。这样的教育、这样的考试,选拔出的即便是知识精英,也可能在法律职业生涯中渐渐蜕变为"精致的利己主义者"。简而言之,法的门前不只是一道法律专业知识的门槛,更有一道尊崇法治、坚守法治、信仰法治的理念门槛,二者兼备进得法门方能成为国之大器。

法律人的乡愁：一种秩序的怀想

在中国的文化叙事中，乡愁是一个令人魂牵梦绕的主题。余光中先生的一曲《乡愁》，道出了多少游子普遍体验却难以捕捉的情愫。其实，在法律人的心底，也藏有一种情深意远的乡愁，那就是对中国内生秩序的遥望与怀想。

改革中的社会，变化天翻地覆，而令法律人焦虑的乃是秩序的坍塌。无论是外在的物质利益冲突，还是内在的人心涣散不稳，面对这样一种转型现状，如何重构秩序成为中国法律人殚心竭虑的时代任务。在三十年来取法西域的逻辑中，制度结构的搭建并未取得当初的秩序理想，如何经由形式法治达致实质秩序，始终面临着类似"地方性知识"的障碍。在此背景下，一些法律人抱着对本土的深度关怀，犹如两千多年前孔夫子崇尚"三代之治"那样，对中国自古以来的内生式秩序机理，产生了一种乡愁般的情愫。

这样的乡愁更明显地体现在有乡村背景的人身上。春节过后，当我从寂静的乡村返回喧嚣的城市，思绪依然停留在那片遥远的南方村落。村里那些平日里散布在五湖四海的打工人，依然会在除夕那天准时出现在祠堂，跪拜在烟雾缭绕的祖宗牌位前；依然会在大年初一为族中的长者备上一份薄礼，走遍每家每户用一样的姿势作揖拜年；依然会遵从不知哪一辈人留下来的礼节，何时请客、如何行礼、怎样言谢，乃至亲朋家什么样的喜事该燃放多大的鞭炮，都做得毫厘不差。一个四十多户的同姓村落，就这样在大中国的沧桑巨变中维系着她的固有秩序。对于像我一样的法治观察者来说，这无疑是一个秩序之谜。现代法治所孜孜以求的秩序安顿，却能够如此弥久地存续在寂静的田野上，如此坚韧地传承于一代又一代人的血液里，甚至还能如此深刻地烙印在像我一样的游子心间，这里面的机理何在？

在一个人心思变的时代，秩序不稳首先在于人心不安，优良的秩序外表乃是人心有所依照的体现。或许与整天奔波在陌生人社会的城市居民相比，乡亲的心间早已栽种上一种叫作"文化"的东西，它体现在各种看似繁文缛节的习俗当中，藏纳于人们的一言一行里，乃至村民在喜宴上你来我往的劝酒辞令中，都折射出一种乡村的文化味道。如果不是内藏着一种根深蒂固的文化传统，如果不是建立在宗族情感和血缘信仰的基础上，乡村的秩序关系何以能抗拒利益的解构呢？虽然现代法治文明已深深烙印在我的思想里，但从小记忆中那些跪拜先人的姿势，坟前燃放鞭炮的那种两个世界心灵对话的庄严感，至今依然清晰可触，它并未随着我后天的知识构建而消逝，反而离家越久印象愈加深刻。

据说，历史上礼崩乐坏的时代，正是距离国家政权最远的乡村，保持了国家礼治秩序的渊源和香火绵延，这大概就是"礼失而求诸野"的现实写照。我无法穿越到春秋战国时代去俯瞰中国社会秩序演变的历史风云，但驻足在生我养我的一方小小村落，却不难真切地体验到孔子这句话的真谛。于法律人而言，基于现代文明的"送法下乡"并未如人所愿地实现法治理想，而经济社会的发展又正将传统礼治的弊端全面"清算"，法律人对秩序的想象就如同那乡愁一般,离家许久早已不适应家乡的生活,但心灵深处又整日魂牵梦绕。

　　这是一种痛苦的状态,不能回到过去却又对过去恋恋不舍;这也正是法律人重构中国秩序的焦灼所在,西方法治的文明与中国传统内发秩序的机理间,依然横亘着"一湾浅浅的海峡"。填补这种断裂,不是制度的完善所能企及,关键还在于文化的关照。文化不能简单地理解为器物上如何符合公众对正义的想象,制度上如何达致理论家的精致设计,其本质上更应是一种社会心理整合机制,让分属不同背景的人们彼此分享同一种价值理念,构筑同一样的秩序梦想。但是,自上而下的法治构建,并未在熟人社会播种下合乎乡情的文化种子,也并未为乡村居民提供心灵的归属和情感的依托。广阔的田野其实沉淀着几百年乃至上千年的文化传统,再小的村落都如同一个自治的文化共同体,生长有源源不息的秩序稳定基因,暗藏着与西方法治文明迥异的文化密码。不了解这一点,就只会永远站在"海峡的对岸"诉说衷肠。

小议法律人的思维品格

在法治价值获得普遍认同的社会，法律人是一个令人景仰而耀眼的称谓，他们身上代表着公平与正义，是法治的激情推动者与坚强捍卫者，是守护社会理性的中流砥柱。而法律人满足这种社会期待，凭靠的乃是一种共同的职业思维品格。

思维方式是一个职业区别于其他群体的内在特征和根本标志。法律是经世致用之学问，这决定了法律人应当具备与常人不同的思维方式和品格。就某项政策而言，经济学家更关注效率，而法学者更关注公平，这反映出经济人与法律人的思维起点不同，归依也不同。作为知识分子中最具公共情怀的群体，法律人以法律为职业，以正义为追求目标，肩负着建立和培养社会整体性法治思维的使命。因而，法律人的思维不仅关涉自身职业秉性的养成，更与社会法治思维方式的构建息息相关。

具体而言，我以为下面几种思维是法律人所不可缺失的。

客观理性思维——法律人是"冷血的动物"。法律是理性的产物，法律的运用也是一种理性活动，法学更是以其严密的逻辑推理和理性分析追求正义的学问。这意味着持有法律评判标准的法律人，始终需要保持客观理性的心理状态，在对社会事件进行法眼观察的时候，不盲目跟风也不妄下断论，有一分证据说一分话，严格按照法律而非道德的标准，客观地认识、鉴别、判断和评价外在事物，清醒冷静地控制自身思想和行为。客观理性的思维，"不同于想象力、记忆力、直觉、情感和感觉以及愿望"，也不同于信仰依赖对权威、神或人的信任，而是运用逻辑达到认识，通过排除合理怀疑的证据去发现真理。为了达致这种客观理性，法律人往往需要享受孤独，以旁观者的姿态，审慎严谨地关注案件原委，明断是非，以便在纷繁复杂的法律与事实关系之间开出一剂治病救人的"良方"。有的时候，深受这种思维的熏陶，会让法律人看上去更像是一个"冷血动物"。

批判性思维——法律人是"战斗的公牛"。理性并不意味着保守，也不排斥批判。忠于确定化、普遍化的法律是法律人的职业要求，但按照自然公正的理念推动制度革新，创造性地服务于社会进步则是其更高的使命。因此，就每一个影响性个案，如何从中挖掘制度性的社会积弊，如何将个案背后的普遍性病灶呈现出来，如何探寻个案演化的逻辑规律，这些都需要法律人在客观理性分析的基础上，用批判的眼光审视、检讨和反思。在每一次社会变革中，法律人都不应缺席，如何按照正义的指引推动人类事业的进步，当是法律人的神圣职责。为此，法律人应当保持开放的头脑，对各种不义始终保持批判的激情与斗志，培养自身严谨的思维习惯，敢于大胆怀疑，但会小心求证，以理性的批判作为武器，战斗在人类进步的阶梯之上。

建设性思维——法律人是"智慧的鸵鸟"。"哲学家们只是用不同的方式解释世界，而问题在于改变世界。"（马克思，《关于费尔巴哈的提纲》）法律人更重的社会责任不仅是解释法律并运用到事实上，也不仅是通过理性批判促进社会进步，更在于亲身参与人类正义事业的伟大实践，为改变世界提出建设性方案。这种思维习惯，让法律人如智慧的鸵鸟，不仅行动快速、深具力量，而且非常有智慧，能够在大量的一般公正和合法的缝隙中寻找到漏洞，并制定出科学有效的方案，以"凝固的智慧"去裁断各种差别的行为及变幻的事件。为此，法律人要有一种"不战而屈人之兵"的"全胜策"智慧，像传说中断案如神的君主所罗门那样，能够运用"把孩子劈成两半"的审判智慧，去破解各种纷繁复杂的假象和矛盾。尤其是在社会转型期，如何以最小的损耗实现最大的改革效益，法律人必须作出建设性的回答。

总之，与所谓的法学家或是法律学者相比，我更喜欢法律人的称谓，她暗合着共同体的职业志愿，凸显出法律知识分子的公共情怀，而不是对自身知识的权威化、垄断化乃至权力化、利益化。而只有养成共同的职业思维习惯，并孕育出一种可贵的思维品质，才能确保法律人在利益诱惑面前不失据，在生活困顿之时不失节，在各种压迫之下不失真，真正成为法治时代的"良心"。

谁是史良

史良是谁？

当法学老师在课堂上抛出这个问题时，相信看到的是一双双疑惑的眼睛。的确，对今天的法科生而言，与那些当下颇有知名度的律师相比，史良的名字可能更显陌生。毕竟在这个知识经济时代，能够把知识换成大把金钱的"大律师"，更容易成为法科生崇拜的偶像。

说来惭愧，我也是大学毕业后，从章诒和的《往事并不如烟》中读到史良的，才知道新中国第一任司法部部长乃是一位女性。书中描述的史良温文尔雅而又坚毅果敢，读完总感到其身上散发着一种先天的法律人气质。如今方始明白：这种气质，其实早在民国时期的上海，就深深烙印在了大律师史良的身上。尊荣、不屈、勇敢、正义，这些品质在抗战的烽火岁月里，投射于一位看似柔弱的女律师身上，更显得熠熠生辉。律师之"大"，莫过于其"君子"气质。

史良的背后，其实是一种特殊的群体：中国近代第一位女律师郑毓秀，不甘心当"汉奸"的"民主律师"韩学章，积极为"女权"奔走的朱素萼……她们铸法为剑，在"枪炮作响法无声"的战争年代里，奋力点燃民主、人权、正义的火种；她们人数不多，却在历史的长河中更加显得闪亮珍贵。今天，当我们作为法治的后辈去追溯这些女律师的烽火故事时，读出的是一种基于坚定信仰的法治精神，一种对于善和正义的笃定追求。

客观地说，无论是在战争的舞台上，还是在法律的世界里，女性向来都不是最重要的主角。抗战时期，法治的话语也气若游丝，那些学习法律的人遭遇的乃是真正的"最坏的时代"。但是，从四位女律师的身上，我们重新发掘了一种存活于民族生死存亡之际的法治精神，她们以百倍于男性的毅力，以法为剑坚守正义阵地。其风骨与节操，恰是今日我辈法律人践行法治的楷模。谦谦君子，气贯长虹，这一脉精神传承，不仅融于民族气节，更当弘扬于中国法治的传统。读一读她们的故事，当下的一些法科生就不会只是推崇韩国电影《辩护人》了。

最艰辛的时代，往往孕育出最坚韧的精神。纵观史良一生，横跨清末、民国和共和国三个时代，从大律师到七君子再到司法部长，人生角色的变化抹不去其君子品质。其实，战争从未让善与正义走开。抗日战争中最大的善和正义就是打倒法西斯，追求民族的独立与尊严。回忆抗日战争中的那些女性法律人身影，我们看到的是她们肩负中国法律人的使命，以自己的方式加入抗战洪潮，与祖国共赴灾难，同当祸福。

作为一名法学老师，我常常想：今天的法律课堂上，我们是否忽略了讲述中国君子法律人的故事？曾几何时，我们痴迷于诉说苏格拉底献身于法的信仰，侃侃而谈马伯里诉麦迪逊案中马歇尔大法官的政治智慧，下功夫讲解那些蕴含在精巧法治结构和机制中的奇闻逸事，可对"史良们"的故事提及不多，甚至淡忘了。看似越接近法治的时代，法律人也可能距离君子越远。今天我们重新倾听史良对公平正义、民主进步、司法正义的呐喊，为的是找回中国法律人的君子气质。因为在我们的期待中，法律人首先应当是个"大写的人"。

开学典礼上的法治精神

近年来,法律院校的开学典礼和毕业典礼日渐受到社会关注,尤其是一些校长或老师在典礼上的致辞,成为媒体竞相刊载的素材,有的还深受网络热捧。这种对典礼场合的重视,也是受到西方大学教育传统的影响。借助于仪式化的安排,大学的精神关怀与使命责任得以向社会传递,一种对法治的崇尚与信仰更得以在社会上传播开来。

我到中国政法大学读博士的那年,研究生的开学典礼别开生面。由于蓟门桥校区缺少"大楼",所以那几年的开学典礼和毕业典礼都在露天举行。仪式庄重简约自不必说,校领导和研究生一起站在太阳底下,没有主席台,只有几位终身教授一人一把椅子可以坐着。这样的安排当然不是简约得连主席台都布置不起,而是体现出学校对现代法治精神的理解与实践。以我粗浅的解读,这样的典礼仪式虽然略显穷酸,但向在场学生传递出如下几个理念。

一为尊重。人在社会关系中,都应获得应有的尊重,但这种尊重是基于其手中的权力,还是基于其为人类作出的贡献,这构成尊重本身是否正当的关键。典礼特意为德高望重的终身教授预留了"特权",作为知识与权威的代表,他们与台上站着的校领导形成了鲜明对比，让人深感大学精神之所在。梅贻琦先生说过，大学之大，非大楼之大，有大师之谓也。这种对大师的尊重，就是基于对知识的尊重，也是对生命的尊重。因为他们既是知识的智者，也是生命的长者，沉淀着见证国家法治的人生坎坷与经历。如此安排体现出对人的尊重，而不是对权力的谦卑。引申至法治领域，尊重人的人格尊严，构成现代法治的核心价值。然而在经历过完全漠视人的尊严的时代，对人的尊重一度被附加上权力、财富等外在因素。现代法治的使命，就是要营造一个尊重人的环境，这种尊重是基于人人享有的神圣不可侵犯的权利，基于年龄、学识、贡献等积极且合乎道德伦理的因素。

二为平等。平等是法治的精髓，等级森严是现代法治的大敌，尤其在权力的背景下更是如此。在开学典礼的场合，校领导是以行政身份出现的，其与学生平等地站立着，体现出一种去行政化、去权力化的平等观念。这样的观念倘若能够进入精神层面而非仅仅流于形式，并移植到法治建构中来，对于我们这样一个有着悠久封建传统的国家而言大有裨益。现代法治，就是要将事实上生而不平等的人，纳入生而平等的愿望当中去。当然，法治所追求的平等不是绝对的，如同我们在典礼上不能要求终身教授与大家一起站着一样。平等还意味着对其他价值的包容。美国学者迈克尔·桑德尔在其著作《公正该如何是好？》中，就分析了绝对公平个案的不少害处。罗尔斯的公正理论则更关注差异原则，以纠正那种关于才能和天赋的不公平分配，而同时又不给那些有天赋的人设置障碍。公交车上，我们不会认为给老人让座破坏了先来后到原则下的平等秩序，原因就在于平等中已经包含了我们的道德认知。如果对年迈的老人也强调先来后到以获得座位，这本身也是一种不公，因为它并没有考虑到人的体质。可见，法治所追寻的平等，能容忍正当的差异。

三为效率。虽然站着开会不是学校的本意,而是受制于设施条件;但从开会的效率上看,这无疑是一种最高效的会议形式,站立让人不再专注于讲正确的废话,而必须考虑底下站着的人的情绪。这种效率价值,恰是中国法治所应当追求的。在探寻中西方的法律文化时,会议室是一个特别有意思的观察窗口。我国行政组织中的会议室大多布置得隆重奢华,开会时端上一杯茶水可以长篇大论地讲,依靠权力的权威而很少顾及效率;相反,西方一些国家的会议室则奉行简约实用,以会议效率和协商讨论为导向。我们当然不会幼稚到要求所有的会议都站着开,但在法治攻坚克难的时期加大促进效率的机制建设,也是提升公民权利保障效益的重要途径。从更宽泛的意义上说,立法上设计出更为科学的程序,执法中严格遵守法定的程序,对违反程序的行为进行法律上追究,这些程序法治恰恰暗含了效率价值。问题在于,如何迫使人们都讲程序、重效率?我以为做一些诸如"站着开会"的小改变或许可行。

法律人需要一些"书生气"

中国文化源远流长，时间久了难免有些名言佳句会被断章取义，"百无一用是书生"就是一例。这句出自清乾隆年间诗人黄仲则的自嘲之语，后来成为世人讽刺读书人的经典论断。而造就这番误会，大概也与生活中"书里"与"书外"两个世界的隔阂太大有关。

自古以来，儒家都讲求入世，读书人也应经世致用、八面玲珑，这似乎是几千年来的定论。秀才读书多，却不知入乡随俗、活学活用，难免会在现实生活中四处碰壁。今天倘若碰到言必教条的人，说得好听些称其"书生气"太重，说得不好听就是太过幼稚、不谙世事了。

记得我第一天走上讲台时，讲授的内容是"民告官"。行政诉讼法所蕴含的维权理念，让我这个初出茅庐的年轻老师显得那么天真，迫不及待地想要将法的公平正义悉数灌输给学生，还不知深浅地"教诲"学生今后应坚持依法办事，切莫向"土规定""土办法"低头。课后有学生跟我说："老师，你太书生气了。""书生气"自此成为学生对我的一个常用评价。

后来，我开始接触司法实践，懂得了法律文本与实际操作中的巨大鸿沟,也体会到学生告诫的好意。课堂上,总有学生问我:"老师,你真的相信法治吗?为什么你所讲的那一套在实践中行不通?"书本太丰满,现实太骨感,学生的困惑也是我这个"书生"的困惑。这些年来,就媒体曝光的事件发发感慨已成为习惯,也会把观点拿到课堂上去和学生讨论,但积攒的那些评论文字说到底依然不过是一种"书生意气",有时自己也会像苏东坡那样自嘲"一肚子不合时宜"。

当然,我也接触到一些圆润灵活地游行于两个世界的法律人,也经常听到有经验的老师在课堂上讲:法律规定是这样的,但现实中不一定如此。一些精于传授其中"奥秘"的老师深得学生欢迎。我从中感到一种莫名的苦楚。如果连老师自己都对法律充满怀疑,学生如何能信奉法律?做转型中国的法律人,必须经受得住理想与现实背离的痛苦煎熬。以往,我们或许会批评大学的学生只会读书不知社会,但今天我们很多学生大多能够"活学活用",早已熟知社会中那些"陈仓暗道"了,反倒缺乏的正是一股子"书生气"。

法治的征途从来都不是一帆风顺的。有的时候,遵守规则的老实人往往会吃亏,而那些弄虚作假者却很可能名利双收。但现实的不足并非我们随波逐流的理由,而恰是法律人必须去努力改变的对象。法治离不开每个人的坚守,法律人的使命就在于用理想映照现实,播种法治的精神与希望。法学乃经世致用之学问,死守一些条框不知变通,变成白面书生有时固然不好,但多些"书生气"我倒以为不失法律人的应有品格。胡适仕途机会不少,但他多次婉拒推辞,为的就是保存书生的"这一点独立的地位","养成一个无党不偏之身"。今天的法律人保留一些书生气,为的也是留住那份学习法律的初心和执念。切莫忘了,文头那句被误会的诗句,后面两句恰是"莫因诗卷愁成谶,春鸟秋虫自作声"(黄景仁,《杂感》),

真我性情何其洒脱！

"我一直坚持的一个信念是，改变不了大环境，就改变小环境，做自己力所能及的事情。你不能决定太阳几点升起，但可以决定自己几点起床。"（熊培云，《自由在高处》）读到这段话之后，我每次在课程结束时都会和学生讲：你们今天或许会为法治一时不彰而气馁、抱怨，但总有一天你们会成长为能够作出决定的人，那时你们是会变成今天自己所讨厌的人还是选择站在正义一边？

法治的深入驱动更需要观念的改变、理念的塑造、精神的哺育。这需要法律人多几许执念，少一些怀疑；多几分书生气，少一点圆滑练达；多培养一些浩然正气，少钻研一些人情世故。法律人身上的书生气，恰是对法治的一种执念与坚守，这种真性情在今天因为略显孤独，方更显可贵。

聚是一团火，散作满天星。倘若法律人都如斯，何愁法治的天空不会璀璨光明。

自媒体时代法律人如何"说"法

20世纪末,有学者讨论"五四"新文化运动时,曾反思当时为什么法学家缺席。其实不独"五四",在中国百余年来风起云涌的变革大潮中,法律人并没有活跃在国家政治生活的舞台上,零星的几个人物也只是今天法学者研究的素材。法律人作为一个群体真正走上社会前台,恐怕还是改革开放以后。

改革开放所带来的思想解放、法治勃兴,无疑是法律人群体形成并逐渐活跃的社会基础。但无论是对国家的政治生活,还是对普通民众而言,法律人开始发挥实质性影响,其中一个重要的推动力就是网络的崛起。互联网让法律人相识,互联网凝聚法律人的共同志趣和抱负。记得在我大学本科毕业时,法律人这个概念还"深藏闺中";时至今日,法律人借助自媒体平台,兜售各种观点、原则与理论,不断介入公共政策和公共事件。信息技术的开发,让法律人找到了走向前台、现身"说"法的便捷通道。

那么,法律人又该如何回馈时代送的这份"厚礼"?苏力先生很早倡导的"送法下乡",实际上并没有得到成功的践行,"普法"运动向乡村所输送的多是法律知识与技术层面的"器物",而法治的精神始终难以生根。今天,生活在自媒体时代的法律人,正迎接又一个"法治的春天",或许应当"送法上网",只是这一次不再是有意识的运动,而是更趋于无意识的影响;不再是工具主义的知识普及,而是文化层面的精神播种。如何借助网络信息的平台,在一言一行中向"网民"传递法治的思维与理念,引导"网民"接受法治的生活方式,这应当是自媒体时代赋予法律人的职业使命与社会责任。

之所以讲这一番"大道理",一是法律人职业群体日趋开放化,一些非法律专业的公知或评论人,急速引导着网络舆情的发展,但由于没有系统地进行过法学浸淫,片面抓到的法治的一隅观点,很容易在介入公共事件时失之于偏;二是法律人内部的分工日趋细化,律师、法官、检察官和学者之间也出现利益分化,一些"体制内"的法律人囿于身份而选择"失声",缺乏公共关怀的价值向度;三是法律人共同思维方式和语言模式出现碎片化,难以汇聚成引导舆论的法治潮流。这些现象归结起来,就是法律人还不能为网络提供理性而有效的价值观点,让一些公共事件的处理走上"舆论战"而非"法律战"的弯路。

在嘈杂的舆论场,法律人原本是理性的坚守者,是法治的捍卫者,为此而无惧于当"少数派",更不会为一己私名而迎合非理性、逆法治的大众情绪。遗憾的是,中国舆论多元化、开放化与法律人职业化几乎同步发展,二者都不太成熟定型。当不成熟的法律人遇到不成熟的舆论时,激情碰撞下很容易让法治迷失本性,误入歧途。我自2008年开始分析政法网络舆情以来,发现很多舆情事件中,法律人借助自媒体"发声"也会为了"语不惊人死不休"而丧失理据,以非法治的方式实现法治的目的。

自媒体时代,法律人应当具有更强烈的共同体意识,树立更一致的法治思维,崇尚更娴熟的法治生活方式。有的时候,我们无须介怀于"有什么样的政府就有什么样的公民",反过来不妨省思一下"有什么样的法律人就有什么样的网民"。尤其是在介入司法个案时,秉承法律人的公共情怀与自觉意识,注意区分法律与事实、客观与主观、形式与实质、程序与实体之间的关系,理性发声、准确"说"法,通过博客、微博、微信及纸媒评论里的字节,把这些舆论空间打造成免费的学校,向人民传授公共生活的艺术,培养公民的法治精神。

以上杂谈,用于纪念我心中的中国互联网 20 年,并期待未来的自媒体时代,法律人能够讲述一幕更加精彩的中国法治故事。

理性需要暂时的沉默

记得小时候，村口有几棵桑葚树，每到初夏都能结出丰满的桑葚果，但印象中却极少见到果子熟透，往往是浅红初染，便被小伙伴们争先摘走了。其实大家都知道，那时摘下来的果子并不好吃，酸涩得很。但都怕被别人先摘走，所以谁也没有耐心等到果子真正成熟。

时下，随着自媒体的普及，每个人都拥有了"话语权"，人们对一些公共事件的评判，就有点儿像争着摘果子的心理。二十多年前，当网络信息还不像今天这样发达，一些案件总会先被纸媒披露后，再引发媒体相对理性的评论，然后才在民众中间形成舆论效应。这中间一般都有一段时间，其间多方位、多角度的新闻调查和观点评论都会从纸媒推出，某种程度上确保了大众舆论的理性程度。

今天，这样的舆论发展路径全然变了。无论是纸媒报道还是网络曝光，一旦被捕捉，一些人如同发现那桑葚果一般，不管熟没熟，争先摘去了便是自己的。所以只要公共事件一出来，无论报道的事实是否可信，不管披露的信息是否对称，就抢占舆论先机，占据道德高地，旗帜鲜明地亮明自己的立场和观点，"快字诀"成为自媒体发声的首要秘诀。对寻常百姓而言，能够指点江山、激扬文字，岂不快哉！

这是言论自由的兴盛，同时也可能是法治理性的失守。

"有一分证据，只可说一分话。有七分证据，只可说七分话，不可说八分话，更不可说十分话。"这是胡适当年谈论治学的名言，强调做学问要实事求是、治学严谨。其实在公共讨论领域，这种"有几分证据说几分话"的理性与严谨，同样稀缺且珍贵。尤其是评价正在司法程序中的案件，更需恪守"谨言"戒律，不是不让说话，而是要说有理有据的话。遗憾的是，包括一些法律人和学者在内，更习惯于以"博取眼球"的方式谈论评判案件，追求"语不惊人死不休"的轰动效果，大有越背离法治常识越能体现自身水平的趋势，有的甚至连一分证据都没有，却敢说十分的话。

法治社会的成熟公民，理当具有一定的理性思维和独立判断能力。但是在这样一个略显嘈杂的转型时期，各种复杂的利益矛盾和社会冲突，让公共法律议题显得越发敏感，一个案件在不同人的眼中便具有了不同的评判价值，很容易成为各种不满与怨愤的发泄出口。法律人于这样的背景下介入个案评判，不能一味迎合大众舆论的导向，也不能与大众舆论针锋相对、蔑视唾弃。正确的姿态是懂得克制，运用事实重构与逻辑推演的方法，在事实甄别、证据判断与结果评价之间建立起关联。倘若脱离具体的法律结构和司法语境，毫无章法地援引古代或域外的案例简单类比，所能起到的效果只能是进一步撕裂法治的底线共识。

在多元化社会，人们需要的往往不是"导师"，而是能够引发共鸣的"反对派"。这对拥有大批"粉丝"的公知学者而言，公众的感性化情绪似乎是一笔财富，理性很可能变得一文不值。于是，在争先表态、抢先发声中，有的法律人缺乏沉着冷静的思考，缺乏细致耐心的考据，缺乏严密谨慎的推理，立场走在事实之前，观点奔跑于证据之外，最终营造出的监督效果不是基于理性的批评，而是依靠强大的民众情绪。

然而，缺乏理性的社会，是不足以抵达法治彼岸的。倘若法律人都以非理性的方式去呼吁法治，无异于饮鸩止渴。理性的获得，有时要法律人耐得住寂寞，守得住桑葚果熟透的日子。但令人失望的是，当越快评论越显得有价值、有地位、有影响的时候，谁还会去管那桑葚果有没有熟透呢？即便是酸的，人们依然忍不住争先去摘。对公众而言，抢着发言或是言论自由之幸；但对法律人而言，缺乏理性的发声并非法治之福。

砥砺法治需要更多"建设者"

做任何一件事情,心态很重要。法治建设同样如此,治下的民众对法治究竟持有什么样的心态,是叶公好龙还是矢志不移,是悲观失望还是盲目乐观,不同的心态决定不同的行为,往往影响着法治的总体进程乃至方向。

记得前些年一次和朋友闲聊,谈及法治改革中一项颇具突破性意义的举措,朋友却感觉了无新意,认为其多属标新立异、哗众取宠之举,终归敌不过现实。细问何种现实,朋友答曰:权力横行、领导意志至上,在这种现实中就法论法岂非"与虎谋皮"?言语间,不难感觉到朋友似从所谓的"现实"中受伤颇深,而这种或许"刻骨铭心"的亲身体验,让他对"法治"灰心丧气。

其实,朋友的看法并非个别心态,而是具有很大的普遍性。对于那些从权力任性控制下逃离的人而言,原本应当对法治持有最坚定的信念,但法治进程的阶段性、法治举措的具体化,可能会令其失望。于是,无论谈及什么样的具体问题,他们很多人会以泛泛的现实或历史作为论据,否定某个法治举措的可能性。我很难就事论事地与之交流,但不难感觉到其内心的消极乃至绝望。

于中国而言,将法治作为治国理政的基本方式,从国家、政府、社会各个层面确立起良法善治,不啻为一场影响更为深远的革命,其艰难程度可想而知。市场经济释放出的社会活力,一定程度上刺激了民众的权利自由意识,但深层的障碍却依旧如斯。尤其是见证了权力的肆意妄为之后,人们对法治还是否抱有"建设性"心态呢?

砥砺法治,需要向死而生的勇气与果敢,需要断臂自救的魄力与决心,同时也需要无论顺境逆境都保持理性且坚忍的心态,我把拥有这种心态的人称为"建设者"。他们不是指行动意义上的推进者、参与者,而是指心态意义上对法治持建设性态度的一类人。无论前途多么崎岖坎坷,"建设者"对未来法治都不失理想追求;无论眼前的进展多么突飞猛进,"建设者"对当下现状都不失理性判断。不空谈空想,也不妄自菲薄,面对困境与挫折,总是在一点一滴地去改变、去推进。我以为,砥砺法治需要更多这样的人。

理想主义者值得敬仰,但并不一定适合搞法治,他们或是在现实面前碰得头破血流,或是脱离现实盲目追求心中的"理想国"并最终被抛弃。消极主义者能够给我们提供清醒剂,但容易陷入负面情绪泥沼中而无所作为。还有一些人,甚至把眼前法治的成就都视为人治的结果,这着实是中人治的毒太深。与他们相反,"建设者"能够对未来保持初心不变,对眼前保持头脑清醒,用实际行动去改变自己,改变周围的人和事,改变社会小环境。

那么,如何培养旁观者的建设性态度呢?窃以为关键是把旁观者拉进法治的过程中,让他们身临其境,感受其中的点点滴滴,提高对法治的亲近度。很多时候,我们对自己并不熟悉的事务,很容易要么盲目拒绝、要么全盘接受。而一旦深入了解之后,方能学会运用辩证法,提出改进的建设性意见。问题是,现在法学院里培养出的多是法治的理想主义者,现实体制中塑造出的则多是法治的消极主义者，而真正有建设性态度的人更值得珍惜。

　　古人云："一室之不治，何以天下家国为？"（刘蓉，《习惯说》）历经千年的治理传统，从人治到法治的转型伴随的不是阵痛，而是漫长的持续性痛感。在这个过程中，"建设者"的价值更加重要。从点滴做起，不放弃任何一个有可能推进法治的契机，积极而不天真，主动而不消沉，扎扎实实地做一些有益于法治的事情，这样的人，堪称建设法治的"中流砥柱"。

第四辑

立法那些事

"立法依赖症"

一次硕士研究生开题，秘书送交给我的 5 份提纲全部都是立法选题，由基本原理、域外制度经验到我国制度现状及不足再到立法完善，如出一辙的研究思路让人大跌眼镜，背后折射出的科研"偷懒主义"让人深感无语。

不独如此，平时翻阅各类研究文章和评论，"立法论"依然占据了主体部分，对每一种不良现象的批判与分析，最终总会归结到法律制度不完善上来，立法的迟延与粗放，俨然构成了现下中国诸多问题的"冤大头"。

再回头看看每年的"两会"，代表委员们提交的议案提案大多也是立法类型的，有的地方人民代表大会上立法议案占据全部议案的比例超过 50%。代表委员们对于立法的关注，远甚于执法、司法和法律监督等其他领域。

不可否认，人民代表大会是我国的立法机关，提交立法性质的议案无疑是代表们履行参政权利的主要形式，抓住立法这一"分配正义"的重要环节，将选民的意见充分反馈，无疑是现代民主政治的关键。从社会领域看，包括研究者在内的大众提出立法建议，也是国家法治建设的重要动力。

但是，中国在改革开放急速立法实践中所形成的立法观，在取得法律体系伟大成就的同时，也容易将一种"立法依赖症"带入"后立法时期"，甚至陷入"立法万能主义"的误区。曾几何时，我们似乎形成了一种路径依赖，一旦出现社会问题，除了观念原因之外就是立法不健全，大有"一法解千愁"的滋味。如果发现法之不彰，就继续呼吁再完善立法，修复补丁，抱定"魔高一尺，法高一丈"的态度。所以，奶粉出现三聚氰胺要立法、餐桌出现地沟油要立法、药品出现毒胶囊要立法、针对明星假唱要立法、国考泄题要立法、见死不救要立法……

在人类寻求安定的社会秩序的过程中，法律始终只是一种实现路径，并不是所有的社会关系都能依靠法律来有效调整，也并不是所有的立法都能解决现实中的复杂问题。轻视立法固然不可取，但过于把眼界集中在立法的书面活动上，动辄呼吁加强规则制定，也未必是一种追求法治的理性态度。即便是一些主张完善立法的人，也未必相信最终立法能够解决所有问题；代表委员们不厌其烦地提出立法建议，内心同样也对法律缺乏可操作性与执行性充满忧虑。

既然目前中国法治面临的主要矛盾，已经不再是"无法可依"，为何从庙堂到民间都乐此不疲地建言立法呢？深入分析，不难发觉人们的某种奇特心理。立法建议，人人都能提，人人都可以研究，至于是否可行，又能否解决问题，似乎并不受人关注。这就像是开会，一些人之所以喜欢开会，一来"动静大"，可以宣示政绩；二来"难度小"，开会意味着已经推动工作了，至于会下的实际工作效果，反而无人问津。很多犯有"立法依赖症"的人，也是持类似的"投机取巧"之心态，在大而化之的正确结论背后，多是空洞无物的虚空建议，对那些问题中真真实实存在的难点，则缺乏深入分析与动手解决的能力。

给研究生辅导论文写作时,我常建议他们学习梁漱溟、费孝通等学者的"田野调查"。遗憾的是,在一个学术浮躁的社会,做学问的人也出现了"偷懒主义",与需要长时期的"实证调查"分析执法中的现实问题相比,立法建议的论文无疑做起来更轻松。同样,代表委员钟情于立法建议,甚至数年乃至十数年坚持同一个立法建议,除了指导思想上的"立法万能主义"误区,我想大概也有偷懒之嫌。一来立法的建议政治风险小,较之质询案等更保险更安全也更不容易得罪人;二来不需要做太多的实证调查,也不用太过严密的数据论证,这对兼职的代表委员而言大多是可以"闭门造车"完成的,甚至还可以找人"捉刀"。只是这样的立法建议,究竟是不是代表了选民的心声,背后又是否做足了功课,实在是个难以衡量的事。

学者也罢,立法者也罢,民众也罢,如果不摆脱"立法依赖症",如果依然习惯于将责任的板子打在空虚的"立法不足"身上,或许我们的法律体系会越来越完美精致,但也可能距离现实越来越远,和老百姓的生活越来越疏,也越来越容易被人束之高阁。

"法律解释依赖症"

在《立法依赖症》一文中,笔者探讨了一些人万事皆求诸立法的路径依赖,其中还有一个值得省思的问题:为何我们有那么多的立法成果,但在有的领域却难以实现预期的治理目标呢?

出现立法文本与治理实践的差距,虽然很大程度上缘于执法缺位,但也与立法粗疏、缺乏可操作性有关。一方面,改革开放的社会变化让立法不得不寻求更为宏观和原则性的设计,以便为流淌的社会生活提供高位阶的规则"水源";另一方面,由于立法者本身的原因,法律文本被描述成与现实存在隔膜的规则体系,需要执法者进一步予以解释和运用。这便造成在现代国家的法律渊源当中,法律解释尤其是司法解释成为不可或缺的规则群。

优良的法律解释是维系现代法治的中间枢纽,其在衔接立法者旨意与生活土壤之间必不可少。但由于执法机关与立法机关的出发点不同,法律解释并不必然总与立法旨意相符,容易出现法律解释侵占乃至篡改立法权限的现象。这种危险提醒我们,在国家分配正义的系统中,立法与法律解释的界限需要相对确定,谨防执法者对立法旨意的突破。

令人担忧的是,立法者可能囿于自身局限,或是在遭遇到利益冲突难题时，会对法律解释产生依赖心理，以"宜粗不宜细"的原则将国家立法抽象成"法治正确"的信条。久而久之，在立法者头脑中形成一种"法律解释依赖症"，无论哪一项立法都需要通过法律解释才能接上"地气"。于是，立法者逐渐放弃对条文精细化设计的追求，将利益配置的难点和争议内容予以模糊化处理，留待日后执法机关去解决，从而为执法机关预留下大量的解释空间；相反，由于存在着执法部门利益，对法律解释权的争夺日趋激烈，立法者的"麦克风"往往被法律解释者抢夺，产生法律解释创设新的权利义务的事实立法现象。

以司法解释为例。1991年《民事诉讼法》修改，《最高人民法院关于适用〈中华人民共和国民事诉讼法〉若干问题的意见》接着出台了，内容多达320条，比《民事诉讼法》本身多了50条。1996年《刑事诉讼法》修改，各部门分别解释，一度导致法律解释相互冲突。后来《刑事诉讼法》大修，各部门都紧锣密鼓地酝酿配套司法解释的制定，为了避免法律解释冲突再次发生，中央政法委、全国人大常委会法工委、最高人民法院、最高人民检察院、公安部、国家安全部、司法部等，还专门开会研讨以求达成共识。这既说明我国司法解释的制定正在走向规范化，但也反射出司法解释本身所烙印上的部门利益属性。

源源不断的法律解释，不仅每天都左右着执法官的判笔，也深刻影响着民众的法律生活。面对如此庞杂的法律解释规则群，其优良与否、公正与否、必要与否，专业人士尚无暇顾及，一般公众更是雾里看花。法律解释囿于"专业性"壁垒，基本保持着"闭门造车"和"精英立法"的态势，民间意见很难直达法律解释的制定者那里。实践中，由于缺乏开门机制的监督和约束，法律解释更容易侵蚀立法解释权、背离法律价值取向，甚至伤害法的正义性。

作为国家的"二次立法",法律解释担负着"咀嚼""细化"抽象法律条文的重任,决定着能否将原则化的公民权利恰切地运送到每个人的家门口。如果执法者承担太多的立法任务,则公民权利义务的配置很容易受到部门利益的裹挟。例如,司法机关为了方便判案,对权利冲突的断决很可能偏离立法的正义性而显现出对司法便利的追求,就如同《婚姻法》的司法解释那样流露出方便法官断案的痕迹,而缺乏对规则本身的正当性考察。

不难看出,立法大面积下放正义分配的大权,法律解释政出多门,极易镂空法的正义属性,蜕化至执法者立法的不良境况。为有效防范这一危险,既要将法律解释纳入民主立法的程序轨道,以高透明度和高参与度尽可能消除部门利益的侵扰;也要对法律解释的制定权限进行严格限制,对其制定主体、解释范围、法律效力等进行规范;另外更需要从立法层面反思:究竟是不是每一部国家法律都需要有法律解释与之对应?对司法解释的过于依赖是否造成了立法权的遗失?把诸如"公共利益"之类的关键性概念留待司法者去解释会不会是一种立法懈怠?

面对密如网织的法律解释规则群,作为立法的终极主体——民众,还是有必要留下一个担心:我们交代给立法者的分配正义大权,旁落至执法者手中该怎么办?好在是,近年来最高司法机关加强了对司法解释制定程序的规范,一些司法解释在出台前广泛征求公众意见,这不失为一个良好的开端。

小议法律"通货膨胀"

对于社会治理而言，法律是不是越多越好？如果不是，那么实现善治究竟需要多少法律为宜呢？这是个很难回答的问题，但如果我们将法律比作经济社会中的纸币，通过分析纸币发行量与通货膨胀的关系，可以找到法律与社会治理之间类似的关联性原理。

如果从货币的角度看待法律，法律的"购买力"就体现为法律文本背后所涵摄的正义供给量。就社会而言，公众对正义有一个需求总量，国家则主要负责正义的实际供给，在这个寻求与供给之间，法律起到一种类似于纸币一样的中介作用。而善治的目标是趋于平衡，一旦法律过于紧缩，则难以满足公众的正义需求量；倘若法律过多，也可能表现出法律的"通货膨胀"，规则很多但是其兑现正义的"购买力"下降。

新中国成立后，社会治理一度出现法律紧缩现象，在废除了国民党"六法全书"之后，维系国家和社会的只有区区几部法律。这种法律供给的严重不足，让正义的分配很大程度上依赖于指令，人们不得不从"两报一刊"的社论中解读国家治理的风向。改革开放以后，中国进入急速立法时代，四十多年的时间就构建起一个规模宏大的法律体系，解决了法律紧缺的问题。但与此同时，在一些领域尤其是社会治理的微观层面，也凸显出一种"通货膨胀"的趋势，以为法律规则越多越好，陷入"唯立法论"，特别是在没有解决好现行法实施问题的情况下，期求了通过新的立法来实现秩序目标，以致规则不断出台，但其正义"购买力"却没有提高。

我们吃过法律紧缩的苦头，但对法律通货膨胀则认知不足。经济学界一般将通货膨胀解释为：在信用货币制度下，流通中的货币数量超过经济实际需要而引起的货币贬值和物价水平全面而持续的上涨。法律就是正义的信用货币，如果法律过多，超出社会治理的需求，也必然出现与货币一样的贬值现象，冲击的乃是法律本身的公信力，同时带来社会治理成本的上升。事实上，一些地方和部门所炮制出的"观赏性立法""花瓶式立法""重复性立法""抄袭式立法"，无异于一种滥发"纸币"的行为，丝毫无助于社会治理目标的实现。

当然，国家法律体系刚刚形成不久，我们依然还有更重的立法任务，在一些关键领域还有许多法律亟待出台。社会发展已经给法律造成了沉重的负担，正像德国社会理论家卢曼所言："日益复杂的社会对法律的步步紧逼将继续维持下去，因为法律的有效回应还没有展开。"（卢曼，《一种法律的社会学理论》）与此同时，立法在自身可操作性以及民众防范执法腐败的诉求下，变得越来越强调对具体问题的细致规范而非抽象性规范，这也使得法律规则的"肉身"太过累赘、不堪重负。在这种情况下，我们因应国家转型和改革的实践需求，一方面需要增强立法的敏锐性、实用性、效益性，另一方面也要适度控制一些部门的立法冲动。

防止法律通货膨胀，并不是说在应当立法的领域不予立法，而是压缩那些不可行的立法项目，遏制那些花瓶式、摆设式、政绩式的立法冲动，同时对社会治理中流通的法律文件进行及时修改和废止。如果已经过时的法律文件得不到及时有效的修改和废止，而是继续在社会治理中流通，也会影响到通货膨胀。法律流通环节不畅，出现过多的政策文件周转环节，甚至这种合法的官方货币还需要不断地被兑换成地方性政策文件，那么随着中间环节的增多或阻滞，必然出现法律价值打折的情形。

因此，法律可视作由国家发行并强制流通的正义价值符号，国家所能供给的正义总量是有限的，如果法律的"发行量"超过了流通中实际需要的数量，多余的部分继续在流通中分享对正义的承载，那么就会造成通货膨胀。如同经济学上出现"太多的货币追逐太少的货物"，社会治理领域就可能出现"太多的法律文件追逐太少的正义"，进而引起正义运送价格的普遍上升。而让法律在社会治理中保持坚挺，说到底就是要通过立法实效性和执行力，维持法律兑现正义的"购买力"。

立法那些事儿

立法是件很严肃的事情,向来被学者视作"人民出场"的仪式,影响着人世间的正义分配。但是与这种极其严肃的政治事务相比,立法中的一些环节充满了许多有意思的"花絮",这些"花絮"虽然构不成对立法通过的决定性影响,但还是为我们这些未能亲身参与到立法表决环节的"人民",提供了极富观赏力的观察窗口。例如下文要谈到的票决环节,就是一桩素材。

素有"小宪法"之称的《刑事诉讼法》有过多次修订,曾经一次修订的表决环节引发了我事后的"窥视欲":赞同2639票,反对160票,弃权57票,还有16人未按表决器。这会不会是全国人大历史上反对票最多的立法呢?带着发现"第一"的冲动,我通过互联网对相关的立法信息展开了不完全搜索,由于早期的立法很难查阅,公布的正式法律文件中又没有载入票决情况,所以查阅结果并不具备完全的实证分析,权且当作一种另类解读吧。

21世纪以来,提交全国人大代表进行审议的基本法律主要有《立法法》、《中外合资经营企业法》修正案、《宪法》修正案、《反分裂国家法》、《物权法》、《企业所得税法》、《选举法》修正案、《刑事诉讼法》修正案、《兵役法》修正案等,其中以历时之久、社会参与度之高、争议之激烈成为中国立法史上的"新标杆"的《物权法》，2007年以2799票赞成、52票反对、37票弃权通过；而2010年《选举法》修正案通过时，则以赞成2747票、反对108票、弃权47票，成为反对票较多的立法之一；接着是2000年的《立法法》，2560票赞成、89票反对、129票弃权；《企业所得税法》以赞成2826票，反对37票，弃权22票通过；2004年《宪法》修正案赞同票2863票，反对票和弃权票分别为10票、17票；唯一没有反对票的是《反分裂国家法》。

在全国人大常委会的立法史上，反对票最多的可能要数《车船税法》了，106票赞成、15票反对、36票弃权，不赞成率达到32%。但据李鹏在《立法与监督》中的记述，1999年《公路法》修正案草案审议过程中，在诸多常委会委员表示不太赞成的情况下，这一表决以一票之差未获得通过，反对票尽管只有6票，但弃权票却高达42票。曾引起极大争议的《劳动合同法》，2007年则以0反对票通过，《行政许可法》和《行政强制法》只有1张反对票，引人注目的《刑法修正案（八）》则有7张反对票、12张弃权票。

从上述简单的罗列看，《刑事诉讼法》修正案可谓见证了立法机关反对票的增长，而这种不断攀升的反对票背后，也说明了人大代表对于立法分配正义功能的重新认知，对于自己所代表的利益诉求有了更为清晰的自觉意识。与此同时，公共舆论从以往立法无一例外的高票通过转而关注反对票的细节，也说明了民主立法进程中，人们对于少数派意见的关注与尊重，而这种尊重反对意见的理性精神，恰是以往国家立法与公共决策所缺乏的。

现代社会，当选择成为一项公民权利，国家立法为其民众所能够提供的选择机会的大小，在一定程度上成了衡量立法优劣的尺度。尤其是在面对大众化选择的同时，立法能否考虑到少数派意见，能否顾及少数派的选择权利，成为善法的重要标准。因此，立法不仅要寻求多数人接纳，也应当珍惜并尊重少数派声音。但长期以来，立法过程都被形容为一种利益"博弈"，在票决制中寻求"最大民意公约数"，从而让立法的意旨能够代表"大多数人意志"。在"少数服从多数"的民主机制下，立法中的少数派声音变得十分微弱，甚至被民主机制筛选无踪。这种"大而化之"的立法传统，往往丧失了对权利配置的精密化追求，使得法律在应对生活特例时日益呈现呆板僵化的趋势。

从1988年黄顺兴代表投下全国人大第一张反对票，到如今立法表决中日益增多的反对票、弃权票，在人大代表依法理性说"不"的面貌上，人们不难感受到立法民主机制的完善。根据传播学家诺利·纽曼创立的"沉默的螺旋理论"，公众在接受一个公共议题时一般会判断：自己的意见是否与大多数人站在一边？如果他们觉得自己站在少数派一边，他们倾向保持沉默；如果他们觉得与舆论主导相去渐远，就越会保持沉默。这种使优势意见越来越占优、少数派越来越沉默的现象就被称作"沉默的螺旋"。如果在民主立法中，我们缺乏尊重少数派意见的传统，缺乏"协商民主"机制的介入，那么同样会形成一种"沉默的螺旋"，甚至导向"多数人暴政"的危险。可见，改变我们的思维方式和表达意见的环境，在立法中学会尊重少数派，尽量避免个体的正当权益迷失在"多数人意见"中，不仅是法律人性化的要求，更是预防立法失误的制度需要。

如此看来，对法案通过中反对票的研究，或许也是一种达致规律性认识的重要途径。稍显遗憾的是，由于法律文件和发布令里并未载明具体票数情况，想全面查阅着实不方便。笔者突发奇想，能否在公布法律通过的主席令和法律文件中，正式加入通过的赞成票、反对票和弃权票张数呢？这样建议当然不仅仅是出于满足自己研究的一己之私，更体现出立法程序本身的科学性和正当性。

对于法案的公布，《立法法》只是规定：全国人民代表大会和常务委员会"通过的法律由国家主席签署主席令予以公布"，"签署公布法律的主席令载明该法律的制定机关、通过和施行日期"，"法律标题的题注应当载明制定机关、通过日期"。其中并未要求载明票决情况。如果在公布法律的主席令以及法律标题的题注中，将具体的票决情况连同制定机关、通过和施行日期一块公布，岂不更能反映出立法分配正义的博弈均衡属性？也更尊重那些投反对票和弃权票的少数派意见？听说国外的一些司法判决书中，要载明反对者的具体意见。与司法相比，立法无疑更需要体现民主性，体现对反对者和少数意见派的尊重，既然如此，为何不能在正式文件中写明票决情况呢？

新时代立法现象系列观察

法律的"辈分"

春节临近,思乡的人儿都在筹划着回乡省亲,带着一份认祖归宗的情愫,祭拜祖辈、体恤晚辈,仿佛在这样的伦理关系中方能安顿自己的游子之心。其实,历尽沧桑变化,中国人传统的辈分观念之所以丝毫未减,盖因辈分关系礼仪,辈分关系秩序。

在一国的法律体系当中,遵循法律位阶而形成的法律秩序结构,也可以视作一种隐性的"辈分"关系。如同辈分不可乱,法律文件之间的"辈分"关系,恰是避免法律规范之间功能紊乱、维系法律体系内部秩序和谐的奥秘所在。尤其在制定法国家,法律的"辈分"同乡下人所看重的辈分一样,都是事关礼仪和秩序的重要问题。

所谓的法律"辈分",无非是强调置于法律规则体系之中的法律文件,无论是法律、法规还是规章,都有上下之分、父子之别,不能让"父亲"去干"孙子"该干的事,或是让"儿子"去干"爷爷"该干的活。这个道理对于法律人而言再浅显不过,可是在具体的立法操作中,却经常容易出现"辈分"不清甚至混乱的情形。

法律"辈分"不清的一种表现，就是立法层次的混淆。由于实践中存在一种争取高位阶立法的倾向，使得立法诉求极容易显现出非理智的一面，不同领域的立法者都尽可能提高自身的立法位阶。而一旦某一部立法率先"登高"之后，随着该领域法律体系的建立健全，便出现某部法律"身份"过高、"辈分"唐突的现象。例如，《中华人民共和国国防法》规定"国家实行军人保险制度"，加快这方面专项立法十分必要。2012年十一届全国人大常委会第二十六次会议通过《中华人民共和国军人保险法》，其意义不容置疑。但随着近年来军人权益立法提速，这部法律的"辈分"问题便日益凸显。保险权利只是军人权益中的一项，与其处于同一层次的权利还有许多，是否都需要照此辈分制定专门法律？

相反，在我国现存的法规中，却存在很多应当制定法律而只出台法规的情形，这同样也是"辈分"混淆的表现。例如《政府信息公开条例》，虽然当时有立法经验不足等方面的客观考量，但长期如此就显得极不协调，对整个国家法律体系而言也是不适当的。从一些领域的法律法规体系结构看，法律文件之间的纵向层次不明，哪些需要制定法规，哪些需要制定规章，目前还不清晰。随着法典化的推进和法律体系化建设提速，对于法律与法规的"辈分"选择，应当是立法中的一个重大理论问题，不可再以简单小事视之。

法律"辈分"不清的另一种表现，是上位法规定过细而下位法规定过于抽象，显得"爷爷不像爷爷，孙子不像孙子"。从内容上看，过于具体细致的条文倘若规定在上位法中，下位立法的空间便会受限，甚至带来规范冲突。两个条文并不一致，虽然在效力上很好解决，但实际上浪费了下位立法资源。类似立法内容上辈分不清，无论是下位法侵入上位法，还是上位法过度延伸到下位法，从体系角度和效益角度看，都是值得认真反思并加以改进的。

法律的"边界"

法律的"辈分"，主要是立法层级之间的权限分配问题。而这里讨论的法律的"边界"，则主要是想谈谈同一层级法律文件间的权限分配问题。在国家法律体系的视野下观测，每一部法律文件都应该有一个"边界"问题，法律文件之间只有恪守各自的"边界"，才能在体系内彼此协调、相互耦合。

改革开放之初，由于国家法制建设"百废待兴"，很多领域都缺乏相应的法律规范，在立法难以一步到位的情境下，一部法律文件的出台往往背负了诸多使命，适度延展其调整范围是必要的。因而那时的立法，犹如在广阔的田野上开垦荒地，不仅不存在"边界"问题，而且可以在一部法律文件中去规范尽可能多的事项，甚至将调整范围扩充至相关领域，以解决"无法可依"的难题。

立法犹如开荒。随着立法提速，越来越多的人都在田野上开垦荒地，法律法规彼此之间的"边界冲突"便随之产生。一方面，现代社会关系日益错综复杂、相互交织，法律规范在调整社会关系上很难再像之前那样泾渭分明，每部法律文件都按照自己的逻辑去调整社会关系，这必然容易产生调整对象的交叉重复问题；另一方面，受传统立法思维的影响和部门立法的桎梏，法律文件的起草者往往存有"毕其功于一法"的思维，总是想着在一部法律文本当中，尽可能多地规定一些内容，将与此相关的所有情形都收入"囊中"。

这样的现象，从单项立法上看没有问题，但是放在整个法律体系中审视，便容易造成边界交叠，出现重复立法甚至产生规范冲突。尤其在改革时代，临时性的立法项目较多，法律规范的变动性较强，法律的"边界"问题更易产生。近年来，我国很多领域都展开了声势浩大的法规清理工作，其中法律文件之间的交叉重复和矛盾冲突问题就很突出。现代立法工作中之所以推行"一揽子"工程或采取"打包"的立法方式，一个重要原因就是在法律体系化背景下，某部法律文件的内容变动往往会"牵一发而动全身"，需要连带着周边法律的立改废释。

在健全完善法律体系的背景下，新时代的立法工作应当正视并解决好法律的"边界"冲突。一方面，要变革立法思维，运用系统论的方法，从法律体系的视角审视新的立法项目，而不能仅从单项法律文件本身去考虑。对立法者而言，尤其需要警惕"毕其功于一法"的思维，不能让一部立法的"胃口"过大、包罗万象。另一方面，要确立每部法律文件的立法权限。现有立法重复性、交叉性问题多，主要原因还是法律文件本身的立法权限没有搞清楚，一个领域内的立法项目缺乏统一的逻辑线索，法律文件之间的切割逻辑混乱。实际上，每部立法本身也有一个权限问题，每制定一部法律文件，首要的问题是这部法律文件要解决的问题究竟是什么？它与其他现有的法律文件之间是什么关系？如何厘定它的调整范围和规范边界？这些问题搞清楚了，才能避免立法项目"叠床架屋"。

当然，随着国家法治的进步和立法技术的提高，法律的"边界"还需要从顶层设计上进行厘定。在对某一领域的法律法规体系进行设计时，尤其需要划分好调整范围，做好法律文件之间的权限分工。我们常把法律体系比喻为法律大厦，那么在设计建设这栋大厦的过程中，岂能不关心它内部的户型呢？

法律的"颜值"

法律是有"颜值"的。有的法律文件如同毛坯房，只是搭起了一个秩序的框架；有的法律文件形同简装房，只能满足秩序初建的基本规范需求；有的法律文件则像精装房，消费者可以直接"拎包入住"。新时代的立法，应当追求法律文件的"高颜值"，让它的消费者能够赏心悦目地亲近并使用。

在追求美的社会，人们对"颜值"的衡量标准有很多。而立法作为时代的产物，其"颜值"标准也总是印有时代的印记。以今天的标准衡量，诸如唐律之类的法典，固然有不少缺憾与不足；但是放置于当时的历史条件，唐律的"颜值"无疑是令人羡慕的，因其"颜值"高，所以才被其他国家所效仿。同样，拿破仑制定的《法国民法典》之所以流芳后世，大概也不是因其立法壮举在当时有多么惊世骇俗，很大程度上可能是由于法典本身"颜值"高。

法律的"颜值"，首先取决于法律规范的外观。一部法律文本，从名称到章节，都需要仔细考究，基本的要求是准确、规范，就像人的外貌一样须"五官端正"。倘若规范表述烦琐，内容言之无物，用语词不达意，通读下来如鲠在喉，这样的文本不要说方便使用，就是学起来也令人生厌。当然，华丽的辞藻，浮夸的修饰，艺术化的描摹，也不是法律的"颜值"追求。相反，简明扼要、行文顺畅、含义一致，虽排除了遣词造句上的美学讲究，但洗净铅华过后，留于规范之间的恰是一种对生活的格式化描述、对想象的规范化表达。而法律文本的魅力就在于此。

法律的"颜值"，其次取决于法律文本的结构。判断一个人好不好看，除了脸蛋要俊美，重要的还有身体各部分之间的比例协调匀称，合乎审美的要求。一部法律文件，除了在语言表述上清新俊美之外，法律文本的结构也十分重要，同样需要讲求"黄金分割率"。在综合性立法的背景下，一部文本往往涵摄了诸多社会关系，不同的规范结构代表了不同的秩序想象，表达着不同的生活愿景。这里，和谐的结构不光是篇章之间的内容比重，更要求一部法律文件中的权利义务结构比例要适当，权力责任结构比例也要适度。审视很多的法律文件，要么在权利规范上开"空头支票"，要么在责任条款上玩"太极"，实则都算不上协调，更称不上"美"了。

法律的"颜值"，再者取决于法律规范的精神。端详美人，其能够持久保持一种外在吸引力，靠的决非外在的身材与脸蛋，而根本上仍在于其内在的气质。同样，对于法律来说，内在的精气神是其永葆青春的密码。从单部法律文本看，前后之间需要有一条逻辑主线，如同人的筋骨贯穿全篇，表达出一种主旨精神；从某一领域的法律规范体系看，文本之间的精神亦须保持一致，不能在根本性的价值取向上相互抵触，如此方能彼此和谐地连为一体。这些内在的逻辑与精神，反映出现实秩序建构中的实际问题，折射出时代发展中的生活面貌和追求。

中国进入"新时代"，立法的要求更高了。我们制定出来的法律文件自当体现出时代特色的"颜值度"，从外观到气质，都应当追求一种对接现实与想象、架设历史与未来、融贯中国与世界的大气度。打造如此高"颜值"的成文法典，既要严格恪守立法的规范与技术，也要充分借鉴吸收世界范围内的立法文明成果，更要精准把握当下时代的脉搏、深刻回答当下时代的课题、妥帖安顿当下时代的人心。

立法的"问题"意识

问题是时代的声音，也是立法实践的起点。读懂一个时代，首先需要读懂这个时代的问题。立法要配得上伟大的时代，首先也必须回答时代提出的重大问题，解决时代中人民生活发展面临的种种困惑。正是在对时代问题的创造性回答中，立法才能把脉时代、洞悉人心，开法治风气之先。

在人类立法史上,那些熠熠生辉的法典,无不镌刻着回答"时代之问"的宝贵经验。1800年开始起草、1804年获得通过并颁布实施的法国民法典,之所以成为世界法律史上的一个里程碑,决非仅仅在于法典本身的结构精巧和逻辑严谨,更大程度上还在于其顺应了以集中立法承认和保障权利为核心的社会需要,推动解决了当时法国由农业社会向工业社会过渡的时代性课题。

立法是解决社会问题的"金钥匙"。我们常说的科学立法,首要的判断标准就是立法必须瞄准现实问题,通过科学的利益分配与权利确认予以破解。但是在立法实践中,这样的"问题"意识有时并不明显。例如:有的立法动机不纯,所谓"观赏式立法""政绩式立法"等现象,说到底并非为了解决发展中真正的社会问题,而只是将立法当作了粉饰的门厅;有的立法找准了问题,却没有寻求到破解之道,所设计的规则由问题引发但并未回归到问题的终结上来;还有的立法在破解问题时"避重就轻",遇到问题绕道走。

区别于改革开放之初,新时代的立法不仅要继续解决一些领域"无法可依"的问题,而且要深刻把握时代提出的各种问题及其特点,将这些问题由事实提炼为规则,有针对性地进行立法设计,进而提升整个法律体系对社会实践和时代需求的回应能力。例如有关国家公职人员的组织立法,无论是公务员法、警察法还是其他人员法,其需要解决的共性问题应当是:现代社会究竟需要什么样的公职人员队伍?在回答这一原点性问题的基础上,则需要进一步探究:每个领域的公职人员需要具备什么样的专业化能力?如何通过科学分类和分而治之以激励公职人员履职尽责?

相比而言,大陆法系国家的立法更强调理论逻辑,而英美法系国家的立法则更强调问题意识。新时代的中国立法应该博采众长,在问题意识的引导下,以更加周延的规则设计去满足社会实践的需求。这需要我们从"面向理论的立法"转向"面向实践的立法"。在立法动因上确立问题导向，若某一具体问题可以通过行政等其他方式解决，便无须再进行单独立法；在立法设计上坚持问题中心，避免空洞的重复与宣教，尽可能供给一大批能够契合社会现实、有效调整社会关系、解决社会问题的法律规则；在立法路径上引入问题思维，从问题的根源处着手寻求治本之策而非权宜之计。

当然，现代社会越来越复杂化，一种问题的产生及其表现都非单一因素、单一形态，由此立法也需实现从部门立法向综合立法转变。很多社会问题，难以通过单一部门职责就能解决，综合性问题需要综合性立法应对。而传统的部门立法体制，无论是思维定式、立法视野，还是纳入社会资源等都受限，立法表现形式更多也是参照部门体制确定，这种条块分割的立法容易造成法律规则在解决某一社会问题时捉襟见肘。因此，新时代对于社会治理的综合性立法需求更高，这或许需要确立以问题为中心的"大立法格局"，以全面、充分、均衡、有效地回应社会关切。

法典化的理想与现实

经过改革开放以来的急速立法，我国建构起数以千计的法律文件，以民法典编纂为标志，在构建完善中国特色社会主义法律体系的目标指引下，中国的立法如今进入了一个"新时代"。如果要对这个立法"新时代"作出概括性描述，我以为可称之为"法典化的时代"。在强调内涵式立法、提高立法质量和品质的背景中，新时代的中国立法将呈现出强烈的法典化特征。

所谓法典化（Codification），原本是指根据一系列判例形成的不成文规则编撰构造明确的法律条文的过程。人类法律的发展简史，基本呈现出由习惯到习惯法再到制定法的轨迹，法典化则被视为法律发展的高级阶段。尤其在现代国家法律体系中,在区分部门法的基础上,对法律规范进行分门别类、综合集成,以构造集中、统一、系统的法典,这对于推动法的一体化进程,构筑统一稳固的法治秩序,推动部门法创新发展,具有重大实践功能。因而,即便是在美国这样的判例法国家,法典化的理念仍然影响着其法律传统。

法典化是每个时代法律人的光荣与梦想,更是立法者孜孜以求的伟业与功勋。今天立法机关面对的主要诉求已不是单行法缺失,而是单行法之间的协调配套。在单行法律文件林立的基础上,"法典化"作为以法典为核心的法律续造过程,是解决立法碎片化、不配套,避免立法"辈分不清""边界不清""颜值不高"等问题的根本途径,是构建完善、科学、严谨、开放、包容的法律体系的重要路径。

不仅如此,法典的文本构造还深刻影响着法律规范的实施效果。法典化高度重视法律规范的可接近性,"能使法律具有固定性和确定性,从而人民能够预先知道自己的权利、义务和责任;法典还可以使法律系统化和易于理解"(沈宗灵,《比较法研究》)。因此,法典化本身从部门法视角,追求法律规则的融贯一致、逻辑严密、内容完备、结构合理,能够大大减少检索使用成本,强化法律规范在实践中的权威性与执行力。

当然,再高超的立法技术,都无法把一国的全部法律精简为一部系统化的法典。在法典化的思路中,我们必须放弃制定一部包罗万象的法典这种理想主义;同时对于部门法的构造尤其是在部门法体系建构中,则应当确立适当的法典化目标。这种法典化是实现部门法的一体化的重要方式,能够针对碎片化立法的困境,改变法律规范的多元状态,使部门法在形式上统一为一个整体,在内容上凝聚出一种精神,以统摄整个部门法规范体系建设。而且,法典化是一个开放的规范重建过程,能够解决稳定性与灵活性、权威性与包容性的关系,从而促进各个领域法治的整体跃升。

虽然域外都已在探讨法典的"中心位置"危机,争论是否进入"解法典化的时代";但在中国法治的构造任务中,法典短期内当不会失去其在法律渊源体系中的中心地位。相反,正视现存的庞杂法律规范体系,立足部门法的科学划分,以法典化工程为抓手,追求部门法规范体系的一体化构造,是新时代的重要立法任务。

在认识到法典化时代特征的同时,也应当看到这是巨大的立法工程,需要从顶层设计着手,厘清部门法中的基本法定位,寻求法典化的基础与空间。不仅如此,立法必须顺应社会的演进,预测社会的需求,回应社会的关切。法典化也必须适应它所服务的人民的特征、习惯。因此,在法典化的工程建设中,必须始终基于"民族的风俗、人情和条件"而进行,以使法典在未来成为"理性的典章",成为"中国的智慧"。当然,这又是另外一个话题了。

寻找自己的那双"鞋"

中国有句俗话:"鞋子合不合脚只有自己知道。"就立法适应"民族的风俗、人情和条件"而言,每一次制定法律法规,都意味着立法者需要寻找到适合我们自己的那双"鞋"。

从历史上看,成功的立法总有其特定的历史价值和立法精神,弘扬那些生长于本土的风俗、价值、精神和风貌。五千年华夏文明源远流长,结晶了许多值得传承的优秀法律文化。这些传统法律文化,具有援礼入法、德法并举的鲜明特征,强调法律与社会伦理、道德、习俗的一致性。立法寻找合脚的"鞋",首先要对传统文化精髓进行吸收,开放式兼容中华法律文化。只有将时代沉淀下来的民风民俗和道德规范予以吸纳,向内生的中国本土文化保持开放性,立法者才能更好地适应法治中国对于法的主体性需求,让法律规范真正获得认同、抵达人心。

前不久,中共中央印发了《社会主义核心价值观融入法治建设立法修法规划》,要求把社会主义核心价值观融入法律法规的立改废释全过程,推动社会主义核心价值观全面融入中国特色社会主义法律体系。社会主义核心价值观,融时代精神、传统价值与未来指向于一体,最集中表达了新时代中国社会的基本理念。将社会主义核心价值观融入立法,就是回应立法彰显"中国特色"的价值诉求,以贴近时代、贴近传统、贴近大众的方式,寻求法律规范内在价值与民众生活理念相融合的本土法治构建之路。

其实,近年来我国的许多立法,都体现出了价值追求上的本土性。例如,《民法总则》规定的"绿色原则",就传承了天地人和、人与自然和谐共生的中国传统文化理念;《英雄烈士保护法》更是秉持国家民族立场,对于促进社会尊崇英烈、扬善抑恶意义重大。试想,当法律规范与我们身边人的情感格格不入,与我们的伦理道德格格不入时,又怎能期待人们热爱甚至信仰法律呢?

或许在经过长时间的法律移植之后,新时代的立法需要认真省思:究竟是让老百姓改变价值观去适应所谓全球化的法律,还是以更加本土化的立法去安顿老百姓的心理?说到底,任何时代任何国家的立法,都需要找到自己的那双"鞋"。新时代的中国立法,应选择以"中国"作为自己的底色,注重关照中国当下的经济和社会结构,尊重中国百姓的传统心理,解决中国现代化征途上的特殊性问题。只有这种扎根中华本土、接续历史传统、尊重现实国情、彰显民族精神的立法取向,才能促使法律体系与民族气质相融、与中国特色相依。

当然,强调立法的本土性,并不意味着要"闭门造车",对先进的立法经验和理念不闻不问；更不意味着对历史不加选择、盲目复苏。相反，本土性的立法需要嫁接古今、融贯东西。只是无论如何，立法的逻辑起点是解决当代中国所面临的问题，其核心精神是彰显和捍卫中国价值，其主旨功能是提供法律规范上的中国方案。简而言之，我们所赖以指引生活的法律规范，须从本国土壤中生长出来，而不是盲目追求外来的盆景移栽。

权利保护的"木桶理论"

对权利的保护程度，往往是人们评价立法优良的正当性标准。现代法治国家，大多在宪法这一"权利宣言书"的统领下，构建起完善的权利保护法律体系，这成为衡量一国法治水准的重要表征。新时代的中国立法，为适应全面深化改革的需要，必将在推进权利保护立法上更加用力。只是在沿袭以往单项权利立法思路的基础上，我们更需要以"全面"思维，检视整个立法的权利保护现状，填补那些不被注意的"权利洼地"，从而提升立法保护权利的总体水平。

当我们确立起权利保护的"全面"思维后，可能就需要用到劳伦斯·彼得（Laurence J. Peter）提出的"木桶理论"了。这个道理很浅显：一只木桶能盛多少水，并不取决于最长的那块木板，而是取决于最短的那块木板。就立法保护权利而言，我们也可以判定：衡量一个社会的权利保护程度，很大程度上不在于立法确认了多少权利，而在于还有多少权利没有被确认；不在于大部分人的权利保护水平有多高，而在于社会上那些少数群体的权利保护水准。用"木桶理论"分析，那些少数没有纳入实然法规范的应然权利，那些少数处于弱势地位的群体的权利，构成了一个社会权利保护的"最短的那根木板"。从这个角度说，新时代的立法，尤其需要瞄准"少数权利"和"少数派权利"。

提升整个立法权利保护的"容量",需要尽力填补那些"权利洼地",补齐权利保护立法的"短板"。但事情不止如此。"新木桶理论"进一步认为:木桶的盛水量不光取决于最短的木板,更取决于木板之间有无缝隙。这对立法的第二层启示是,对权利的保护性规范不能是分散的、碎片化的,而应当形成一个严密的体系,上下左右彼此之间无缝衔接。实际上,在法律部门划分日细的背景下,对一项权利的保护有时体现在不同的法律文件中,倘若法律规范之间有缝隙,则立法所欲保护的权利很可能从这些缝隙中泄出。例如,我国国家赔偿的标准是依据上年度职工平均工资确定,那么国家相关部门发布数据的时间、司法机关下发执行新标准的时间,只有衔接越密切,才能越充分地保护好有关人员的权利。

新时代的立法,应让权利保护更丰盈。以民法典编纂为主要标志的全面性、系统性权利立法,充分昭示出这一时代风貌。当然,在全面填补权利"短板"、系统构造权利保护法律体系之外,还须关注权利保护的法治平台建设。衍生出的"斜木桶理论"提出:前述两种说法都是将木桶放在平面上,但如果把木桶放置在斜面上,木桶倾斜的方向的木板越长,则木桶内装的水越多。这给立法的第三层启示是,法律对权利保护的程度不光取决于规范本身,还取决于它所处的法治环境和实施状况。如果缺乏基本的价值认同,或者价值认同发生偏失,又或者在执行中其价值被侵蚀,甚至规范被束之高阁,那么立法对权利的保护效益,与其权利性规范的总量并不一定成正比。

不难看出,完善的"木桶理论"在评判一只木桶的盛水量时,需取决于三方面的因素。同理,新时代的中国立法在确认和规范权利时,也需要综合性、全面性思维。我们既要关注那些"最短的木板",为法治中国构造更丰盈的法定权利形态;又要着眼于系统完备的体系化需求，为各项权利提供严密无缝隙的保护规范；还不能忽视权利性规范的实现过程，以良法善治确保立法的权利价值不被倾斜，真正将法定的权利运送到每个人的家门口。

组织权力的平衡艺术

在很多人的潜意识里，法治时代某种程度上就是权利时代，人们对立法的认知与判断，更多地从权利视野观察，对立法中关于权利的博弈也更为敏感。与之相关，对于立法中权力的设定与组织，或是认为与己无关、难以介入；或是由爱生恨，对权力产生天然的厌恶与防范心理。在这样的社会心理下，关乎权力的立法，除了知识界带着怀疑的眼光审视外，普通民众很少关注，立法过程缺乏应有的博弈与商讨，这或许是新时代组织法的一个重要问题。

检视中国古代的立法，统治者比较关注对权力的组织立法，通过一系列具体制度，将符合儒家伦理和统治要求的德性规范注入官僚体系内部，很好地实现了对各级权力的有效组织。观察法治发达国家，其国家组织法都较为健全，对权力的组织既追求正当性又讲究有效性。相比而言，我国的组织法尚不发达，无论是国家机构还是公职人员，或者是公共设施与公共财物，还缺乏完善的法律规范，未形成一整套对权力有效组织的规范脉络。

法律之于权力的功能，首要在于组织。这种组织既包括了人们所熟知的规训和控制，又包括了对效率的追求、对德性的赋予。但是，以往人们感知更多的是权力与权利的对峙，对组织权力的便利性并不敏感，因而更强调控权与制约。现实生活中，权力失范事件经常发生，公共权力不断遭遇抵制，以致在一些危机事件中"寸步难行"。其实，在法律的调整机制里，权利与权力并非天然的敌对关系，立法既要保护好权利，同时也要组织好权力，这是权利安定并有序增长的重要基础。我们不能只关注立法对权利容量的增进，关注立法对权力的控制，同样还须关注立法对权力的有效组织。

那么，立法如何有效组织权力呢？笔者认为关键是要掌握好平衡。其一，权力配置的平衡，不能顾此失彼或错漏百出。现代社会事务纷繁复杂，任何矛盾问题的解决都很难仅仅依靠单一部门。在系统性思维下，公共治理需要不同公权力部门密切合作，而这种合作的前提是权力配置要均衡。无论是此前的"九龙治水"，还是一些地方出现的"权力真空"，其实都凸显出权力配置上的偏失。因此在组织法上，首先需要对国家机构特别是行政机关的职权，进行平衡配置，解决权力之间的制衡与合作这一难题。

其二，立法有效组织权力，还须实现控制权力与保障权力的平衡。从正当性上考虑，立法组织权力必须立足于权利目的，但是这一目的的实现并非只有控制权力一条路，保障正当性权力也是增进权利的重要途径。当权力羸弱不足以维护公共秩序、应对公共治理时，保护权利亦无从谈起，甚至"丛林法则"也会借机生长。因此，对权力的组织需考量有效性原则，尽可能提高权力效能的发挥。尤其是社会矛盾集中的领域，权力不负责任或缺乏能动性，也会产生比滥用更危险的后果。立法在组织权力时，就应当认真考虑其专业属性和能动空间。

其三，立法有效组织权力，还应关注官僚体系内问责与激励的平衡。权力有效发挥功能，最终取决于具体的人。立法既要为国家公职人员划出明确的行为底线，严格防范其滥用职权；同时也要提供足够的激励机制，让他们能够"想民之所想，急民之所急"。尤其是在强化依法用权的责任之后，就应及时完善各类各级公职人员的激励性立法。从科学性上考量，目前我国的《公务员法》《人民警察法》《法官法》《检察官法》《军官法》等，都需要在尊重职业规律的基础上，实施科学分类、完善管理制度、创新激励措施，促进公职人员的现代化，打通权力服务人民的"最后一公里"。

恪守惩戒的边界

近年来，随着改革深化、社会转型、利益重塑，深层次的矛盾日益凸显，社会治理压力激增。如何在巨变的同时保持稳定的秩序？这是法治建构过程中的一道难题。很多人将希望寄托于立法，提出在刑法中增设新罪的建议，希望通过国家动用刑罚权来实现治理效果。

这是一种惩戒主义的治理立场。从短期效果上看，通过惩戒的方式自然能迅速获得秩序效应。但是，任何新罪名的创设都意味着犯罪化过程的开启，其不光改变刑罚权的配置，更关系到国家治理模式的选择。而从治理现代化的长远角度看，刑罚权不可轻易启动，更不可任由解决社会问题的迫切功利心态，演绎为一种不加制约的"刑罚冲动"。

在治理层面上，立法应当恪守刑事制裁的边界。刑罚是最严厉的国家惩戒，轻易启动可能碾压市民社会的权利空间，同时可能带来其他法律治理手段的萎缩。恰如有学者所言，如果将所有涉及剥夺人身自由和财产处罚的违法行为一概纳入犯罪的范畴当中，"刑罚权的潮水基本上会漫过目前治安管理处罚法和部分行政法律行政处罚范围的堤岸"。

在这里，我并不打算讨论国家刑罚权的触角到底该有多长，而是想对立法中可能存在的惩戒思维作以提醒。其实，在广义上的立法中，作为重要的治理手段，惩戒很容易受到治理者的青睐。从刑罚到处罚再到各种责任追究，制度设计中惩戒存在一种泛化的危险。惩戒之利，在于能以威慑迅速恢复秩序，及早结束混乱状态。但是，倘若从安顿人心的长远治理看，惩戒的功能不宜过度夸大。犯罪学家菲利说："用暴力来矫正暴力总不是一种好办法"，"社会在与犯罪的残暴之间的斗争失去效力时，便会恶性循环"。（菲利，《犯罪社会学》）通过分析很多领域的治理顽疾发现，陷入运动式治理怪圈的根由，其实也与单纯的惩戒主义思维相关。

法律制度主要是解决社会问题的，不过在解决问题的思路上，应当更突出惩戒的"保底功能"而非"主体功能"。对于社会乱象，马克思曾说过，立法者"必须以最伟大的仁慈之心把这一切当作社会混乱来加以纠正，如果把这些过错当作危害社会的罪行来惩罚，那就是最大的不法"（马克思，《关于林木盗窃法的辩论》）。倘若将惩戒从治理社会的"底线"推到"前沿"，其触须过度延伸至家庭伦理、人性道德，久而久之对社会的重建与自治必定弊大于利，惩戒思维主导下的社会治理，呈现出的也将是一个缺乏生机活力的僵硬社会。

那么，良性的治理规则需要以什么思维主导呢？我觉得作为硬币之两面，惩戒与激励当阴阳互补，并以激励为主。法律本身具有激励与惩戒的功能，只不过千百年来，人们对法律的认识往往与惩戒相连，故而在立法中也很容易加入惩戒性的思维；相反，对于法律的激励功能，我们经常无意间忽视了。其实与惩戒不同，激励性的治理手段，往往更能收获永久的法律秩序。

打个不太恰当的比喻，公权力对社会的治理，就像家长对孩子的教育。对犯错的孩子固然要批评甚至惩戒，但总体看，鼓励式的教育方式无疑更有益于孩子的健康成长和成才，而批评式的教育方式往往让孩子陷入困顿，引起更多的社会问题。以此为鉴，立法者对社会治理的规则供给，我以为也应当严格恪守惩戒的边界，确立激励的主导思维，创设出更多具有指引性、激励性的举措，以引导社会良性发展。

"拔鹅毛"的技术

关于税,有两句经典的名言。

一句叫作"自由依赖于税",这是美国公法学家霍尔姆斯和桑斯坦在其合著的《权利的成本》一书中表达的观点,它告诉我们一个现代政治常识:被视为与生俱来的神圣的权利,也是需要成本的,因为贫困的政府无法保护权利,公民必须给"守夜人"报酬,用以购买保护权利所必需的公共产品。

另一句话是英国经济学家科尔贝说的,"税收这种技术,就是拔最多的鹅毛,听最少的鹅叫"。这话告诉我们,征税是个技术活,如同从活鹅身上拔取羽绒,拔光自然不行,如何"可持续"地拔取才是正道,国家制定税收政策也应当寻找一个合适的平衡点,不能做"一锤子买卖"。

两句话虽然侧重点不同,但折射出现代国家税收的法治面向:前一个是实质法治——征税的必要性以及税用的正当性。税是政府赖以生存和运作的物质基础,更是政府向纳税人提供公共服务的必要保障。既然自由依赖于税,那么对于税的使用,也应该用于保障权利自由之目的,这构成了现代税收法治的实质正义。后一个是形式法治——征税的技术性以及程序的正当性。对公民而言,征税是损耗性的不利安排，痛是在所难免的，要"听最少的鹅叫"，就必须讲究征税的"火候"，制定充分的程序流程获得公众同意，这构成了现代税收法治的形式正义。

上述法治面向不难理解，但用之于实践则难免会出现一些偏差。例如，强调权利的成本，是否意味着谁纳的税多就能得到更多的保护？在政府保护权利的公共服务领域是否也存在VIP专区呢？从法理上讲，人人享有平等的权利，当然不能用纳税的贡献量来衡量个人享有权利的分量；但从现实的角度看，由于权利的实现需要成本，而有些权利比较昂贵，于是富人实际上会比穷人享受更多的权利。如此，政府如何实现税的实质正义呢？这里的关键在于，权利平等的税用正当性安排，必须着力提供平等的平台，让每个人都有实现自身权利的机会，例如，提供公共资助的均衡化教育，如果税的使用着眼于"三六九等"的资源配置，那么实质正义就是奢谈。

又比如，税的使用以保障权利为归依，但前提是需要养活庞大的官僚集团，这种成本在整个税用中的比重，本身构成了税的正义标准。如果政府的权力越来越大，机构人员越来越膨胀，公务官员实际待遇日趋奢华，而提供的公共服务质量却不断下降，公民的福利保障长期得不到提升，就很难说这样的税用具备正当性。很显然，要扒开税用的具体安排，实现税收"取之于民，用之于民"的目标，离不开公民对"三公消费"之类支出的有效监督。

说到监督，就离不开知情这个前提。如果公民连自己是否是纳税人、交了多少税都不清楚，就很难说这样的征税合乎法治标准。我国目前的税制以间接税为主，如增值税、消费税和营业税，这三大流转税占整个税收的50%左右，这种间接税的最大特点就是税负具有转嫁性和隐蔽性，税隐藏在价格当中，不易被人察觉。这样说来，我们每天从起床开始就不停地在纳税，但却并不知情，既然连自己支出的权利成本都不清楚，又如何判断自己收获的权利是否足量呢？

其实，税的过程中始终存在着两个利益主体的博弈与碰撞：一面是税务部门的征税冲动，另一面是现代公民的税感焦虑。并非所有征税的政府都切实地把税收用于保护权利、执行权利上，因此，要使政府乐意保护权利，就必须寻求一个政府与公民的博弈过程。这个过程重在纠正税收部门只顾着"拔更多鹅毛"的行政偏好，将征税纳入公众同意的法治程序，并装上使用监督的"跟踪器"。回顾英国宪制的发端，不难看到贵族与国王关乎征税的斗争何其激烈，最终进入《大宪章》的条款让国王不能再随意"拔鹅毛"；而美国独立战争时那句响亮的口号——"无代表，不纳税"，更是鲜明指出征税必须符合法定程序。

税本身乃是一种浓缩的法治，从中不仅能窥视出政府的本性，也能折射出公权与私权的较量与安顿，隐含着公民权利的实现程度。说一千道一万，高深的税收法治原理归结起来，就是回归到再朴素不过的一个基本常识：你要从我口袋里掏钱，总得要征求我的同意并说明理由和用途吧！

政府破产与廉价行政

日常生活中，用最少的钱买到优质的商品，永远都是理性经济人的目标。法治国家里，用最低的税负购买到优良的公共行政，也是现代公民的期待。但如何让合法的行政系统始终保持廉价的运作，向来是道千古难题。

曾经在给本科生讲行政法课程时，我提到国外政府破产的例子，很多同学感到不可思议：政府怎么可能破产？公共服务的职能又由谁来承担呢？这是个饶有趣味的话题，不妨先来看个真实的例子。

在温润晴朗的美国加州南部，有个因盛产柑橘而得名的橘县，曾是加州最富有的地方，全县人均收入达7万美元。可在1994年12月，该县却宣布破产。此前县政府曾努力寻求州政府和联邦政府的帮助，但都碰了钉子。州政府拒绝的理由是，橘县破产的根本原因是当局对财政管理不善，如果州政府对这种管理不善的后果给予救助，那就会开创一个不好的先例。联邦政府赞同州政府的意见，要求橘县政府自己去解决问题。

下级政府欠钱了，上级政府竟然不管，这种"亲兄弟明算账"的行政体制可能是我们难以理解的。但其所传递出的理念恰在于：剥离种种光怪陆离的宏大叙事，政府的本来面目可能就像是一个大型公司，其赖以运行的经费来源于纳税人，自当管理、经营好公共资源；下级政府也如同子公司，虽然与总公司利益休戚相关，但仍旧是自负盈亏，对自己管理不善导致的亏空，当然需要由自己负责。

政府破产的好处显而易见，最直接的好处就是倒逼出一个廉价政府。破产后大量的公车要被拍卖抵债，花园式的豪华办公楼换成租用的廉价房，官员公务性消费不得不勒紧腰带，整个行政运作必会保持在十分廉价的状态。而从远期看，破产之灾不仅能逼迫政府平时养成廉价行政的习惯，尊重纳税人的每一分钱，对各种开支精打细算、锱铢必较；而且还能培养政府投资管理的风险意识，让这个公共的"大管家"学会当资产经理人，管好公众的"钱袋子"。正因为如此，美国自 1937 年联邦破产法的政府重组破产保护程序实施以来，先后有 600 个地方政府使用过该程序，日本也有近 900 个地方政府宣布过破产。

问题是，政府破产之后，公民所需的公共产品由谁提供？社会治安、公共服务等如何保障？从公法的角度讲，政府作为一个资产管理者可以破产，但其承担的行政权力和职责却不能破产。考察国外的实例，我们能看到所谓的政府破产主要是指财政部分的破产，而不是行政机器运转的停滞。例如橘县破产后，就进行政府改组，由新政府与债权人进行谈判签订还款协议。

政府机构的改组在保持公共服务延续性的同时，也可能会伤及纳税人的部分利益。首先，破产后的政府除了自身减肥瘦身之外，还会压缩固定资产投资计划和公共服务项目，贫困政府必然导致公共产品的贫困状态。2006 年 7 月 1 日，美国新泽西州州长乔恩·科尔津就关闭了已经没有权力支出任何预算的州政府，致使约四万五千名政府雇员处于休假或待业状态，就连新泽西州法院也被迫处于"半停工"状态，财政危机最终必然影响政府所提供公共产品的质量。

再者,破产的政府并没有公司破产的清算程序,而是奉行"父债子还",因此,新政府除了开源节流、节衣缩食、共渡难关之外,不得不主要依靠今后的地方税收还账,这笔款最终还是"羊毛出在羊身上"。

不难看出,政府破产实属无能腐败政府的"休克疗法",但也算是"不得已的次优选择",而如何保障政府破产后的正常公共服务水平,如何防止新政府对公民的盘剥夺利,显然都需要法律进行严格的规范。

建设法治政府,自然包含了建设廉洁的、高效的、廉价的政府。前些年,一些超高的"三公"经费警示我们,维系一个"昂贵的政府"不仅会造成纳税负担,而且容易滋生行政腐败。更有甚者,一方面是超大比例、居高不下的行政开支,另一方面则是不断累加的政府债务,类似小品中反映的"一级政府吃死一家饭店"的情形,至今回想起来依然令人震惊。体制不同,国情不同,但追求廉价政府的目的却是相同的。其实政府破不破产并非关键,关键是能否在法治政府建设中真正实现对政府开支的法治化约束。

如此看来,要建设一个精简、成本低、不浪费公民血汗的政府,还得回到现代政府与纳税人关系的理性构建上,让二者遵循市场经济规则,行政成本(公众税负)和产出(提供的公共产品)体现经济活动的合理性和效率性,实现公共管理成本最小化的廉价行政状态。而要做到这一点,非用严格的法治规范不可。

法入"围城"深几许

钱钟书说婚姻就像围城,外面的人想进去,里面的人想出来。这种笔触的描述,可能更多缘于对中国传统婚姻家庭伦理的认知。受儒家思想的影响,我国传统的婚姻家庭带有鲜明的伦理色彩,被视为社会的基本细胞,是伦理道德的基础,也是培育善良风俗和民情习惯的温床。在"三纲五常"的伦理规制下,封建社会的婚姻被血缘纽带编制成了禁锢个性与自由的"围城","夫义妇顺""父慈子孝""兄友弟恭"成为儒家和统治者最理想的婚姻家庭目标。

但是改革开放以来,经过市场经济的急剧解构,传统的婚姻家庭秩序面临解体,用以维系婚姻家庭关系的伦理规范发生不同程度的失效,自由价值观念的增长让婚姻家庭格局发生深刻变化。"单身贵族""契约婚姻""AA制婚姻"成为年轻人的时髦选项,甚至以往难以想象的"无性婚姻""模范(没饭)家庭""周末夫妻""双城生活"等,都成为当下人的时尚追求。新与旧、传统与现代的伦理道德不断发生碰撞与冲突,那种禁锢自由的传统意义上的"围城",的确出现了坍塌。

对此,年轻人欣喜若狂,他们感受到婚姻这座"围城"的一丝自由气息,也为能够随时逃离"围城"而深感庆幸;但另一些人则心焦如焚，因为他们看到的是"爱情归爱情、财产归财产"的分离，是婚姻家庭社会功能的弱化，是感情和文明共同体的分崩离析。在这种自由与传统的不同诉愿里，婚姻法律规则的发展更多地选择了前者。从新中国第一部婚姻法到1980年婚姻法，从2001年修订的婚姻法到十年间最高人民法院出台的三个司法解释，法律规则的基本精神越来越趋向于"我的婚姻我做主"，充分尊重个人的意愿。这无疑合乎许多"80后""90后"年轻人对未来婚姻家庭的想象，因为他们崇尚婚姻的自由与个性，希望用理性的规则事先处理好相互关系，免得日后纠缠不清。

让传统主义人士感到担忧的，正是法律规则对婚姻家庭维系功能的弱化，他们更看重婚姻家庭的社会意义。结婚组建家庭不仅关乎个人幸福，更承担着塑造人格、培育文明、形成善良风俗等社会功能，因而主张现代法律制度应该侧重于维护婚姻家庭的这种功能，甚至希望法律能够为现实中的婚姻松散开出"药方"。而这些都是婚姻法律制度本身所难以承载的。然而，真正的问题是：处在观念、制度、人身依附关系急剧变革的时代，什么样的婚姻家庭想象才符合我们的最终目的？法律又应当捍卫什么样的终极价值？它能够"保卫"我们的婚姻城堡吗？

站在人类发展的历史长河中观察可以发现，人们在寻求感情与安定的婚姻道路上，经历着从伦理到契约的转变。古代人的婚姻主要是一种人身依附关系，女子是男子的附属品。而如今，在日渐自由的体制下，婚姻就像"最小的合伙制股份公司"，规则越清晰，处理越简便，一些人就感到越幸福。用财产或是其他手段捆绑住婚姻，甚或是用司法来阻挡离婚的步伐，均并非他们所愿。在西方，婚姻关系也被认为是一种契约关系。我们经常见到西方人结婚的场景：新郎新娘在教堂中并肩而立，神父问："乔治，你愿意娶玛丽为妻，无论她健康与否，富裕与否吗？"新郎回答说"yes"。接着神父又问新娘："玛丽，你是否愿意嫁给乔治为妻，无论……吗？"新娘也回答"yes"。然后，双方戴上戒指，神父说："新郎可以亲吻新娘了。"这个过程被易中天先生认为是一个契约签订的过程。更有甚者，完全用真契约的方式来假结婚，韩剧《契约婚姻》就是对现实最典型的艺术反映。

如果把婚姻作为一种特殊的契约来看待，那么这种契约不同于一般以商品买卖为内容的合同，它必须是以男女双方意志与爱情的统一为基础，双方互相享有一定的权利和负担一定的义务，而非以单纯的物质利益为前提的交换。对契约的履行更需要双方的责任与承诺。从这个角度看，婚姻法律制度发展或许真的重新揭示了现代婚姻的本质，即婚姻是一种公平的契约关系，而不是一方对另一方的无责任的占有或恩惠。

当然，不管我们对婚姻有着怎样的想象，打开婚姻大门的唯一钥匙依旧是感情。法律、道德与伦理，都无法替代感情成为婚姻家庭的维系凭借。有了感情的根系，婚姻才会酿制出生活的甜蜜与幸福；而只有失去感情的婚姻，才需要法律充当定分止争的工具和最后手段。

餐桌上的"风险刑法"

"我们的身边原本充满了看不见的危险,但现在我们不幸看见了,而且是在餐桌上。"美国资深记者尼科尔斯·福克斯曾描述的餐桌上的危险,对于崇尚"民以食为天"的国人而言,可能快接近"临界点"了。前些年有统计显示,我国每年因为食品而中毒的人数在 20 万到 40 万之间,关于食品质量的投诉每年在 10 万件以上。尤其是前些年此起彼伏的食品安全事故,让坊间不少朋友发出这样的调侃:现在吃什么都要命,但不吃更要命。

像狄更斯所说,这是一个最好的时代,科技创造的各种美味让人垂涎三尺,食品不再是单纯用以果腹的五谷杂粮,还是刺激我们味蕾的艺术品;但这也是一个最坏的时代,因为在种种技术创造的背后,法治的缺失使危险蕴藏其中,看不见的山珍海味可能成为"投毒"的代名词。以前,我们或许还能为没有买哪个地方的火腿、喝哪个牌子的奶粉、吃哪家的火锅底料感到庆幸,但如今,单单一个"地沟油",就已经让之前些许的"侥幸心理"破碎殆尽,你我再难成为那偶然的"幸运者"了,除非像有的单位那样,去城外租上 30 多亩地,雇人种菜以规避这种风险。

作为介于安全和毁灭之间的一个中间状态,"风险"的到来让人不得不如履薄冰,餐桌上的风险更是将现代人逼近生存危机的边缘。我们到底该如何逃出风险而趋至安全境地?什么都不吃显然不行,有选择性的"挑食"风险太大,而退回到农耕社会自给自足似乎成本太高。是一次次呼唤生产经营者的道德良知,还是立足于"小作坊式"的单位自救?很显然,市场经济中不能期许商家成为圣人,共同体生活规则也排除了自我救赎的效能,而真正的依赖屏障在于公共权力。

遗憾的是,行政执法的临阵失守和全线崩溃,让公民个体的生命脆弱得犹如一秆芦苇。一位朋友说,危险因素来自日常生活的各个角落,需要一个负责集体安全的机关,于是就有了警察、质量检查部门,我把每月收入的很大的一部分划出来上交给他们,就是希望他们能从各个角度给我撑起保护伞,编织起一张立体的安全网,以对付那些藏在暗处的谋财害命之徒。如果公权力无所作为,就会让人陷入一种深刻的孤独与无力当中。这种感觉其实来自公共部门执法的疏忽与失职,纳税人的钱并未购买到相应的安全保障,公民于是陷入崛起的低谷。

化解餐桌上的安全风险,消除大众的恐惧、焦虑与彷徨,当然需要对行政执法"千呼万唤",需要通过更多刚性的责任机制,将执法者"赶出温润的办公室"。但仅此还不够。现代社会的风险不是孤立的,尤其是类似食品安全的风险,它不是严密执法下的"漏网之鱼",而是演化成某种普遍化的潜规则,其影响将波及社会各个领域,受到伤害的是包括问题食品始作俑者在内的所有成员,社会危害大大高于传统社会的灾难。更重要的是,由于现代信息技术的高度发达,由风险和灾难所导致的恐惧感和不信任感,将通过网络平台迅速传播到全社会,引发人心的动荡不安。关于治理这种随时都会产生"蝴蝶效应"的餐桌风险,我联想到近年来在西方国家出现的"风险刑法"。

所谓风险刑法，就是为了避免违法行为导致的巨大风险，刑法以处罚危险犯的方式更加早期地、周延地保护法益，进而实现刑罚积极的一般预防目的。与传统刑法相比，风险刑法以防范风险为目的，通过提前介入以避免更加严重后果的发生，重在改变刑罚的滞后性弊端，倾向于法益保护早期化。风险刑法不在意何种具体法益已经受到损害，仅以一般危险性和预防必要性作为划定刑事责任的界限。有学者建议："可以从环境刑法、交通犯罪、食品药物管理、基因医学等高风险或新兴风险领域入手，考虑通过象征性的刑事立法来防范危险的出现。"（康伟，《对风险社会刑法思想的辩证思考》）例如，曾引起广泛关注的"醉驾入罪"，就是一种典型的风险刑法。

就法的规范作用而言，刑法向来有"万法之盾"的别称，就是说其他法律的有效实施很大程度上依赖于刑法的终极保障，当其他法律制裁手段不能也不足以制止和惩罚违法行为时，国家就不得不动用刑法来加以惩罚。根据安全刑法理念，刑法的目的不在于报应而在于对风险的控制，有效控制风险、维护社会安全才是刑法的最终意图。我向来不提倡重典治乱，但食品安全领域内的乱象丛生，相关行政执法部门职责的普遍化休眠，让我们除了选择刑法之外，似乎很难再找到其他更有力的治理凭借了。正因为如此，《刑法修正案（八）》中，对于"生产、销售不符合食品安全标准的食品"，以及"在生产、销售的食品中掺入有毒、有害的非食品原料的，或者销售明知掺有有毒、有害的非食品原料的食品的"，都依据可能造成的危险损害进行了治罪。

餐桌上的"风险刑法"，利剑不仅应指向问题食品的"始作俑者"，同时还应指向那些执法监管主体。从更宽泛的意义上讲，那些处在执法岗位上的责任者，一旦失职渎职懈怠法定职责，客观上便将公民置于无所保护的危险境地，其失职行为也是一种"风险源"。如瘦肉精事件中，某些监管者与不法企业、商家结成利益同盟，监守自盗，几令食品安全防线沦陷。出于对这种危险的预防，刑法可以通过惩治失职渎职者，从而在刑法的威慑下确立起行政执法的责任体系。

在社会治理功能上，刑法本身能够以其巨大的威慑力而发挥最强的秩序平定功能，故而成为民众对秩序正义最有力的渴望。但是，这种诉诸刑法保护的愿望，必须保持足够的理性，刑法亦需时刻保持谦抑品格以恪守自己的"一亩三分地"。这便与风险刑法产生一种内在冲突，要求刑法的提前介入必须形成明确的标准，以防止风险刑法过度侵入其他法律调控领域。

刑法介入风险治理，首要的依据是对风险进行科学化评估。现代社会存在各种风险，但并非任何风险都需要刑法来规制，某个领域一时的或零星的小范围风险，并不构成刑法介入的理由，只有这种风险形成一定的规模，在某一领域成为"公共之恶"，并可能持续性地影响公共安全利益，才构成刑法介入的必要性根据。面对大规模的风险不断给公共秩序带来的灾难，刑法不能坐视不理，所以在易于引发重大风险的诸如环境保护、恐怖主义等领域，刑法的防卫线就应当向前推移，以确保社会公共生活的安定。当然，这需要立法者对社会风险保持理性的认知，就风险的来源、产生原因、存在范围、持续时间、影响广度、治理难度等问题确立起科学的评估标准，以此判断某种风险是否有必要纳入刑法规制。

风险刑法的另一个标准，是其他法律手段近乎失效，靠自身力量难以确立起基本的公共秩序。法律对风险的防范与治理，是根据风险的类型由不同的部门法律分而治之，如果能够通过社会行业自治规范进行治理,就不必动用公共强制力;如果能够通过行政法律手段进行有效调控,就不需要援用刑罚制裁;只有当其他法律手段大面积失效的时候,才需要启动刑法机制。这涉及不同法律手段的领域分工,也关联到刑法的内在品格,因为一个动辄强调通过刑法治理的社会,必然会造成滥刑的危险,有违现代法治的理念。因而在考量风险刑法边界时,尤其需要尊重其他法律手段的治理地位。

遵照上述的分析,餐桌上的风险已经形成了规模,甚至比危险驾驶的风险更大。虽然国家为此制定了《食品安全法》等法律法规,确立了多种行政执法监督体制,但是实践证明,这种行政法手段已经接近失灵。如果这种执法机制的失灵达到了一定程度,此时就有必要借助刑法。

不过,风险刑法也有其自身的"风险"。由于社会风险本身具有不确定、难控性等特点,风险刑法在设计犯罪构成要件时可能也很难做到明确、清晰。例如,以危险方法危害公共安全罪,之所以被指为"口袋罪",就是因为在防范危险的犯罪构成上存有模糊,它既能用于三鹿问题奶粉案件,也能用于飙车醉驾案。构成要件缺乏明确性,就很难保证刑法的安定性和可预测性,加之风险刑法多以未来预防为导向,刑事政策往往成为国家动用刑罚权的考量依据,在运动式执法的思维惯性下,难以排除司法实践中刑罚权滥用的可能。因此,作为一种"向未来防卫"的刑法,风险刑法立法规则的设计尤需明晰,同时尤需恪守罪刑法定原则,在惩治食品安全危险犯罪时目的正当,有所节制。

风险刑法同样具有刑法本身的局限性,期求把所有的食品安全风险直接纳入刑法是不现实的。在社会治理的网络中,刑法的规范效果也是有限的,刑法并非包治百病的良药。风险刑法体现出对风险社会的积极回应,在完成刑事政策需求下的治理任务时,应尽量收缩其"势力范围",这既是刑法基本价值的要求,也是为其他法律治理之道预留出空间的需要。

  从根本上说,风险刑法并非食品安全治理的恒久之道,最终还取决于市场的法治化水平。食品安全法益的保护归根结底要靠食品安全秩序的治理,没有市场秩序的根本好转,没有健全的市场法治环境,没有良好的商业信誉和职业道德,光靠几个罪名的震慑,食品安全依旧是无源之水。积极而谨慎的态度,是将风险刑法作为整个食品安全治理系统的最后保障,作为修复行政执法体系的利器,才是刑法介入餐桌安全的科学之道。

"自首者的预期"与"指令下的法律"

春节期间，老家邻居的孩子打来电话，向我问起犯罪后自首的事宜。原来，在上海打工的他，或是受了港片"古惑仔"的影响，参与了一起聚众打架斗殴。幸运的是，警方及时赶到，驱散了闹事的人群，并当场抓获了几人，而他"侥幸"逃脱现正面临通缉。

大致了解案情后，我初步判断这可能只是一起治安案件，双方并非涉黑团伙，既未真正"交火"也无人员伤亡，没有酿成什么大的危害性后果，应该不至于升格为刑事案件全国通缉他的。在倾听了我的"专家意见"后，他半信半疑地挂断了电话。

不料过了几日，事情的发展大大出乎我的意料。他再度打来电话，称网络上已经通缉他。也就是说，这起案件已经成为一桩刑事案件，他面临的将可能是"牢狱之灾"了。这时，我方想起他当初多番强调，打架滋事的地点是在上海外滩这一特殊场所，而在时间上更是撞上了"世博会"临近的"枪口"。

事已至此，我向他建议，赶快到派出所自首，凭着所涉罪名（寻衅滋事罪）和案情性质的不严重，以及他的"第一次"且又少不更事，再加上自首情节，应该不会重判，自首后可先取保候审。然而，我的预测和建议再度遭到他的"致命"一问："派出所能放我出来吗？会不会把我一直关到世博会结束？"至此，我才明白他最担心的是，自首以后会不会因为世博会这一特殊时期而重判，就连平时正常的取保候审会不会也因为安保的特殊要求而被拒绝。

这个"第一手"的案例，让我真切地感受到一种来自普通人对刑事执法可预期的期待。我忍不住继续思考，究竟是什么让一个从未学习过法律，甚至从未接触过案件的"农民工"有如此敏感的"洞察力"呢？原因大概有两个：一个是身处大上海，必然会对当地为保证世博会安全而进行严格社会治安整治有所体会；再一个可能就是对"严打"这一中国特色词汇的认知了。虽然20世纪80年代流行的"严打"早已时过境迁，但其遗留下的执法思维和语境，还是让"80后""90后"的年轻人都知道了"遇大事用重典"的道理。

其实不难理解，在我们的生活常识里，基于一些重大时刻对安全稳定工作的特殊强调，执法由稀疏转为严密乃是通行的治理策略，平时依据治安案件处理的被升格为刑事案件，一般从轻或可免于处罚的被从重追究，这些只要在法律许可的范围内，大概都归入了执法的自由裁量范畴，这凸显的是一种因时而变的刑事政策。但这并不妨碍我们引发如下联想：传统"严打"遗留下的潜在影响，让一个本想自首的人产生了利益选择的纠结。这种"非常时期"的社会治安和刑事政策，客观上产生了"阻止"嫌疑人自首的"悖论"效应，这可能是执法者始料未及的。很显然，这一个案并不构成对这种刑事政策合理性、正当性的挑战，我想借此引申的只是这种刑事政策可能存在的与法治"可预期性"规诫的内在抵牾，如果不能正视这种抵牾并协调好它们之间的关系，或许还会带来更深层面的法治损耗。

传统的严打不仅仅是单纯的法律行为，它更趋向于一种公共治理的政治模式,是政治挂帅下的融治安管理与刑事司法于一体的综合手段。在这一过程中,刑事司法原有的功能被汇聚到维护社会稳定的政治意图上,公检法机关有时不得不根据形势需要而遵从统一安排。而常态的刑事法治则是"使人们的行为服从规则治理的事业",不能因为变动性而让人无可适从。可见,严打与常态刑事法治的冲突,主要在于让承载公众预期的法律成为一种"指令下的法律",法律的执行与适用偏离了常态标准,从严从重甚至选择性释法成为应急规则。

在理论上,秉承客观理性的法律本无轻重之分,一致性和确定性才是其最基本的追求。唯有一致而确定,法律才能公平地对待每一位公民,兑现"法律面前人人平等"的承诺。落于现实层面,如果法律得不到一致且确定的执行,那最终将如韩非子所言,法非法,非法而法,难逃"指令下的法律"之厄运。强调法律及其执行的一致性与确定性,很大程度上就是源于人们最直接的预期心理。面对瞬息万变的社会,唯有遵从法律才能实现预期收益,进而妥善安排自己的生活。与忽轻忽重、忽松忽紧的执法相比,平稳如一的执法更能形成恒定的制度预期,促使更多的人根据制度宣示的向导行事。而刑事法治从一个角度来理解,就是使刑罚的科加成为公开的、理性的、可预期的和安全的公共活动,在这个过程中,无论世事如何跌宕、场合如何变化,只要公示的立法规则不变,刑事执法便依法进行,自首者的"恐惧"也便无处立足。所以在司法实践中,"同类案件同样判决"是重要的法治原则。

然而,这样的法治规诫极容易受到实用主义的冲击,我们潜意识里并未消散殆尽的"严打"思维,仍然让马克斯·韦伯所强调的那种确定性和可预期性成为刑事执法的珍惜品,一种出于公共治理形势需要的实用目的,经常让司法陷入不稳定状态之中。由此,我联想到两起创造了首例效应的个案，其更为"自首者的预期"和"指令下的法律"提供了连接的佐证。

2009年8月14日，江苏盐城市盐都区法院以投放毒害性物质罪，对盐城"2·20"特大水污染事件嫌犯——原盐城市标新化工有限公司董事长胡文标，一审判处有期徒刑10年，这是中国首次以投放毒害性物质罪对违规排放造成重大环境污染事故的当事人判刑。此前的7月23日，成都市中级人民法院一审也对备受舆论关注的孙伟铭醉驾案作出判决，认定其行为构成以危险方法危害公共安全罪，虽然后来9月8日四川省高院终审将量刑由死刑改为无期徒刑，但维持了"以危险方法危害公共安全罪"的定罪。

上述两案判决引起了舆论地震，原因就是法院一改常规从刑法中择以重罪处罚。按照常规，两案应以重大环境事故污染罪和交通肇事罪追究刑责，但正是在内蒙古赤峰自来水受污染、湖南浏阳镉污染、陕西凤翔血铅超标等重大污染事故频发不断，以及杭州胡斌案、南京张明宝案、杭州魏志刚案等恶性交通事故层出不穷的背景下，在民意不得不就此诉诸更强有力的刑罚规制的舆情中，地方司法机关才不得不作出了突破常规的"首例性"判决。如果汹涌民意将司法机关逼到适用重刑的角落，那么选择接近的重罪也就合乎逻辑了。类似"选择性司法"的背后，同样折射出司法契合公共治理需要而行"严打"的思维。

毫无疑问，这样的刑事司法政策表面上合乎公共治理的一时之需，但长远看是否有利于刑事法治的理性构建却值得深思。一个显而易见的弊端是，它伤害了"同类案件同样判决"的法治原则，严重干扰了刑法治理下的公民预期。浏阳镉污染给居民造成的伤害程度当不亚于盐城特大水污染事件，但两案判若云泥的结论会不会导致"同罪异罚"的司法乱象？从胡斌的3年有期徒刑到孙伟铭的无期徒刑，如此悬殊的判决如何展示法律的公平？在立法无变化且法不溯及既往的法律环境中，对相同犯罪行为唐突地改变罪名予以追诉，刑法的统一性与司法的正当性如何保障？又如何让世人稳定地预期自己与他人之间的关系及行为后果？这些疑问都是不可不察的法治要害。

"法者，国家所以布大信于天下。"（《贞观政要》）只有可预期的法才是真正的良法，也只有可预期的执法、司法才符合善治的标准。虽然《尚书》有言，"刑罚的使用，要时轻时重，审时度势"，也即法随时变，刑与势宜。但这种强调法律运行不能脱离社会实际的"世轻世重"刑罚观，并不意味着刑罚的适用时轻时重或忽轻忽重。否则，"不可捉摸"的执法必然导致世人的预期紊乱，犯罪嫌疑人更难以按照预期来选择行为方式，或是如我那邻居的孩子一样，本想投案自首却唯恐碰到严打，干脆逃之夭夭；或是让重刑者心生侥幸，伺机等待一个好时机而得到从宽处理；又或是因为同罪不同罚而心生不公平感，进而仇恨社会。所谓好制度能使坏人变好，坏制度则可能使好人变坏。就邻居孩子的命运，我甚至"不怀好意"地假想，如果在未自首期间发生变故，或许一个原本向善的孩子从此就变成了逃犯，甚至做出更出格的事情，如此不仅毁了他的前途，还让制度背负上"使人向恶"的骂名，这可真就得不偿失了。

当然，法治并非完全排斥刑与时宜，但前提是事前必须确立起统一的司法标准，因为"规则之存在须在时间上先于按规则审判的行为"（哈耶克，《法律、立法与自由》）。哈耶克曾把法治定义为要求"政府的所有行为由事先已经确立并公布的规则来限定，规则使得用公平的确定性预见当局在给定的情况下怎样运用其强制权力成为可能"（哈耶克，《通往奴役之路》）。所以，即便某些必要时候需改变刑罚适用的常态规则，也应当寻求最高司法机关出台的统一规则以化解其与法治的冲突。例如就醉驾行为，最高人民法院在孙伟铭案终审判决三天后发布了《关于醉酒驾车犯罪法律适用问题的意见》，明确了类似行为将以危险方法危害公共安全罪定罪，从而避免了此后司法可能遭遇的尴尬。但即便对于这样的司法解释，人们也担心会造成对法律可预期的破坏。如自然法理论巨匠约翰·菲尼斯就认为，法律的可预期只有通过对司法采用新的法律解释施加某种约制才能得到保障。而司法规则的统一，提前确立于首例判决之前无疑更为正当。

由"自首者的预期"到"刑事个案的首例"，表面上互不相干的事情被我强扭到一起，无非是想提示"指令下的法律"的危险性，并借此申言：可预期性是支撑法治价值的关键性要素，刑罚替代私人复仇的强大生命力，很大程度上就是以一种恒定的常态化给违法者一个不变的预期。中国法治的构建尤需强力博取人们对法律预期的信任，而这离不开一个相对平稳、确定的法律运行体系，尤其是司法的连续性与稳定性。

宏大法治，有时常常也寓于一隅、一人、一事。回到开头的故事，出于某种"验证"的好奇心理，数月后我拨通了邻居家的电话，孩子的父母告诉我，他终归还是自首去了，幸运的是，自首后顺利地办理了取保候审，他担心的事并未发生。这个还算良好的结局，无疑为世博的上海多增了一分法治韵味，同时也让我这个法治理想主义者平添了几分信心。

治罪中的"折中主义"

中国人历来崇尚"中庸之道",待人接物强调不偏不倚、调和折中。所谓"中者,天下之正道。庸者,天下之定理"(《中庸》)。这种历史文化反映在立法上,就是奉行一种所谓的"折中主义":对于某一事项是否需要立法或立到什么程度,当社会上出现截然相反的冲突意见时,立法者往往采取妥协的策略,走"中间道路"。

刑事立法的关键,是确立对违法行为的治罪标准。哪些违法行为足够危险需要治罪,哪些违法行为可交由治安处罚解决,甚至同一种违法行为的治罪界限如何划定,都需要立法者的具体衡量。在这种权衡的过程中,"中庸之道"的文化传统悄无声息地发挥了作用。

例如,受市场经济解构下社会道德危机的影响,前些年民间舆论对见死不救、见危不救行为进行治罪的呼声强烈。普通民众基于道德义愤,一般主张所有见死不救的行为都应入罪;但是法律人士基于专业理性,则大多主张刑罚动用应当适度谦抑,不应将道德事项入罪治理。权衡之下,刑事立法的策略就可能采取"折中主义":将那些在职责上负有救助义务的人员,列入见死不救犯罪的主体。刑事立法既不能选择偏执极端的保守做法,也不能遵从一味求新的激进思想,我们坚持在刑法稳定性前提下的适时修正,实际上就是在保持传统刑法内容前提下的吐故纳新,是对立法保守主义与激进主义进行综合权衡之后的一种折中性取舍。

立法技巧上采取折中主义,大部分时候都能有效中和社会观念的冲突,将贸然立法的机会成本减到最小,同时还满足了社会的需求。像上述入罪一样的立法思路便能很好回应社会。但也有例外的时候,当入罪的指向性不明确,刑事立法以模糊化的处理方式进行治罪时,便可能陷入"两边不讨好"的境地。比如刑法中的巨额财产来源不明罪,长期以来都处于"折中主义"的困境之中。

我国《刑法》原第395条第1款规定:"国家工作人员的财产或者支出明显超过合法收入,差额巨大的,可以责令说明来源。本人不能说明其来源合法的,差额部分以非法所得论,处五年以下有期徒刑或者拘役,财产的差额部分予以追缴。"从条文看,该款前半部分为国家工作人员设定了如实提供财产来源的义务,后半部分则以推定的方式为不履行义务的国家工作人员设定了刑事处罚。从刑事治罪的标准看,某一个行为入罪的前提是存在严重违法性,且这种违法性是确定而非推定的。巨额财产来源不明罪恰恰在这一点上存在瑕疵,官员的财产是处在一种合法或非法都讲不清楚的中间状态。如果将官员当作普通公民一样对待,便不能按照"有罪推定"的思维进行治罪。而刑事立法的结果,是采取折中的处理方式:入罪但轻刑。从中我们不难看出立法者对反腐形势的对策性因应。

但事与愿违的是,实践中这个罪名在惩治腐败上并不理想。在贪污罪中,贪官们的涉案金额不断被刷新,屡创新高,无怪乎网民们调侃:"兜里不揣个几亿元,都不好意思说是贪官!"而涉嫌巨额财产来源不明罪的金额也过亿元,这不仅让民众对该罪充满了矛盾心理，也让学者对该罪的正当性提出质疑。有一些人认为不如干脆取消该罪，以廓清刑事治罪的理性标准；也有人主张参照新加坡的刑事立法，将来源不明的巨额财产以贪污惩处；更有人呼吁提高该罪的刑罚幅度，认为其较之贪污、受贿罪的量刑严重失衡，客观上造成贪官"坦白从严、抗拒从宽"的境地。

一边是代表法理正当性的正义之辩，一边是代表政策合理性的公众呼声，这使得巨额财产来源不明罪自确立之日起就备受争议。在这种境况下，2009年的《刑法修正案（七）》增加规定，"差额特别巨大的，处五年以上十年以下有期徒刑"，再次于"非罪"和"重罪"之间作出折中应变。可从舆论反响看，人们关于该罪的分歧并未达成妥协，取消说、加重说、权宜说等各派观点依然呈现报端。

从刑法入罪的基本原理出发，在根本上废除这个罪名有一定的道理，因为它完全背离了现代刑法的诸多理论，与现代刑事诉讼的"无罪推定"、"疑罪从无"和"不被强迫自证其罪"等通行规则存在抵牾，带有"有罪推定"色彩。然而，刑法的强烈政策性又告诉我们，这个罪名在条件不成熟的情况下贸然取消，不仅民众不答应，对反腐事业来说也会损失惨重。

由此看来，类似折中主义的困境还要保持相当一段时期。但是，这并不意味着我们只能将其置于尴尬境地而不顾。事实上，摆脱或是弱化刑事立法折中主义困境的办法仍然有，关键在于如何让治罪的动机能够得到法理的维护，让治罪的效果能够受到民众的认可。例如，针对巨额财产来源不明罪，我以为至少可以从如下两个方面予以配套完善：一方面，尽快建立官员财产申报制度，从立法上确立官员的财产公布这一法定义务。这样做的好处是可以为巨额财产来源不明罪奠定法理基础，而不至于陷刑法于"边设定义务边科加处罚"的尴尬境地;另一方面,可以通过司法解释的方式,为巨额财产来源不明罪设定"等级处罚",就是在设定该罪的起点刑基础上,为不同数额的不明财产设定不同档次的刑罚幅度,这样既能体现刑罚的科学性,又能增强司法的可操作性,可以有效防止巨额财产来源不明罪在执行中失之偏颇。

巨额财产来源不明罪或许只是刑事立法中的一个特例,并不足以印证治罪中的"折中主义"现象的负面效应。如果我们将视线从刑事立法转移到刑事司法上,那里存在的"折中主义"倾向不仅明显,而且也更加值得警惕和修正。

前些年,我国刑事司法领域面临的最大挑战,便是不断爆出的冤假错案,且这种冤案的暴露方式更是稀奇古怪。在加强对冤假错案的纠治中,司法机关采取了极大的勇气与魄力,而且呈现出日趋理性化、法治化的良好态势,这在一定程度上体现了司法正义的自我矫治功能。但是,在对错案的剖析与反思中,刑事司法机关似乎更多倾向于将产生错案的原因归结于刑讯逼供、破案压力、监督机制失灵甚至审判制度上,而很少触及司法思维层面。将每一起刑事错案拿出来分析,其发生的逻辑都不是单一的,但审判中的"折中主义"思维一直没有受到足够的警惕。

众所周知,证据是构成刑事司法的正义基石。采取什么样的证据标准,依据何种证据判断规则,判断罪与非罪的证据界限何在,这些不仅关系到个案的正义能否实现,更隐含着刑事司法在打击犯罪与保障人权上的价值取向。在立法上,我国设定了"证据确实充分"的原则性标准,但在具体定罪过程中,什么情况才符合"确实充分"的要求,往往受到当时当地打击犯罪的刑事政策的影响。于是在实践中,对证据不那么"确实充分"的案件,就可能基于打击犯罪的现实需要而降低证据标准,并通过量刑打折的方式予以折中处理。

历史无法再现，因而法官治罪的确证性只能诉求于程序理性，这种理性与"中庸之道"的认知思维有时是格格不入的。从某种程度上说，西方法治之所以选择程序这个"有点复杂"的东西，不仅在于其能够彰显出一种次序之美，而且在于程序具有控制结果的功能。从排队买票到办案流程，只有遵循而不是破坏"游戏规则"，才能形成一个人人服从的结果。所以，要将治罪活动纳入零风险的目标追求下，司法人员就必须遵循"疑罪从无"的程序理性，将每一个刑事司法环节置于一系列程序标准之下。

讲求中庸平和的思维，在民事审判或调解中，不失为一种绝佳的化解矛盾之策。能够导致胜负皆服，哪怕是"和稀泥"式的司法，只要在法律许可的范围内，都值得赞赏。对刑事司法而言，利益的衡平是必要的，但在涉及定罪的关键环节上，则必须防止陷入折中主义的思维，即把矛盾双方不分主次地平列起来、把根本对立的观点和理论无原则地、机械地混同起来。治罪更需要的是确证性而非模糊性。分析一些错案发生的原因，核心一点就是办案人员并没有严格遵循"疑罪从无"的标准，而往往是习惯依照"大于50%的有罪可能性"进行定罪量刑。尤其是在一些反复"烙烧饼"式的案件中，终审判决最后往往会出于各种原因降低定罪的证据标准，同时在量刑上为自己留下"回旋的余地"。也就是说，对于那些证据不足、不充分或存在合理怀疑的案件，法官没有严格遵守"疑罪从无"的原则，果敢地判定被告人无罪。恰恰相反，在证据充足与不充足、确实与不确实之间，法官往往选择了有罪但轻刑的折中处理方案，这恰是酿造错案的思维上的根由。

其实，对于刑事执法机关而言，治罪并不同于民事审判，可以"三七开"或是"四六开"。尤其是合法剥夺一个人的生命，必须建立在"没有任何怀疑"的基础上,甚至可以说,死刑判决须有百分之百的把握,哪怕是百分之九十九都不行。只有在合法程序上收集的所有证据都能够相互印证且没有断档,只有消除了一切证据上的疑点和内心的怀疑,法官手中的"判笔"才能落下。可以说,这种建立在"百分之九十九的有罪等于无罪"认识论基础上的疑罪从无思想,正是法定"无罪推定"原则的核心,也是我们历来强调"慎杀"原则的真谛,更是司法审判遵循程序理性避免错判错杀的根本。

有意思的是,与定罪降低证据标准相反,刑事司法对纠错的证据标准往往要求严格。面对被告人及其亲属的申诉,如果不是掌握了确凿的无罪证据,司法机关一般不会轻易启动再审程序。这种定罪遵循疑罪从有、纠错必须板上钉钉的司法逻辑,显然与现代刑事司法要求背道而驰。

这些年随着制度的健全,我们对于刑事领域的程序规则有了更加明细的要求,但对于暗含在每个程序之内的"疑罪从无"标准,依然缺乏足够的思维认知。人们总是期待着从力克刑讯逼供开始避免错案发生,从死刑复核权的回收上拦截漏网的错案,从错案追究中归复司法正义之途。当然,这些都不失为防止冤假错案的制度安排,但如果缺乏一种深层次的思维上的转变,不能有效抗拒"中庸主义"的传统文化干扰,再好的制度安排也会在人的操作下失当、变形乃至歪曲。在某种程度上,"折中主义"思维与现代法治思维是存在抵牾的,至少在刑事领域中确实如此。

对法官而言,刑事治罪乃是一项证伪的思维活动,只有通过证据排除了所有被告人无罪的疑虑之后,法官形成的有罪判决才能经得起历史的检验。正因为如此,成熟的法治思维能容忍真凶"逍遥法外",却不能容忍法官按照"证据优势"作出折中主义的裁判。

所以从这个意义上说，平和时期的刑事司法应当坚守的是："宁可放过一千，也不错杀一个。"

当然，中国深厚的中庸主义文化传统并非糟粕，其与现代法治的精神也不是全然不合。法治系统中的一个重要功能便是平衡，刑事立法过程同样需要协调平衡的技艺，法官在司法中的一个很重要的能力也是衡平的能力。只不过，折中与平衡的思维与艺术，不见得在任何时候都值得推崇，这一点，本文也只是抛出一个小小的警惕性话题，仅供参考。

别让守法者吃亏

虽然在我们的传统教化中,"老实人吃亏"是个道德不正确的命题;但其绝非一个事实伪命题,而确有可能是老百姓基于生活经验总结出的一条"教训"。这种教训如果不能得到实际的纠治,建造一种"让老实人受益"的制度环境,便极有可能蔓延到不同领域,最终演变成道德正确的坏命题。例如,在法治建设中,就可能出现"守法者吃亏"这样的现象。

不久前,朋友送我两张演唱会门票,为了体验一下演唱会的氛围,我和爱人按照票面的提示走进体育场。门票上明确写着小孩不能入场,也不能携带小包入场,而且要提前60—90分钟入场。我们严格遵守着票面的规定,但是后来的场景让却我们自叹太过"老实"了:像我们这样提前入场的寥寥无几,其他家长携带小孩入场的畅通无阻,女士们更是背着各色挎包通过安检后顺利入场。

这样的场景我们可能经常碰到,制度规范中写明的那些所谓的规定,其实根本没有约束力,或者说它约束的只是遵守规则的老实人。而在生活中,像我们这样遵守规则的老实人,往往会被讥讽为不懂国情的"傻根"。在这里,人们看到的是"两个世界":一个是纸面制度上所设定的行为规范世界,一个则是匍匐在制度之下执行另一套规则的现实世界。我深刻理解了吴思先生所提出的"潜规则"这一概念的含义。

从"有法可依、有法必依、执法必严、违法必究",到"科学立法、严格执法、公正司法、全民守法"新"十六字"方针,"全民守法"的提出无疑具有重大意义。守法指向的是法治建设的社会系统,是一种基础性的行为习惯。其基本要求乃是确立守法的平等性、一致性和全面性,它不能容忍公民在守法上实行差别主义。而守法者吃亏,不仅直接破坏了全民守法的基本要求,更严重的是使公民在守法上产生不当趋利的心理,倘若这种现象蔓延开来,不仅守法的秩序无以保障,也会使法律制度的权威丧失殆尽,最终陷入无法之境。

如何不让守法者吃亏,或是怎么才能让守法者获益?首先,我们有必要追问,是谁让守法的老实人吃亏的?我以为首先的责任者依旧是具体执法者。当出现违法者而不予追究责任时,这种容忍或漠视就在法规制度的执行上打开了一个难以缝合的口子,让人的自利本性窥视到不守法的"好处"。这种执法上的不严或是疏漏,就会形成一种"决堤效应",冲击公民守法的心理。等到大家都明白守法者吃亏的道理的时候,再想重新确立法规制度的权威与执行力,就很难了。

不妨再以马路上的秩序为例。我们说一个社会的法治环境好不好,看看城市里的马路秩序就知道。为什么随处可见的行人违章总是难以根治?为什么各个城市的交管部门三番五次进行集中整治,却总是难以走出秩序治乱循环的陷阱?在理论上,我们应当追溯到最先违反交规的行人那里,当他第一次违章获得自身便利时,却没有得到执法人员的处罚和纠治,渐渐地出现"中国式过马路"的现象也就不难理解了。多少次在马路上,我看到维持交通秩序的交警对于闯红灯的行人与电动车"视而不见",有的甚至就在眼前,交警也连一句提示都没有。这样的话,苦等红灯的人,不就吃亏了吗?

守法者吃亏,违法者获利,这是法治社会建设的最大障碍。而破解之道,主要是从执法监管环节入手。良好的守法习惯,在刚开始形成的时候是人们基于功利心理作出的选择。倘若每一次违法都获得真切的不利后果,久而久之其违法的动力便减少甚至消失了。缺乏严密的日常执法纠治,不可能形成全民守法的行为惯性。所以应当通过执法系统建设去影响守法系统建设,为守法者创造不吃亏的环境,为违法者打上必定吃亏的预防针。

当然,营造全民守法的良好环境,还需要一系列的配套建设。例如,在立法中,尽可能为守法者提供受益的平台,明确违法者的代价与后果。在社会道德体系建设中,融入守法光荣、违法可耻的道德理念,通过对守法典型的宣传、奖励,传递守法正能量。围绕执法矫治这一环节,通过综合施策,让守法者利益最大化。

第五辑

司法的力量

为什么要尊重司法

体育竞赛中，裁判具有权威性不是因为裁判者的每次裁定都毫厘不差，而是因为只有人人服从裁判体育才能在秩序中展示运动之美；司法审判中，人们尊重司法也不是因为法定的再次裁判都绝对正义，而是因为只有人人尊重司法才能人人感受到法治之美。稍习生活常识的人都知道，即便在偏远的乡村，邻里之间有了纠纷，也期望通过大家都尊重（至少双方共同接受）的权威人物来处理。只有彼此都尊重的人，人们才放心将纠纷交由其裁决。司法就是一个陌生人社会中用以解决纠纷的公共权威。

转型时期的中国，制度的嬗变伴随着激烈的利益冲突，使得司法这一原本消极被动的国家活动变得活跃而引人注目。人们往往将对法治的理解与期盼聚焦到司法领域，甚至将司法裁判当作衡量法治的标准。于是，一起起影响性个案，在舆论的关注下成为人们对时下法治或欣喜期待，或陈弊革诉的样本。司法总是难免落入大众评判的"窠臼"，各种社会矛盾被非理性地聚焦到司法裁判之上，对其批评、质疑、责问乃至抗议越来越成为一种普遍的现象。

在个案正义的关注中，或许忽视的是司法权威的普遍价值。司法的权威是维系法治的重要支柱，是树立法治信仰的心理基础，也是形成法治理性的重要标志。在缺乏法律信仰的环境中，原本微弱的司法权威更容易受到来自社会上的对司法裁判结果不当批评的伤害。一个正常的法治社会，司法裁判的权威不容亵渎，只要是依法作出的裁判结果，无论服与不服，都应给予必要的尊重，这是最起码的法治理性。当年美国的辛普森案，法院的判决虽然受到40%的人的质疑，但美国人仍然尊重法院判决，因为他们知道：只有尊重这个自己认为并不公平的判决，才能形成人人敬重、信赖司法的法治社会，司法才能更好地保护公民利益。

现代传媒时代，对司法判决的不当指责很容易在舆论的放大效应中对司法公正构成威胁。在法官素质还不高的背景下，一个广受关注的案件会给主审法官带来极大的压力。大众舆论倾向于将司法之外的社会问题与矛盾的解决寄希望于司法裁判，让个案的法官或司法机关去背负整个制度环境造成的罪责。一旦法官依司法理性作出的判决无法满足公众的诉求，公众对裁判的非议就无可避免，法官由此陷入种种非议的困境。

生活中，老百姓喜欢用感情代替理性，用道德代替法律，对于不合道德、不合情感的司法审判往往会愤起而攻之，用法律规范之外的情理指责司法裁判。虽说这在一定程度上加强了对司法的监督，有助于增强司法的道德基础，但从长远看却容易破坏司法的权威，不利于法治理性的生长。司法判决必须建立在"法律真实"而不是"客观真实"的基础上，这是确保司法理性的客观基础，相对于无法还原的客观事实来说，司法机关的认定是最可靠和最理性的，应该得到相关各方尤其是公众和社会舆论的充分尊重。对司法裁判给予尊重——即便不认同判决的内容——是形成法治理性和培育法治信仰的基本要素。只有在尊重司法公信力、裁判权威性的基础上，我们才能养成信仰法治、崇尚司法的品性，才能在法治的道路上成长为理性的公民。

当然，对司法的尊重并不是要排斥反思，尊重司法让司法公信力和权威得以彰显，但留给我们的思索并没有结束。例如，主张独立、封闭、被动的司法系统与追求影响力、开放性和主动性的舆论界如何和谐共生？司法机关独立行使职权是否就应该完全"两耳不闻窗外事"，置民意呼声于不顾？如何在两者之间构建起相互尊重、彼此沟通而又不影响司法机关依法独立行使职权的机制渠道？又比如，法学专家采取直接陈书媒体的方式向司法系统施加影响是否合适？法学家在审判之前公开断言案件结果是否具备足够的理性？司法操作层面与学界声音之间有没有更好的正式沟通途径？再比如，对于重大刑事案件，媒体的报道是否客观公正？是否有助于受众对案件形成理性的认识和判断？以上诸多疑问，我们很容易通过个案发现，并在尊重司法的前提下从制度层面提出建设性的意见。

在尚不成熟的法治环境中，一纸裁判承担了太多的社会期待，无论在舆论发酵下的"影响性诉讼"有多么轰动，对于法治理性的构建而言，学会尊重判决、尊重司法，是我们通往法治的必由之路。

公共政策选择中的司法困境

现代社会，公共政策选择首先是一个法律问题，或是通过民主的立法程序解决，或是通过政府的行政规制予以确认，或是通过司法的典型判例进行回应。相比而言，立法程序民主开放，能确保公共政策选择的公平公正，但缺点是成本高、反应迟滞；政府规制效率高、回应社会需求及时，但不足是容易夹带部门利益；所以现代法治国家，越来越倾向于司法介入公共政策的选择，以及时高效而又客观中立的司法裁判参与公共政策的建构。

在中国，参与公共政策的建构，也被期许为司法参与国家治理的重要方式。但由于司法在整个国家宪法体制中的地位和分工，立法并未赋予司法机关在裁判中就公共政策作出选择的权力。公共政策选择一向被视为立法机关和行政机关的职权，政府进行重大公共政策选择有时还需立法机关的授权。于是，面对瞬息万变的社会状况，一方面不断有公共政策选择的难题经由个案进入司法程序，另一方面司法囿于体制分工又难以有效回应公共政策中的公民诉求，因而呈现出日益紧张的局面。

这在行政诉讼领域体现得更为明显，曾经备受关注的"专车第一案"就是例证。专车司机陈超送客时被执法人员罚款2万元，因不服将济南市城市公共客运管理中心告上法庭，一场行政诉讼将有关专车的法律争议凸显出来。本案之所以引人瞩目，是因为其核心议题并非在于处罚是否合法，而在于对专车运营这种新生事物该作出什么样的公共政策选择。个案将公众的期待带至司法领域，人们期待司法判决能够让专车走出法律的灰色地带，确立某种明确的规则，指引、规范社会主体的行为安排。

这是一种令人纠结的状态。社会转型时期，法律制度尚未成熟定型，对很多社会创新行为的评判并不清晰，由于行政部门在公共政策选择上不到位，客观上造成了这样的现象：当法律对某类行为缺乏明确规制时，执法部门可能对合法性存疑的行为先行进行处罚，一旦案件进入司法程序，社会对行为本身的价值判断就转移到司法裁判上，希望从法院判决中找出行为的合法性根据。但司法往往只能就个案通过裁判定分止争，很难为社会创造出新的确定性规则，这正是制度转型过程中司法面对公共政策选择的困境所在。

在行政诉讼中类似的案件很多，法院又不能拒绝审判，所以裁判最终往往都严格恪守对行政行为的合法性审查原则，法官也不会冒风险去"借题发挥"回应公众议题。从职能分工上看，公共政策的选择权在立法机关或政府，对于公共政策和法律制度上的争议，司法机关不便也很难作出判断。所以实践中常常出现这样的结果：一桩行政案件判决完了，但案件中涉及的法律问题并未解决，这对提升国家治理能力而言不能不说是个缺憾。

那么，是否可以赋予司法机关一定的公共政策选择权呢？这不仅面临着国家司法体制的变革，而且还存在一个同样现实的难题，那便是法官的公共政策选择能力不足。公共政策选择涉及复杂的利益调整，具有极强的专业性，而在法律与事实之外，法官是不具备行政官僚那种专业性知识的，能否在公共政策选择上作出科学决策，往往令人怀疑。国外是如何解决这个矛盾的呢？法国设有专门的行政法院，行政法官主要来自行政官僚体系，外在的独立性加上内在的专业性，确保行政法院能够在国家治理中发挥实际功能。

对我国而言，虽然人民代表大会制度决定了司法在公共政策选择上的有限性，但仍不失改革完善的空间。例如可建立司法机关与立法机关、行政机关的联动机制，及时将审判中的公共政策议题提交立法或行政机关，并督促职权部门及时作出反馈和回应，从而在鲜活的案件事实与高效的公共政策选择之间形成良性互动。

司法的权威源自逻辑的力量

这些年来,在互联网崛起的舆情背景下,社会上的公共话题丛生,司法也成为舆论热议的对象。一方面,司法体系本身及其运作中存在的一些问题,构成了具有讨论价值的公共问题焦点;另一方面,处于社会转型期内的人们普遍存在着公正的焦虑,无论是对国家政治制度改革的呼吁,还是对社会公平正义愿景的实现,都将期待的目光投向司法领域。

的确,在一个日渐法治化的社会,司法扮演着越来越重要的角色。因为它是"理性最后的上诉地点",担负着处理冲突的重任,是实现"从意志的统治到法律的统治"的重要国家装置。在美国,之所以所有的政治问题最后都会演变成司法问题,并非司法官员对于权力的胃口过大,而是作为共同体的人们意识到:只有司法,才能将你死我活的各种斗争与矛盾冲突,导入理性、平和、有序的化解之道中,才能有效避免剧烈的利益争夺产生的政治动荡或社会断裂,才能以最小的代价与成本吸纳最多的社会不满。正是在这个意义上,国家的司法系统被视为社会冲突的修补与避震装置。也正是在这个意义上,国家才需强调"用一切手段,使司法机关受到尊重",包括稳定的任期、优厚的薪金、精英式的人员配置等。

但是，司法要能胜任这一职能，除了必要的体制保障和环境基础，还必须立足并彰显自身的职业属性。对于"既无军权又无财权"的最弱国家机构而言，司法分支因民众的信赖而存在，以公正赢得的权威而发挥功效。司法既无全能之才，又不具有行政强制的力量，其能够赢得民众信赖的，只有所作决定的正当性、公正性以及由此而树立起来的自身权威。因而，相对于其他分支而言，司法靠的不是"力量的逻辑"，而是一种"逻辑的力量"。因为司法本身是一种有限的判断权力，判断过程是否蕴含严密而清晰的逻辑推理，构成了判断结论准确与否的关键。只有运用严谨的逻辑推理并清晰地将其展现出来，才能让人们相信法官通过司法程序作出了一个公正的判决，从而去服从判决。

当前，我国正处在社会矛盾多发期，各种利益纠纷和冲突都会投射到司法领域中来。一些重大案件在网络的发酵下相继成为公共事件，各种社会问题及大众心里的公正焦虑，都借由这些个案寻找"出口"，各种辩题纷繁复杂，让司法机关无所适从。而一切争辩与指摘，最终都与司法的判断结论联系在一起，不同的人都将司法裁判视为检验公平理想的依据，稍有背离便指责司法不公。与公众的期待相反，司法实践中由于法律专业知识的壁垒，以及一些裁判缺乏基本的说理和逻辑展示，让人难以从中发现司法的内在逻辑，造成司法公信力不高、权威性不足。这不仅使司法很难胜任社会转型时期的矛盾疏导，有的甚至招致新的矛盾与不满。

法官作为"活的法律"，需在鲜活的案件事实与书面的法律条文之间建立某种令人信服的合理逻辑关联。但在司法实践中，从案件的定性到提起公诉再到法院最终的判决，这些执法者并未在公众意识中建立起必要的逻辑关联，明显缺乏说理的裁判不仅无助于公众形成对司法的认同，而且还可能给人留下司法质量低劣或蛮横的不良印象。如果对案件的定性和判决有足够的逻辑支撑,如果能够在法律的专业知识与大众的朴素正义观之间搭建起顺畅的沟通桥梁,就更容易增强司法结论的可接受性和权威性。

可见,如何增强事实与法律之间的逻辑推理,如何充分展示这种逻辑过程,是强化司法公信力的关键。作为法治社会的理性系统,司法要么不向社会说话,一旦开口就必须传递出运用法律逻辑判断社会事实的绝对权威。如此才能帮助公众在纷繁复杂的社会现实与相对稳定的法律文本之间,建立起理性的认知通道,以此来界定我们共同体的法治生活方式。

"有限正义"

在以往的行政法课堂上，我总喜欢向学生提出这样的"拟制思考"：假如某小区内住着四位法官，分别就职于最高人民法院、高级人民法院、中级人民法院和基层人民法院的行政审判庭，基层院所在地的规划局作出了在此小区边建高层建筑的行政许可，四名法官若以许可侵犯其采光权为由，对规划局提起行政诉讼，那么该案应当由哪个法院管辖？

这或许是实践中不太可能发生的案例，但并不妨碍我们从中探讨一个有意思的问题：为了防止可能存在的干扰，司法正义究竟能够在多大程度上实现？比照现实，此类案件很可能寻求集中管辖或异地审判的机制，但不管如何采取异地管辖，也很难超脱原告身份与管辖司法机关之间的关联。这就涉及回避制度的局限：再严格的司法回避，也难以达致那种绝对的正义标准。

无论是在人们的道德期许还是法治愿景中，避嫌都是实现公平正义的重要程序。在社会的正义系统里，司法扮演着重要角色，但是司法在运送正义的旅途上，追求的往往只能是一种"有限正义"。首先看执掌天平的法官，由于其守护的是"正义的最后一道防线"，因而职业标准和行为规范比其他行业更为严格，避嫌的程序性要求也更加重要。成熟的法治社会，法官不仅要深入简出，连周遭的亲朋好友都可能受到"牵连"。无论是出于预防腐败的考虑，还是为了避嫌以示司法公信力，对法官采取严格的回避是实现司法正义的必要保障。

但是，立法上即便再精妙的制度设计，都难以有效防止各种关系的连带式干扰。例如，规定法官的妻子不能做律师，那么他的亲朋好友是律师呢？它能防止亲友作为法官与律师的中介而发生的腐败可能吗？我们处在像费孝通先生所形容的"扔一块石头进入水塘而形成的波纹"一样的社会结构中，人与人之间结成的关系网因利益关系会形成一个庞大的"差序格局"，再严厉的司法回避都不可能波及法官所有的生活交际圈。认识到这一点，我们就触及了正义的局限性。很多时候，法律制度的设计往往是防君子难防小人，法官在司法过程中所运送的乃是一种"有限正义"。

排除法官的个人化干扰，就司法审判的客观过程而言，公正也是相对而有限的。建立在还原真相与查明案情的证据局限性上，司法过程所力求呈现的事实往往并非客观存在的那个事实，而是一个经过法律认证之后的事实，由此作出的司法裁判所体现出的公正，也仅仅是法律意义上的公正，它与社会意义上的公正还有距离。例如，在民事诉讼中，当事人举证不能或不能充分举证，就要承担败诉的后果。此时，即便是所有人都看见当事人应当胜诉的事实，但法律却不能说已看见，这也构成司法"有限正义"的合理性根由。即便司法作出了公正的裁判，也不能完全保证当事人的合法权利能够得到绝对的实现，因为这还取决于相对权利人的履行意愿与能力。

不仅如此，司法系统在化解纠纷、矫正正义的功能上，同样存在极大的局限性。美国联邦法院汉德法官认为，法院拯救不了一个衰落的社会。如果民众将全部的期望放在正义的最后一道防线上，却又受困于权力夹缝,司法只能是积重难返,步履蹒跚。在迈向法治的征途中,人们被反复教导要重视运用司法程序解决纷争、维护权益,但是由于各种因素和条件的限制,司法救济总是不能绝对地、无限地保护权利人的一切合法权益。涌到司法机关的人们,强烈的胜诉渴望更容易让法院成为社会矛盾的焦点,一旦诉求得不到满足,人们对正义的失望将会导致对司法的不信任。而导致这种司法与民众"两败俱伤"的原因,很可能就是因为双方对正义的有限性认知不足。

其实,司法正义的这种有限性,在最完美的法治国家也都不同程度的存在,那种牺牲个案正义而维护制度正义的司法判例,那种维护程序正当而放弃实体追诉的司法判例,我们不止一次地在美国等国家看到。当然,对中国而言,有限正义命题的提出,主要是为了端正公众对司法的理性认知,不能拿来当作司法不公的借口。从这个角度分析,中国司法系统当前面临的主要任务,仍然是如何化解公民权利诉求的激增与司法正义供给不足之间的矛盾。

从"机械正义"到"具体正义"

正义是法律制度的首要价值,而法律制度总是面向流动的社会,在僵硬的制度与鲜活的生活之间,究竟实现一种什么样的正义?这绝非一个抽象的价值论题,而是法治实施中关乎你我的具体问题。在醉驾入刑后不久,最高人民法院发布了《关于常见犯罪的量刑指导意见(二)(试行)》,对于醉驾"情节显著轻微危害不大的,不予定罪处罚;犯罪情节轻微不需要判处刑罚的,可以免予刑事处罚"。这被很多人解读为"醉驾一律入刑有望松动",引起舆论一阵骚动。

在法治国家,司法解释往往被视为治理政策的风向标。《刑法修正案(八)》将醉酒驾驶纳入犯罪后,最高人民法院、最高人民检察院、公安部曾联合发布司法解释,以酒精浓度作为判断醉驾的标准,从而确立了"醉驾一律入刑"的司法倾向,以回应当时极为严峻的醉驾行为治理需要。但是也要看到,这种基于治理形势需要的司法政策,某种程度上呈现出一种"机械正义",即为了整体上公共治理的正义需要,牺牲具体情形的个别化甄别。其无法在个案中进行具体调试,难以体现刑事司法"宽严相济"原则,在实现治理目标上原则性有余而灵活性不足。更关键的是,单纯以酒精含量作为醉驾入刑的标准，割裂了《刑法》总则与分则在具体犯罪构成上的密切关联。我国《刑法》第13条明确规定，"情节显著轻微危害不大的，不认为是犯罪"，第37条明确规定，"对于犯罪情节轻微不需要判处刑罚的，可以免予刑事处罚"。具体犯罪的构成，应当结合《刑法》总则和分则综合判断。

不难看出，最高人民法院出台量刑指导意见，是在实践基础上对此前司法解释作出的更为精准的调试。司法实践中，一些地方的法院对醉驾案件大量适用缓刑，就凸显出"一律入刑"在治理犯罪上的机械化痹症。结合司法实践出现的问题，通过更加全面、客观地考量被告人的各种犯罪情节，综合评定被告人行为的社会危害性和人身危险性，才能使定罪量刑更加科学、合理且富有针对性，更加符合刑事立法精神，也更加便于发挥刑事司法参与公共治理的有效性。

上述司法政策的变化，其实凸显出刑事司法在实现犯罪治理正义价值上的一种转向：从机械正义到具体正义。好比罗尔斯的差异正义原则：忽视个体因素的差异而给予不同的人以完全等量的正义，带来的结果仍旧没有改变社会的正义现状；相反，基于个体的差异而给予相对应的正义则能弥补短板实现共同正义。反过来说，对不同危害结果和人身危险性的被告人实行同样的惩治，忽略了惩治犯罪的差异正义。社会制度应当"使最差者获得最大好处"，而刑事司法则应当"使最坏者获得最重处罚"。

同类违法犯罪现象，并非总是千篇一律的。机械化的"一断于法"能够带来鲜明的治理导向，但灵活性不足势必在个案中造成偏失。问题的关键是，如何确保对醉驾的惩治是基于案件本身的差异而非案外不当因素？公众之所以产生醉驾入刑有所松动的担忧，就是因为对定罪量刑中客观标准执行力的信心不足。"情节轻微""情节显著轻微"如何判断？说到底，人们担心对于犯罪情节的判断，由于其间的自由裁量空间过大，会带来人情案、关系案，甚至出现司法腐败。只要有解释的空间，民众就担心操作中会有人为因素，正义的实现会存在"漏洞"。如果标准不能被依法公正遵循，倘若在醉驾入刑上打开不公的缺口，那么公众基于"不患寡而患不公"的心理，会更愿意接受"一律入刑"这种机械化正义。

因此，从"醉驾一律入刑"到"刑罚松动醉驾可不入刑"，刑事司法在追求更为均衡的具体正义的时候，尤需确立严格司法的行为习惯，自由裁量空间越大越需要塑造严格司法的品质。在更为普遍的意义上，刑事司法从机械化的刻板标准到符合立法精神的科学标准，必须侧重于对司法自由裁量权的规范，尽可能压缩不当干扰"随机潜入"的空间，真正做到总体公正与个体公正的有机统一。

司法当以"精密"求"公正"

近代刑法学鼻祖贝卡利亚曾经说过,应当用几何学的精确度来解释法律的问题。因为这种精确度足以制胜迷人的诡辩、诱人的雄辩和怯懦的怀疑。这种精确度,其实暗含着对法律适用者的一项重要要求,即在将纸面的法律条文适用于具体鲜活的案件事实时,应当精准、细致、严密。在法的实施中,解释者如果牵强附会或生搬硬套,那么这个从规范到事实的过程,便因机械化、僵硬化而呈现出不同程度的公正偏移。

在日本刑事司法领域,早有"精密司法"之说,旨在用周密的侦查、慎重的起诉及细致入微的审理,去造成极高的有罪率。其实,精密司法并非哪个国家的专利,它是现代人类制度文明的体现。如同工人生产科技产品需要精密操作一样,现代司法要办出高质量的案件,达到维护社会公平正义的目的,也必须通过精密化的操作。

现代司法对于公正的追求,总是经由每一个案件实现的。但是在个案正义的伸张过程中,办案人员能否对证据进行严格审查、对事实进行周密重构、对规范进行精确适配,却很大程度上取决于职业习惯和个人因素。一般来说,司法的"精密"程度不仅体现在司法结构的合理、均衡上,更蕴含在衔接紧凑、和谐无缝的司法程序中，藏纳于统一、规范、严谨的司法行为里。尤其是在刑事案件的侦办过程中，任何证据收集的纰漏或瑕疵，任何程序遵守的放松或忽略，都可能带来整个事实判断的错误，影响办案的质量。因此，司法职业化的一项重要要求，当是追求一种"精密司法"，从而在个案中释放出强大的公正价值。

但是现代社会，社会矛盾复杂、利益纠纷剧增，在案多人少的矛盾中，司法很容易因为日复一日的"诉累"而变得单调乏味，对精密化的追求很容易在流水线般的日常工作中慢慢被遗忘，而司法过程中养成的生硬地援引证据规则的习惯则逐渐演绎着司法的机械和懒惰。在现实司法结构及司法运行中，正是大量的程序漏洞和操作不精细造成了刑事司法领域的冤案迭起，办案者行为上的些许"得过且过"，就可能会结出不公正的"恶果"。通过分析以往的冤假错案可以发现，司法机关或出于"命案必破"的压力，或出于短期破案的政绩冲动，或出于办案的粗疏陋习，但最终都是放松了对证据标准的要求，对原本应当严密推演的定罪量刑采取了大而化之的方法。某种程度上，这种粗放式的司法，正是造就错案和公正偏移的重要缘由。

一件质量过硬的产品，取决于每一个工艺流程的尽善尽美。司法程序的公正价值是"看得见"的，它体现于一个个衔接紧密的细节链条当中。无数个科学合理的细节共同构成一个完整的正当程序，任何一个细节脱落都可能造成整个程序公正价值的断档。在精密司法的控制下，日本的检察官将案件起诉到法院以后，获得有罪判决的比例可以达到99%。正是通过一环扣一环的精密程序，检察官才能降低错误起诉的概率，实现诉讼的公正。司法人员对程序过程中的每一个环节精益求精，才能最终实现"细节决定公正"。可见，无论是对于法院、检察院还是公安机关，办案行为的精细化程度决定了案件的"公正度"。

当下的司法改革潮起云涌，但无论司法改革在体制和制度设计上朝何处去，司法行为的"精密度"都应当是一个事关司法品质和案件质量的重要问题。司法改革不仅要关注到宏观制度的架构，同时也要关注到制度运作中司法行为的规范化、精细化程度。宏观制度的架构关系到普遍正义的实现，而司法行为的精密化则关系到个案正义的实现。很多时候，冤假错案的"魔鬼"藏在细节里，让人民感受到公平正义的希冀也藏在细节里。因此，立足于现有的司法制度设计，追求司法行为的精细化，当是现代司法的内在品格。

道德案件中的司法逻辑

在社会多元化的调整机制中,法律与道德原本是两套相辅相成的规范体系,但当道德规范乏力并引发法律纠纷时,围绕两者的纠葛就变得错综复杂。近年来,在媒体带着良知冲动的捕捉下,一些道德个案反复被放大,司法对此类案件的介入不断成为焦点。尤其是在网络背景下,一些刺激公众道德神经的案件,激起众多网民满腔的道德热血,于网络空间打造自己的正义江湖,混杂中难免充斥着真假莫辨、是非难分的乱象,给司法系统带来较大压力。

面对道德失范带来的纠纷,正式的法律制度显得有些笨拙,按照司法客观规律给出的裁判结果,常常距离公共舆论的期待十万八千里。实践中,法官或是恪守法律规则与道德机制发生冲突,或是屈服道德压力与法治戒律相违背,而公共舆论希冀的法律与道德"双赢"的结果,虽然有时在个别案件中会得到实现,但绝大多数情况下,司法的结果很难满足公众的道德期许,这极易招来质疑之声,使道德与司法公信力出现双重损耗。

司法介入道德案件,一开始就容易陷入真相难以还原的困局。法官断案,虽然讲求"以事实为根据,以法律为准绳",但此"事实"非彼"事实",它不能像电影回放那样去重新再现,而只能立足现有证据予以合理推定。也就是说,司法所认定的事实向来只是建立在证据链上的法律事实,而非公众期待的客观事实。这便存在两种可能:一是司法基于证据认定的事实符合客观事实,判决结果自然不存争议;但道德案件更多的属于另一种情形,即司法机关很难掌握到全部的事实证据,此时只能根据原被告双方的证据优势作出裁判,而这种裁判一旦与之前公共舆论占据的道德制高点相违背,就会发生激烈的冲突。

化解道德案件中的道德与法律冲突,司法尤其需要按逻辑出牌,既不能因受到道德压力而失去客观中立立场,又不能因面对质疑而故步自封、无所作为。合乎逻辑的做法是,准确判断、合理认定证据材料,严格依照证据的证明力标准进行法律推断,理性分析道德案件的事实真相,在此基础上公平划分法律责任;与此同时,还要勇于向社会展示判决的推理逻辑,让公平正义得到清晰地展现。

遗憾的是,不谙法理的普通民众,总喜欢"以结果论英雄",在见识了身边诸多的道德缺失现象后,期待着法律能够助道德"一臂之力"。例如,当我们在搜索引擎中输入"小偷被追死亡"的关键词时,不断弹出的案例和网络评论足以说明,法律在面对道德伸张时更多的是尴尬。这些案例中,有追赶者被判过失致人死亡的,有被判有罪但免予处罚的,也有被判故意杀人罪的,当然也有被判无罪的。但只要是定了罪的,舆论传播和网络评论中总少不了"见义勇为难道有错吗"之类的质疑,至于案件报道中所并未呈现出的客观事实,以及被司法基于证据所重构的法律事实,道德评判主体是很少关注到的,于是留下了一个关于生命权利与见义勇为的道德与法理问题的无止辨析。

既然如此,讨论这样的辩题还有没有意义?当然有,无论是历史上的引儒入法,还是现实中的情法并举,一个国家和社会的治理,不可能偏执于一方。只是作为社会正义的最后一道防线，司法系统赖以存系的根本是捍卫法律的尊严，而不是拯救道德的滑落。如果承认这一点，我们关注道德案件的焦点就不再是司法结果是否合乎道德期待，而应是法官的判决是否合乎法律逻辑。

在更多时候，法官的判断需要建立在严格的法律推理基础上。每个案件都如同是一片"绿叶"，世界上找不到两片完全一样的"树叶"，将"脉络"不同的案件都贴上"见义勇为"这样的格式化标签，忽略案件背后的种种差异，而单纯追求道德的伸张，这无异于"饮鸩止渴"，不仅辅助不了道德，还破坏了法律的原则。而如何将个案中的推理"脉络"展现出来，乃是一门很重要的司法学问，其中的先决条件，便是必要的司法公开，当判决受到持有朴素正义感的公众质疑时，拿出证据链条展示判决的严密逻辑，就成为化解误读与隔膜的关键。

当然，在理解公众道德焦虑的同时，也要求公众形成理性的司法观。我们不能因为案件结果合乎最后的事实而欢呼雀跃，也不能以事后真相的发掘而否认当初司法的正当。任何一起案件的裁判，只能立足于当时的证据基础，即便这是人类理性的局限所在。大众舆论对司法的评判，不应以"事后诸葛"的心态去否定司法正当，要知道，法治的理性并不是仰仗司法去还原真相，而是强调司法按逻辑规则出牌。在通往法治的道路上，借助道德案件理清法治的律条，于传统观念中生长出理性思维，也是一种难得的法治教化。只有这样，我们才能找到道德与法律的理性交汇点，最终步入理性的法治社会。

闲话司法裁判

在新一轮司法改革中,让人民群众在每一个司法案件中都感受到公平正义,成为共识性的目标。而人们对司法正义的获得与感受,很大程度上浓缩于一纸裁判。司法裁判书是法律正义通往社会的"桥梁",司法改革应倾心于裁判质量,将裁判文书作为法官实现职业理想的载体,借其将正义"运送"到每个人的家门口。

为什么判决理由更重要

司法的本质在于判断,判断必定伴随着推理。随着法治观念的进步,民众对司法的关注早已不止于裁判结果,更深入到"为什么是这种结果"的层面展开追问。有的时候,对形成裁判理由的渴求甚至超过了对裁判结果的关注。

曾读到一个美国判例,原告因为食用鱼杂汤被鱼刺卡住而起诉餐厅,法院在判决中不是专注于法律条文的字面意义,而是用了大量篇幅描述这款鱼杂汤的来历及其做法,对菜谱的介绍甚至让我们觉得匪夷所思,这是法院的判决书吗?然而读完之后,对法官的用意豁然开朗。一位地道的新英格兰人,食用了广受新英格兰人欢迎的地道的鱼杂汤,且所有关于这道菜做法的介绍都没有强调要剔除鱼刺，在综合这些知识之后，法官推定原告在食用鱼杂汤时应该有注意鱼刺的义务。这样的判决，令原告很难再提出反对的意见。

让败诉的一方难以提出反对意见，这是司法裁判提供理由的核心目的，也是提高司法可信度、让当事人心服口服的关键。法官的使命不仅仅是在争议中给公众一个确定无疑的结论，更在于展示结论得出的过程，因为公众对于司法的信任乃至对法治逻辑的感悟，都是建立在对裁判结论的论证理由之上的。即便大家都认为被告定会被定罪或一方定会败诉，但判决书中的"说法"仍然值得"观赏"，因为人们可以借助理由读到司法权威的形成过程。

长期以来，我国的司法裁判不太注重理由的叙述，法官不太注重在法律文本与证据事实之间建立合乎逻辑的关联，让人看不出裁判是基于什么样的理由和推理路径形成的。法官作为"活的法律"，其职业属性主要体现于：在鲜活的案件事实与书面的法律条文之间，建立某种令人信服的合理逻辑关联，以充分的说理展示司法的理性品格，从而减少社会大众对裁判的误解与不信任。明显缺乏说理的裁判不仅无助于公众形成对司法的认同，而且还可能给人留下司法质量低劣或蛮横的不良印象。如果对案件的定性和判决有足够的逻辑支撑，如果能够在法律的专业知识与大众的朴素正义观之间搭建起顺畅的沟通桥梁，就更容易增强司法结论的可接受性和权威性。

对理由重于结果的强调，尤其适用于舆论旋涡中的案件，因为公众都在观望，司法将会以什么样的事实理由与法律运用，对一个极具争议性的人物或事件进行宣判。伟大判决的伟大之处，恰恰在于其无可辩驳的理由。无论是英国历史上丹宁勋爵"追根溯源"式的判决，还是美国历史上马歇尔大法官"搂草打兔子"式的论证，风格各异的说理都服务于同一个目的——塑造司法的权威和品格。不管面对何等棘手的案件，法官都应懂得：司法靠的不是力量的逻辑，而是一种逻辑的力量。

法官该如何"讲故事"

逻辑推理的前提是，法官应当学会"讲故事"。借助双方当事人的证据和质证程序，法官在裁判书中构建起一个完整而合乎逻辑的法律事实图景，在叙事中完成司法对作为历史的案件的重建。这种重建起来的"故事"，不需要绘声绘色，也或许与客观的案件事实略有出入，但只要是建立在严格的证据认定基础上，便构成了裁判的正当性基石。

能否讲好个案中的"故事"，往往取决于法官运用证据还原事实的能力。如果将自身混同一般民众而追求所谓的绝对真实，或是忽略证据之间的印证关联而想当然地主观构造，都难以在法律上实现司法还原事实的功能，并直接影响到裁判结论的可信度。

被誉为"世纪审判"的美国辛普森案，曾经令很多人不解：一个几乎"铁证如山"的杀妻嫌犯，却因为收集证据程序上的瑕疵而被判定为无罪。为了还原真相，审判进行了474天之久，控方在法庭上询问了58位证人，展示了488件（幅）实物和图片，辩方也询问了27位证人。我们不能说最终的审判结果重构了令人信服的客观事实，但既然法官无法将时间逆转把案发过程回放一遍，那就只能通过严格的证据认定程序以重构法律上的真实，用该案主审法官的话说，虽然"大家都看见了辛普森沾满鲜血的手，但法律却不能说已看见"。基于证据规则构建"看得见"的法律事实，恰是法官的职责所在。

优秀的判决书离不开法官还原事实的能力，即在裁判中就错综复杂且相互冲突的证据材料，重构出一份逻辑顺畅、脉络清晰的法律事实。在具体证据的印证之间寻找事实的蛛丝马迹，考验着法官的逻辑思维。重构事实的方法与细致性，是司法裁判所应当讲求的。

如果在证据认定上，不讲求一种叙事的结构，而只是将所有证据简单罗列在一起不作分析，就可能将事实淹没在烦琐的证据之中，难以重构事实和说服别人。相反，优秀的裁判者会"在证据允许的范围内，尽可能运用牢靠的推理和有意义与确切的言语"（霍布斯语），在证据采信规则下，准确而充分地展现出法律事实重构的逻辑线索，在相互印证中厘清"故事"演变的脉络，消除证据之间带来的各种合理性怀疑，编织出一幅可信度高的法律事实图景。

其实，衡量法官"讲故事"水平的高低，关键在于其逻辑分析能力和运用证据展示事实的能力。这些能力的获得，既需要法学院在法律人才培养中更多的关注思维训练，也依赖于法官积累足够丰富的人生阅历，所谓"法律的生命在于经验"即是如此。人类的审判活动发展至今，之所以更加理性且值得信赖，就在于法官在复杂的庭审程序中，能够凭借经验知识获得重构事实的必要信息，并展开逻辑思维的加工。可以说，个案中的法官主要职责就在于：从控辩双方或当事人双方的对抗中敏锐地发现真实信息，在客观的证据认定基础上编织案件的法律事实，并严格按照司法的规则进行合乎逻辑的判断和裁定。

因此，裁判书并非简单的司法结论，其首先是法官重构法律事实的"剧本"，要向社会展现法官是如何从证据中还原事实的。只有在证据的判定标准之上，展开司法理性的逻辑叙事，裁判书中讲述的"故事"才具有可信度，也才能帮助公众在纷繁复杂的社会现实与相对稳定的法律文本之间，建立起理性的认知通道，并以此来界定我们共同体的生活方式。

平衡与促成妥协的艺术

在良好推理和事实重构之外，还须通过判决书展示法官的平衡艺术。司法被视为社会的"避震器",是因为它能将你死我活的争执导入理性温和的平台,在剧烈冲突的利益之间做出平衡,以诉争双方达成妥协而非结下更深怨恨为目标。司法能否较好地实现这一目标,更多地取决于裁判者平衡和促成妥协的能力。

平衡首先需要裁判者有一颗"强大的心"。因为在司法场域中展现给裁判者的,往往是各种千奇百怪的利益矛盾,当事人会想尽办法绘声绘色地营造出各种有利于自己的情绪,如同一幕幕人间悲喜剧,企图感染法官做出有利的裁判。试想,当一个满怀正义感的法科生走出校园端坐在法庭上,面对一桩年迈老妪与青壮年之间的诉争,能否完全不受感官情绪的影响?这时如果没有一颗强大的内心,坚守住法治的理性底线,就容易被一些情绪所牵引,在裁判的时候不知不觉掉进公正失衡的陷阱。

心如止水的情境下,裁判者的平衡智慧体现为"一碗水端平"的技巧。亚里士多德认为,法律是一种中道的权衡。这不仅指向立法分配正义的环节,同样指向司法适用环节,即注意根据中庸之道去平衡不同的利益,以求得法律在具体事实上得到公平、公正的适用。这说起来容易,做起来却很难,它取决于裁判者如何正确理解"公平"二字,是严格恪守法律文本的形式公正,还是完全忠实于事实的绝对公正,抑或是考虑具体情况的相对公正,不同的选择会带来诉讼双方完全不同的感受。令人满意的情况莫过于,在法律的范围内将适当的情况纳入事实框架之中,作出既合乎法律又忠于事实且接近公允的裁判。

不过在很多案件中,上述愿望是难以实现的,特别是那些已经争执得不可开交的案件。此时,平衡就需要裁判者善于"调和阴阳"了。《道德经》中讲"阴阳平衡",对裁判者的启示就是要善于将怨愤导入理智。司法原本是一个充满冲突的场域,但睿智的裁判者会通过平和理性的程序为其营造一个包容和解的磁场,令走进法庭的人能够平息怒火,回归理智,对自己的诉求和利益进行理性衡量,为最终的妥协创造条件。这要求裁判者能够有效运用体态、语言乃至必要的道具,创造一种为了解决纠纷的合作机会,而不是为纠纷增多或激烈化开辟道路。

即便在最为激烈的争执中,法官也不能放弃促使双方"互利"的规则,要教育双方为什么要在法庭化解纠纷,让其明白为了解决纠纷这个共同的目的,双方必须在一些利益上进行调整或让步。为此,时机的选择至关重要,而且要听取并尊重一切来自当事人的批评意见,并在裁判书中充分回应。在此指引下促使双方认识到各自的"本分",以形成更多有助于构成整合的因素。笨拙的调解者,则会扩大双方的嫌隙,其本身甚至还会使双方产生不满并遭到双方的质疑。可见,要在司法这个特别敏感的领域进行利益裁判,如果不掌握化解纠纷的技艺,很可能会适得其反,让诉争双方更加对立,甚至连法官自己都引火烧身。

当然,讲求平衡和促进妥协的艺术,并不是让裁判者放弃严格的法治原则,单纯追求"和稀泥"的效果;而是强调在法治的结构中,谨慎适当地选择裁判的处理方法,以获得更加令人满意的公正结果。

语言让正义更"丰满"

如何在丰富的语言库中选取适当的词汇,关系到表达者传递信息的准确性,也影响到信息接受者的心理感受。判决书是司法机关向当事人阐释法律、运送正义的载体,是法律专业理性与大众进行沟通的桥梁,其沟通的效果很大程度上取决于撰写者运用语言的能力。无论是法律叙事还是逻辑推理,都必须借助语言工具。如果说事实构成判决书的骨骼,法律运用与推理构成经络,利益平衡构成大脑中枢，那么语言就构成了判决书的肌肉组织，体现运送正义的丰满度。好的语言体现法官所重构法律事实的清晰度，承载着法庭裁判所展现理由的圆通性，折射出司法追求公正理念的亲切感。

裁判中对语言的运用，首先应排除语法常识上的低级错误。从裁判的可接受层面看，一份言语准确、通顺、清晰的判决书，会增加当事人和社会大众对裁判的认同；相反，一份错误频出、用词不准的判决书，不仅无法向社会传递司法公正的理念，也让当事人产生司法不负责任的猜测，进而引发心理上的"不服"，甚至增强其对抗判决结果的心理，最终造成司法权威的丧失。

裁判中应避免的另一个危险是采用极端语言。司法讲求持中平和，任何极端的用词都只会徒增人们对裁判专横的印象，向社会传递不良情绪。例如，早些年在描述刑事被告人时，一些判决书使用"丧心病狂""心狠手辣""罪大恶极""惨无人性"等偏激的词语，对罪错者人为进行标签化、情绪化描述，这不仅暴露出裁判者先入为主的主观倾向，而且向社会传递一种复仇心态，无助于法治理性精神的塑造。由于小小的一纸裁判，两头连接着代表公平正义的司法机关与纷繁复杂的法治社会，其作为司法向社会展示公正形象的最佳载体，是赢取民众信赖与尊重的"窗口"。因此，判决书中语言的选择至关重要，用词表述客观、中立、平和，方能达到教化人心的"致中和"功效。

除了尽量避免上述两种误区，裁判的语言还应兼顾准确性与通俗化。准确是法律语言的基本要求，通俗则是实现判决书社会功能的基本要求。对法官来说，难点可能就在如何平衡准确性与通俗化。过于追求法言法语虽然突出了法律的准确性，但从当事人与社会大众的接受角度看，往往使法律拒人于千里之外；片面讲求通俗化的表达，又可能丧失法律裁判的准确性，带来司法专业理性不足的问题。因此，法官要想在判决书中构建一种具有说服力的描述框架，既要表达对法律精神与规范的理解，又要让当事人或社会接受和认同，就应尽量采取那些法律常识性用语，避免生僻或学术性语言，在不影响准确性的前提下，尽可能就法律运用作出通俗化解释，以充分宣示正义。

优秀的判决书还应寻求表达的美感。"语言的真正美，产生于言辞的准确、明晰和悦耳。"（高尔基，《家庭教育》）英国学者罗森曾在《英国法的合理性》中把法国简明扼要的判决书比喻为素描，英国的判决书则经常被评论为"洋溢着生命和色彩"。那些广受赞誉的判决书，莫不是通过语言上的千锤百炼，才达致说理充分、分析缜密、令人折服的效果。可见，对语言的选择与组合，凝聚着司法裁判者运用法律的智慧与辛劳。这并非要求法官去追求语言辞藻的雍容华丽，将判决书写成一篇优美的散文；而是要求法官保持对语言的审慎、感悟与尊重，以真诚而富有情感的语言沟通方式寻求民众的认同和信赖。

事实的重构是否令人相信，某种程度上取决于法官运用语言的能力；对法律适用来说，"推理的能力是由于语言的运用而产生的"（霍布斯，《利维坦》）。裁判者应当按照司法的逻辑驾驭语言，追求表达的准确性、周延性、有效性，在裁判中追求语言的精细化、美感度。最终在完整而细腻的语言链中，不仅包含着法官所重构的事实信息，也蕴含着庭审的心理活动，更展示着司法判断的思维理性。

从争议性案件中发现规则

在法律存在争议之处，司法不能拒绝审判，此时裁判者该如何裁断？这往往考验法官的智慧。有的法官会将"矛盾"上交，寻求更高的权威予以脱困；有的则通过驳回的程序处理机制不作审查；也有的看重争议性案件的司法价值，因为那里往往蕴含了发现规则的能动空间。

无论是判例法国家还是制定法国家，都越来越注重法官在裁判中的主体功能。瞬息万变的社会生活，让成文法典的滞后性、残缺性和僵硬性等弊端尽显，机械化的适用法条很难实现裁判的公正。司法要有效定分止争，实现从形式法治达致实质法治的目标，就不能将裁判者仅仅视作判决的"自动售货机"，而需要他们"巧妙游离于规则与事实之间"。这在判例法国家，体现为法官于具体案件中创造新的规则；而在制定法国家，则体现为法官在立法框架中发现规则。

法官发现规则的目的，不仅在于解决具体争议性个案，而且在于为类似案件的司法裁决提供指导性依据。经由法官的发现，个案的司法裁决规则或由于尊重惯例的传统，或由于最高司法机关的首肯，对今后同类案件具有了某种效力。这便在同类事实与不同裁判者之间，建立起统一性的规则联系，为防止出现"同案不同判"，冲击司法的稳定性与统一性提供了出路。

问题在于，法官如何发现规则？首先，当然需要选取那些带有普遍性的案件，如果不是司法实践中常见多发型案件，而只是极其特殊的个案，那么发现出的规则也并不具备指导价值；其次，与普遍性相比，案件在法律适用上的可争议性更为重要，如果法律适用是确定无疑的，再典型的判例都不足以构成指导性，因为那里没有发现规则的空间。司法实践中，反而是那些新颖性案件或亟须规范统一司法尺度的案件，法官难以找到直接、明确、适当的法律规范，在其又不能拒绝审判的情况下，便可能孕育出新的具有示范意义的司法裁判规则。

除了案件本身是个好"胚子"，法官发现规则还须依赖之前我们探讨的几种能力：重构事实、法律推理、利益平衡以及善用语言。

因为争议性必然带来说理性要求。要从一个案件中发现或创造出一条有指导性的司法规则，依赖于法官针对案件进行创造性的逻辑推理和论证。说理不够，逻辑推理不充分，法律适用的解释不够，很难使案例裁判呈现出指导性价值。

当然，不同的国家基于不同的司法体制，法官发现规则、创造规则的权限范围都不同，如成文法国家不可能像判例法国家那样，直接由法官从事实中进行造法。但他们共同的特点是，在有成文法规范指引的情况下，具体的法律适用并不排斥法官在个案中的解释权。尤其是在自由裁量的情节判定与运用上，法官如若借助典型性个案进行严密的逻辑推理，从中所发现的裁判规则就具有很强的司法指引功能。这种意义上的指导性案例，对于避免司法裁判不统一、遏制法官自由裁量权腐败具有重要价值。

平庸的裁判者会将争议性案件当作"烫手山芋"，而卓越的裁判者则会将其视为创造司法杰作的契机。或许对那些每天都要处理许多案件的法官而言，最大的遗憾莫过于：当一个蕴含指导价值的争议性案件摆在他面前时，没有好好珍惜，放弃了从中发现规则的机会。如果我们能有一种敏锐的司法洞察力，将那些生活提供给我们的绝佳个案牢牢把握住，当作"精品"去打造，或许能够开创一个全新的司法化时代。

裁判文书上网是门技术活

同法律一样，经由法官输出的裁判文书也是公共产品，这种公共属性源自法律的普遍理性在个案中的运用。当事人不能以案件事实的个别化主张裁判文书的私有性，因为法院乃公共机构，当你把事实呈递给法官予以决断的时候，事实就已从私有性转变为了公共性。因此，除非关涉到法定的秘密和隐私，裁判文书不应该被锁在档案柜里，而应该向社会公开，接受公众的检索、监督和援引。美国联邦最高法院在 1978 年"尼克松诉华纳传播公司案"中，就确立了公众对案件信息的查阅权，以强化裁判事实的可靠性，增进公众对司法的信心。

互联网时代，网络为裁判文书公开提供了便捷的平台，推行裁判文书上网也被视为司法公开的重要环节。它能够满足公众的知情权，增加司法的透明度，提高裁判的认同感，避免"同案不同判"，倒逼裁决的说理性等。其还有一个不可忽视的功能，便是向社会提供法律意见。当公众在碰到法律问题时，可以借助公开的裁判文书获取有益的法律意见，了解法官就同类问题的法律适用情况，从而合理安排自己的救济方式，也可以从公开的裁判文书中获得行为预期。这种普法式的法律服务，构成了司法裁判面向社会应有的功能之一。

要实现这一功能，就需要在裁判文书上网的技术上进行完善。良好的司法公开愿景，如果缺乏细致完美的技术支撑，也可能会流于形式。裁判文书上网除了要迅捷，还必须是"可检索"的，否则就是"伪公开"。如果只是将裁判文书贴到网上，这种看似的公开实际上将裁判文书与海量网络信息混同一起，让人根本无从获悉也无从监督。

美国有两个广为使用的数据库：一个是私人公司性质的 WESTLAW，"在一份判决书生效后 2—24 小时内，未经编辑的版本就会汇入这个数据库"（王峰，《最高院路线图浮现：力推数千万判决书 5 年内上线》）；另一个是美国法院内部行政管理办公室提供的 PACER 数据库，收录了所有联邦上诉法院、地区法院和破产法院的判决书。但是，即便有专门的数据库，如果没有一致、统一获取案件信息的工具、渠道，也会导致人们在搜索中存在很大困难。因此，裁判文书上网系统和公共访问系统的精要在于"可检索",即人们能够"利用搜索工具很快检索案件和关键法律问题"。为此,美国2002年《电子政务法案》要求联邦法院所有书面判决必须以可以文字检索的格式发布,方便公众能够在线准确访问每个案件的档案信息。

不难看出,裁判文书上网说起来简单,背后却依赖于一整套复杂的技术系统,包括对案件进行分类、编号、设计主题词或检索条目等。甚至为了适应普通民众网络阅读的需要,在原文公开的同时,还有必要对冗长的文书进行精简概括,以便略去中间复杂的逻辑推理和细致论证,直接给需要帮助的人提供事实与结果。而要做到这些,完全依靠法官并不可取,因为法官只需负责审判,至于这些事后加工的"技术活",美国的做法是引入社会力量参与,并最终营造出一个系统、权威、丰富的法律公共产品市场,供民众尽情"消费"。

法官的名字与正义相连

守住法官的"童子之身"

法官是法律由精神王国进入现实王国的媒介，法律借助于法官而降临尘世。柏拉图早已告诫世人："如果在一个秩序良好的国家安置一个不称职的官吏去执行那些制定得很好的法律，那么这些法律的价值便被掠夺了，并使得荒谬的事情大大增多，而且最严重的政治破坏和恶行也会从中滋长。"（柏拉图，《法律篇》）可见，优良的司法运作系统，必须建立在优秀的法官个体之上。法官一旦堕落，影响的不仅是一个群体的职业形象，更是整个国家的司法形象，"令法律失去尊严、司法蒙羞、正义受损"，堪称"司法公信的灾难"。

在最初的角色期待中，法官往往被寄予了"半人半神"的厚望，其智慧、道德与修养，都应当远远超出一般的世俗民众。因为司法是维护社会正义的最后一道防线，法官作为这道正义防线的"看门人"，一旦堕落，整个社会的正义势必失守。因此，只有品学兼优的社会精英，才能把握立法的精要所在，从纷繁复杂的社会事务中敏锐地发现法律、恰切地解释法律、忠实地执行法律，将人间正义运送到每个人的家门口。

遗憾的是，法官并不是真的神仙，他们也有七情六欲，也有人情交往，也会受到人性贪欲的诱惑。这种普通人的定位，构成现代法治严格规范法官职业道德的正当性基础。人们相信，只有为法官设定更为严格的职业伦理和道德规范，才能防止法官堕落。例如，在美国，曾发生过老年丧偶的资深法官招妓事件，因为这位法官的口碑一直很好，始终保持着公正清廉的记录，其虽然获得了很多民众的谅解，但最后还是被撤销了法官职务并被判处罚金。在现代法治国家，法官受到特定道德准则的严格管束乃是通则，其一旦在生活中出现"行为失检"，诸如和当事人的律师一起吃饭、喝酒或聚会，都会受到法律追究。如此严苛的行为规范，一切都只源于法官所从事职业的神圣性。

法官的道德瑕疵甚至堕落，最容易滑向司法腐败的深渊。事实证明，在请吃、勾兑乃至嫖娼等现象的背后，往往是法律圈里一种不正当人脉关系的苦心经营，最终的指向都是司法权力的不法交易。包括律师、官员乃至媒体人在内的所谓"司法掮客"，一开始都是从攻破法官的道德防线入手。一些国家之所以对法官的交往圈严格控制，哪怕是朋友之间的小聚都视为行为不当，就是为了守住法官的"童子之身"，避免"一失足成千古恨"！

法官的尊荣在其孤独

身处利益旋涡之中，法官要守住"童子之身"，就必须做一个孤独的智者。

在普通人的心目中，法官的形象是无比尊贵和神圣。但与一般官员不同，法官的这种尊荣不在于衣锦还乡的显耀，而在于深居简出的孤独与寂寞。对权利判官来说，孤独不仅是一种生存状态，更是一种职务需要，是一种价值取向和精神追求。只有远离尘嚣的孤独,才能保持"心如止水鉴常明"的理性,才能在不温不火、不偏不倚中恪守公平正义,才能向世人传递出不容置疑的司法权威。因此,人们用"孤独的贵族"来形容法官,饮尽这份人生的孤独,方能成就一份职业的尊荣。

孤独意味着法官须与世俗社会保持一定距离。按照现代职业伦理,身为法官意味着私人生活受到更多限制,谨慎出入社交场合,甚至与亲友也要保持适当距离。现代法治国家,大多将法官工作之外的活动都纳入规范内容,一些敏感案件的审判过程中,法官的行动自由甚至都要受到限制,接触社会的信息渠道也要受到影响。这样做全是为了让法官生活在相对寂寞的环境中,摆脱名利困扰,面对物欲而神安气定,心无旁骛地专心审案。这正契合了爱因斯坦的孤独心境:"千万记住,所有那些质量高尚的人都是孤独的——而且必然如此——正因如此,他们才能享受自身环境中那种一尘不染的纯洁。"(杜卡丝、霍夫曼编,《爱因斯坦谈人生》,高志凯译)

孤独还意味着法官要时刻保持身份中立,清心寡欲,做到独立思考。面对冲动、情绪化的矛盾纠纷,须以理性的方法疏导化解,而司法的理性来自立场的客观中立,来自法律判断的独立省思。法律原本就是理性的产物,对法律的适用更是理性思维的过程。若法官动辄呼朋引伴,或沉醉于灯红酒绿,或追求浮华奢靡,或热衷于出入公共场合,试问如何能够做到身份中立、独立思考呢?真正的法官,应耐得住寂寞,固守心灵的净土,这样才能守住中立的身份,在寂静中锤炼法治的理性精神。

让法官爱惜自己的羽毛

"不愿染是与非,怎料事与愿违。"对法官而言,听毛不易的这首《不染》可能另有感触。一个国家优良的司法系统,主要取决于法官队伍的纯洁与高贵。但司法实践中，少数法官被"银弹"击倒，甘为"财色的奴仆"，暴露出法官自身的职业荣誉感危机。在少数法官眼中，身上的法袍并非职业尊荣的"羽毛"，而是可以用来"变现"的砝码。强化法官的职业伦理，提升法官的道德救赎，需要从制度和个体两个层面，营造法官洁身自好不染是非的文化氛围。

一种职业的尊荣，不仅来自工作的薪水优厚，更来自职业者对工作意义的认同。但是从制度上看，法官的正式待遇一直以来羞于示人，经济上往往陷入与律师等其他法律职业群体相差很远的窘境，这也在一定程度上刺激了司法腐败的可能。更重要的是，随着法治的勃兴，法官对于自身职业的意义认同并未增长。如果一个人对自己所从事的职业有意义上的认同，即便是很低廉的薪水，也会甘心为此付出。很大程度上，法官职业吸引人的地方在于，"法官是法律世界的国王，除了法律就没有别的上司"（《马克思、恩格斯全集》第1卷）。只有依法独立审判才能让法官成为法律帝国的国王，才能在法官心中形成一种尊荣和自豪感。

丹宁勋爵把正义女神手中的天平看作公平的象征，法官在操作天平的过程中显示出法律的权威。"律师一个接一个地把砝码放在天平上，'仔细掂量孰轻孰重'，但最后决定天平是否倾斜，哪怕只有一点倾斜的，却是法官。"（丹宁，《最后的篇章》）正是深谙此道，现代法治国家才制定了近乎苛刻的法官选拔晋升机制，美国联邦最高法院的大法官更是"荣誉等身"。这告诉我们，只有一个享有独立审判职能的法官群体，才能获得高贵、纯洁的社会赞誉，才能带来至高的司法权威。

实践中，一些法学院毕业的法科生刚进入法官职业时，也抱着实现司法正义的雄心壮志，但是倘若经历太多干扰司法的种种无奈，心中对职业的认同感与神圣感便会下降，一旦内心对自己从事的职业不再爱惜，缺乏意义认同，那么外在的伦理约束与道德规范，便在利益的诱惑下消失殆尽。因此，这些年司法改革着力改进法官的遴选晋升机制。推进法官职业管理改革，并进一步深化司法体制改革，也是旨在根治司法行政化弊病，这对于重塑法官的职业荣誉感、增强法官的伦理道德意义重大。

当然，体制和制度上的解放并不意味着法官不受约束，相反是为了法官更加自觉的接受约束。与此同时，也需要强化法官个体的职业道德建设，尽可能多地援引各种激励机制提升法官的职业吸引力和荣誉感，包括稳定的任期、优厚的薪金和精英式的人员配置等。当其职业荣誉与个人息息相关，当对意义的追求大于对利益的索取，当正义的价值扎根于法官的灵魂，即便个别法官的堕落也不足以撼动民众对法官群体的敬仰，这样的一个法律职业队伍，就构成了法治国家最坚实的中流砥柱。

死刑犯：我的权利谁做主

作为公民，当"权利"一再以美好的方式进入立法视野时，我们感知到的是受宠若惊般的身份皈依；然而，对死刑犯而言，权利似乎成为一种"可望而不可即"的"奢侈品"，国家立法的模糊、普通民众的轻视以及自身权利主张的胆怯，共同形成了人类权利大厦中一个较为阴暗的角落。随着法治的进步，我们似乎懂得了体恤，从内心也基本认可"死刑犯也是人"，尤其是在刑事诉讼法确立"无罪推定"原则之后，诉讼程序中的嫌犯权利开始得到尊重，人们慢慢感受到原本铁面无私的刑事司法也融入了"人性化"的款款深情。

死刑犯垂危，救还是不救

在一些欧美影视剧中，经常会看到行刑前给犯人做健康检查的场景，这种看似人道主义的"作秀"，可能真的具有某种尊重权利的法治理性。由此引发的一个争议性话题是：死刑犯在执行死刑之前，如果出现急病重症，到底需不需要救治？不妨再设想一下更极端的情形，假如死刑犯已被最高人民法院核准执行死刑，但就在执行前一天出现病危，还应不应当救治呢？

这样的问题并非庸人自扰，而是有着现实针对性的。早在2002年4月23日，有媒体就刊登了一则题为《一审被判死刑还该不该重金抢救》的报道：身患严重支气管炎的犯罪嫌疑人因犯抢劫罪一审被判处死刑，在上诉期间，他的病情急剧恶化，生命垂危，出于人道主义考虑，看守所将其送往医院紧急救治，并承担了数万元的医疗费用。应该说这还不是一个既成事实的死刑犯权利问题，因为被告人还在上诉期内，但即便如此，当时民众普遍认为这是在作秀，不应该浪费国家有限的财力去救治一个死刑犯。两年后，湖北省房县一审被判死刑的犯人，在等待终审核审期间病情加剧，13次被公安机关斥重金抢救，也引起舆论唏嘘不已。

我想讨论的问题不是这些个案，因为他们事实上还不是真正的死刑犯——真正的死刑犯是经过最高人民法院核准的。在上述个案中，对其救治存在一个重要的功利性理由，那便是如果死刑犯在终审中罪不至死，那么不救治便造成了罪不至死的被告人死亡的后果。为了防范这一后果，救治变得正当且必要。但是在经过终审甚至核准之后，死刑犯的"生命健康权"还有什么理由值得保障呢？

首先需要厘清：死刑犯究竟有没有所谓的生命健康权。死刑犯虽然被剥夺了生命的权利，但在没有执行死刑之前，他的生命权同样也受到法律的保护。根据《监狱法》第7条规定，"罪犯的人格不受侮辱，其人身安全、合法财产和辩护、申诉、控告、检举以及其他未被依法剥夺或者限制的权利不受侵犯"。《刑事诉讼法》要求保障在押人员的生命健康。从法律的角度讲，在依法执行死刑以前，被告人的生命依然受法律保护。在被告人羁押期间，监管机关有义务保护被告人的生命与身体健康。因此，在被告人依法执行死刑之前，监管机关对被告人的疾病应该积极治疗，不能因为被告人最终可能被执行死刑，而让其因疾病提前结束生命。被告人犯罪后，应当受到的是法律制裁,而不是生理灾害的报应。对死刑犯而言,事先医治疾病,然后依法执行死刑,正是法律的确证。

生命权、健康权属于人格权,一般是依附于生命之上。死刑恰恰是要剥夺一个人的生命权,皮之不存毛将焉附?但是区分死刑执行的时刻,便具有法律上的意义。在执行之前,生命仍然存在,生命健康权仍然具有生命基础。死刑犯虽然被判处死刑,但从法律角度看,剥夺的是他们的生命权及政治权利,而在未进入最高人民法院死刑复核程序,在最终批准死刑直至执行死刑之前,其仍然享有生命的权利和基本的人格权。

接下来要讨论的便是:用公众资源去救治一个已经注定无法挽回的生命,是不是值得?这便进入到道德合法性的层面。从单纯的利益角度考量分析,花费数万元甚至更多的公共财政救治一个死刑犯,与将这些钱用于其他社会救助相比,无疑显得有些不值。但从生命伦理分析,这种对死刑犯的救治,恰恰是人类尊重生命的公共德性的要求。如果否弃了这一点,那么必然会反向推导出更多违背伦理的结论,比如,可以对死刑犯的人身安全不加妥善照料,可以不为死刑犯提供充足的饮食保障……因此,确立起将死刑犯视作"人"的道德观念,再大的公共投入都是值得的,因为它会将我们导向更大的善。

更重要的价值还在于,法治必须体现出一种泾渭分明的思维方式,执行死刑的时刻乃是唯一合法终结一个人生命的时刻,除此之外,任何时候的生命终结都意味着执法部门对死刑犯人权的保护不力。这种理念的播种,借由死刑犯权利的对待而更加推动社会法治的进步。

见最后一面的权利

在中国,死刑存废之争或许还会持续很长一段时期,但承认并尊重死刑犯的应有权利,在死刑执行过程中融入更多的生命伦理因素,当是文明社会的共识,例如对"刑前会见权"的关注就是一例。

记得很多年前,四川资阳的张某因制造冰毒被判死刑,有媒体报道他死前唯一的愿望是和妈妈合张影,但因为"不符合看守所规定"被拒绝。当时读到这则新闻,我心中的感觉是冷冰冰的,有一种说不出的苦楚。若干年后,我再次从邱兴华案中感受到这股心绪。当身负11条人命的邱兴华临刑时,不知道他的内心有没有想过见见自己的妻儿,但对其妻何冉凤而言,未能见丈夫最后一面的遗憾或许终生都难以抹平。

在现行保留死刑的法律框架内,死刑犯当死是一个合法性问题,而死刑犯如何走向死亡则是另外一个正当性问题。剥夺一个人的生命,不应缺乏对生命伦理的关怀。因为对待死者的方式,更能折射生者对生命的态度。正是这种生命的伦理,构筑起我们关注死刑犯权利的道德根基。

从人性的基本情感出发,死刑应当在一种能够被接受的条件下执行,这种可接受的条件即是合乎人类千百年来形成的基本生命伦理。例如,"湘西非法集资案"主犯之一曾成杰被执行死刑事件,之所以引起网民如潮地关注,并非他们主张废除死刑,而是对死刑执行中漠视生命伦理感到不满。在人们心中,再罪大恶极的死刑犯,临刑前见见自己的父母妻儿,交代一下后事,乃是他们及其亲属感情上的最后需要,也是最基本的人性诉求。在人性认知的范围内,一个将死之人与家属见"最后一面",具有同吃饭睡觉一样的天然正当性。

遗憾的是,《刑事诉讼法》只是规定,"执行死刑后,交付执行的人民法院应当通知罪犯家属"(第263条第7款)。这不仅没有明示"刑前会见权",反而易使司法机关认为应行刑后而不是行刑前通知家属。2007年最高人民法院、最高人民检察院、公安部、司法部联合发布的《关于进一步严格依法办案确保办理死刑案件质量的意见》第45条规定："人民法院向罪犯送达核准死刑的裁判文书时，应当告知罪犯有权申请会见其近亲属。罪犯提出会见申请并提供具体地址和联系方式的，人民法院应当准许；原审人民法院应当通知罪犯的近亲属。罪犯近亲属提出会见申请的，人民法院应当准许，并及时安排会见。"这一解释相对比较合理，确立了法院在送达文书时的通知义务，为安排会见预留了可能的时间。2012年《最高人民法院关于适用〈中华人民共和国刑事诉讼法〉的解释》第423条规定："第一审人民法院在执行死刑前，应当告知罪犯有权会见其近亲属。"

笔者以为，在公民与国家的法律契约中，即便死刑的合法化意味着公民将生命权托付给了共同体，也并不意味着他们放弃了有尊严地走向死亡的道德权利。作为一项不证自明的天然权利，死刑犯的刑前会见权不能指望司法解释，而应当通过《刑事诉讼法》予以明示，增加"死刑犯和家属临终告别"及"家属获知执行日期的知情权"等内容。让死刑犯刑前会见家属，能够让死者得到最后的慰藉，也让生者心灵归复平静。

当死囚遇到爱情

刑场上的婚礼，这是文艺作品中的感人场景，不过对我们提出的现实法律问题是：死刑犯有权利结婚吗？当爱情降临到死囚身上，法律又能否网开一面？

先来看看域外历史上的"奇闻"。在法国历史上，据说一个妩媚的女死刑犯，可以通过得到围观者中某一景慕者的救命求婚而被免除死刑，这种求婚有时来自刽子手本人。在《刑罚的故事》一书中，西莉亚·布朗奇菲尔德就为我们讲述了一个有趣的故事：1638年，一个来自昂热的18岁漂亮女孩被送上了绞刑架。在通往绞刑架的梯子上，刽子手要求与其结婚，但出乎预料，这个女孩拒绝了，她说不能承受这样一种婚约的耻辱。

以被求婚而赦免死刑，这样的制度安排显然令今天的人难以捉摸。在那样的社会文化中，婚姻与死刑究竟有着什么样的关联，为什么是女死囚被求婚就能免死，作者并未细致交代。不过今天的人却要回答，我们所构建的法治社会，究竟应不应当承认死囚的婚姻权利呢？

记得数年前，山东苍山县有一对青年情侣，因为聚众抢劫杀人而被判死刑，执行死刑前，两人为讨一个合法夫妻的"名分"，提出了"结婚"申请。该案最终的结果并未公布，但在社会上引起了不小的争论，即便是法律界人士，意见也不一致。

在法理上，婚姻自由权属于人格权，公民各项人格权一般又须以生命的存在为前提。被告人在被判决死刑之后，法律上意味着生命权即将终止，这期间的婚姻自由权应不应当尊重？多数学者认为，被判处死刑是剥夺生命权和政治权利，其中并不包含婚姻自由权，婚姻法专家马忆南教授提出，要把"刑法上的剥夺人身自由和剥夺生命，与民法上的婚姻家庭法上的人格权、人格自由区分开来"。这显然是法治的思维方式和分析逻辑，但仍然会遭遇到实定法的挑战。因为婚姻自由权的行使，合乎婚姻法规定的方式乃是双方亲自到民政部门登记，因此，即便婚姻自由权在判决中并未被剥夺，死刑犯行使起来也面临法律障碍。

清除死刑犯结婚的程序障碍并非难事，但问题的症结还是在于死囚究竟应不应当享有婚姻自由权。笔者以为，在死刑判决生效之前，是否剥夺生命权尚处于不确定状态，此时被告人的婚姻自由权在理论上是成立的，只要其行使婚姻自由权不会影响到其受国家追诉，就应当予以保障。比如说，一审被判死刑尚在上诉过程中，上诉人提出结婚申请，法律应当为其预留出必要的实现程序。至于生效的死刑判决，死刑犯在执行死刑前提出结婚申请，由于生命权已经交由国家处置，此时婚姻自由权的实现，则须以不伤及司法机关依法剥夺其生命权为前提。

更重要的是，婚姻自由具有双向性，以往我们仅仅是从死刑犯的角度考量，却忽略了婚姻关系中另一方的权利诉求。一名合法且符合结婚条件的公民，能否申请与死刑犯结婚呢？如果剥夺了死刑犯的婚姻自由权，无疑同时剥夺了与其相恋的另一方的权利。或许正是基于这一点，国外在司法实践中尊重死囚结婚权的案例并不鲜见。2010年5月，巴基斯坦女子莱巴塞哈尔被法院获准与一名一审被判死刑的囚犯在监狱结婚，这桩婚姻即是源自莱巴塞哈尔的主动申请。美国犯罪嫌疑人乔舒亚·马丁·米勒克尔因杀人而面临死刑或终身监禁，在其认罪几分钟后，米勒克尔就与相恋多年的女友在法庭上结婚。而佛罗里达州连环杀手和强奸犯特德·邦迪，不仅在监狱中顺利结婚，甚至还在执行死刑前做了父亲。

如果我们把视野拉长，会发现在一些国家，公民同死刑犯谈恋爱一点都不稀奇。曾经因为撰写《爱上杀人犯的女人们》一书采访过数十名妇女的希拉·埃森博格表示："这些女人其实很普通，她们并不疯狂，与杀人犯之间的恋情在某种程度上满足了她们的需要。"不知这样的现象，与法国历史上的女死囚被求婚免死之间，又有着什么样的文化密码呢？

"延续香火"带来的法治困扰

如果理论上承认死刑犯有结婚的权利，那么接下来要讨论的便是更具文化意味的生育权问题。在奉行"不孝有三，无后为大"的传统认知里，死刑犯能不能为自己留下一点"血脉"呢？

2001年，浙江舟山曾发生一起死刑犯主张生育权的案例，被判死刑的被告人新婚妻子，向当地两级法院提出请求："让我借助人工授精怀上爱人的孩子，为丈夫延续香火!"看似荒唐的诉求，却在全国范围内引发了一场关于"死刑犯是否享有生育权"的大讨论。遗憾的是，两级法院分别以"从来没有过类似的先例""无法律规定"为由拒绝了死刑犯妻子的请求。

对任何人而言，生育权（也包含不生育的权利）无疑是一种自然权利，其道德正当性源自人类繁衍和生命延续的需求，甚至一个人只有实现了生育才能被视为一个成长完全的人。早在2001年，《人口与计划生育法》就规定了"公民有生育的权利"，实现了这种应然权利向法定权利的转化。但问题在于，作为已经被剥夺生命权的特殊群体，死刑犯是否仍然享有生育权而让其生命得以延续？

众所周知，剥夺死刑犯生命权的正当性，在于其具有的人身危险性和行为的社会危害性，已达到非杀不可的程度。如果顺带剥夺其生育权，也必然要具备一种正当性，合乎逻辑的推理是死刑犯的生育权也具有社会危害性，且这种危害只会体现在权利实现过程中以及新生儿身上。生育权的实现或许给司法机关提出一些难题，但断然不会造成社会危害；至于将社会危害性转嫁到死刑犯的新生儿身上，伦理上势必会陷入犯罪遗传的人性陷阱，恰恰悖逆了现代法治文明。

再从权利实现的角度观察。很多人因为难以实现而主张死刑犯不享有生育权，这其实混淆了"生育权的享有"与"生育权的实现"两个不同的概念。一旦由法定权利进入实然权利层面，我们讨论的立场便应立基于为权利实现尽可能提供便利。享有生育权，是使死刑犯成为完整人的道德需要；但其实现的确受到一定条件的限制。以往死刑犯生育权之所以未进入公众视野，乃是传统的生育权实现与死刑判决执行之间存在抵牾。但是，伴随着生命科技的发展，这种现实障碍逐渐被现代科技所突破，使得死刑犯生育权的实现具备了可能性。

就男性死刑犯而言，允许其通过人工授精的方式来实现其生育权，就排除了司法程序中的实现难题，且没有任何社会危害性。女性死刑犯则较为特殊，原因在于女性怀孕将导致对其不能适用死刑，会出现规避法律的现象。因此，女性死刑犯只能通过捐出卵子，借助试管婴儿的培育方法帮助其实现生育权。而这种权利的实现依旧依赖于生命科技的进步。可见，从实现的条件看，死刑犯实际上只能享有不完整的或部分的生育权。

无论是立足于现行法律规定，还是确保死刑的社会公正性，死刑犯都不能像成年的自然人一样享有生育的行为能力，其生育权的实现只能依靠人类辅助生殖技术。但既然权利的实现具备了一定的条件，我们就可以在立法中留出权利的出口，于死刑执行程序中补充规定申请通过辅助生殖技术实现生育权的程序。同时，为了防止生育权的实现为死刑执行带来程序上的损耗，需要立法在程序设计时更加科学合理，以避免影响正常的司法正义。

对死刑犯生育权实现的关注，还出于生育权本身包含的对等属性，这里所隐含的问题是如何面对死刑犯配偶的生育权。恰如有的法律人士所言，如果不允许死刑犯在符合生育条件的前提下实现生育权，必然使其配偶的生育权也无法实现。如果剥夺死刑犯生育权的实现，可能导致"丈夫犯罪祸及妻子"或"妻子犯罪祸及丈夫"的结果，带来死刑造成其他正当权利损害的事实。

总之，对一个死刑犯而言，生命权被剥夺，意味着其生育权较之常人更为宝贵，实现也更加具有人伦的意义。以权利为底色的现代刑事司法，理应创造条件保障这部分权利的实现，以更加充分地彰显死刑正义。

我的身体谁做主

2005年3月29日，关押在河南濮阳市看守所的死刑犯王继辉提出申请：向身患肾衰竭的高三学生张红伟捐肾。遗憾的是，在配型化验结果显示血型和抗原、抗体相同的情况下，众所期盼的肾移植手术还是没有进行。由于立法缺失，二审诉讼期间没有死刑犯捐献器官的先例，法院未能成全王继辉的请求。然而，这份申请却向人们提出一个不能回避的问题：死刑犯对于自己的身体是否享有处分权？谁又有权处理死刑犯的尸体及其器官组织呢？

讨论死刑犯的器官处置权，必须划分死刑执行前与执行后两个阶段。对于尚未执行死刑的死刑犯而言，身体器官与生命权密切相关，由于死刑犯丧失了对生命的处置权，必然影响其对自身器官的处置，能否自由捐献需要依据影响国家对其生命权的处置程度而定。如果死刑犯捐献器官影响死刑的执行，甚至提前终止死刑犯的生命，那么死刑犯就不能享有器官处置权。之所以如此，不仅因为在死刑犯的身体权利与国家实现刑罚权之间后者处于优先地位，还因为死刑犯处在被羁押的封闭环境中，如何确保他们的捐献决定是出于自愿而不是外在压力，又如何防范针对死刑犯活体器官的不法交易，这些都是不好规制且蕴含极大风险的难题。

由此，确立"执行完毕死刑后方可利用死刑犯尸体器官"的一般原则后，立法规制的重心便是死刑犯尸体器官的处置权。这便需要回答：死刑犯生前能否对死后的器官处置作出自主决定？在生前意愿、家属意愿和国家意愿之间，因为生命伦理与社会需求的冲突，存在极大的利益博弈,法治化的处理方案应当是,突出死刑犯的生前意愿,以寻求人性尊严的空间拓展。

对于死刑犯的遗体,我国法律并没有明确规定。1984年最高人民法院、最高人民检察院、公安部、司法部、卫生部、民政部制定了《关于利用死刑罪犯尸体或尸体器官的暂行规定》,规定了三种死刑犯尸体或尸体器官可供利用:"1. 无人收殓或家属拒绝收殓的;2. 死刑罪犯自愿将尸体交医疗卫生单位利用的;3. 经家属同意利用的。"但实践中,"无人收殓或拒绝收殓"的利用情况占相当数量的比重;第二种情形虽然突出了死刑犯的生前意愿,但并未深究这种"自愿"的形成过程。这使得对死刑犯尸体器官的利用,很大程度上是以国家意愿为主的。

在法理上,司法机关剥夺的只是罪犯的生命权,并不能因此推导出有权处置尸体器官,国家意愿只能在死刑犯生前意愿和家属意愿缺失的情况下才具备正当性。由于我国器官移植需求量大,缺乏公民自愿捐献,死囚器官成为器官移植的主要来源。据卫生部官员透露,我国器官捐献约有65%来源于逝者,其中超过九成来自死囚。从2013年开始,我国人体器官捐献工作3年试点结束并在全国推广,很好地改变了器官移植主要依赖死刑犯的境况。在此背景下,尊重死刑犯生前的器官处置权不仅条件成熟,且有助于动员死刑犯自愿捐献器官。

对死刑犯尸体器官的处置,应以生前意愿为主,这可以从伦理学的角度寻求辩护和正当性。在权利的法律保护上,死刑犯的遗体同普通人一样不受侮辱、侵害,其临终捐献遗体器官的医院理应予以尊重和保障,同时国家也不能强制其捐献遗体或擅自推测其同意捐献遗体。为了平衡死刑犯意愿与器官移植需求之间的矛盾,立法不妨在执行死刑前增加一项告知的程序,以征求死刑犯如何处置遗体的真实意愿,并确保这种自愿不是出于外在因素。如果死刑犯不作任何意愿表示,这种处置的权利便转移到家属身上。因为被执行死刑之后,死刑犯的主体资格已消失,此时的尸体及器官为民法上特殊的物,家属可以继承,并享有根据死者的遗嘱或本人意愿依法处理死者的权利。

总之,人体器官作为人的尊严、人格、健康等权利的重要载体,应当由法律来调整,立法在规制死刑犯器官捐献的时候,必须按照死刑犯生前意愿优于家属意愿、家属意愿优于国家意愿的原则,严格控制国家处置权。这样才能彰显现代法治对权利的关怀向度,也更加合乎我们对人性尊严的追求。

"温柔一针"中的平等与自由

"生还是死,这是个问题",莎士比亚名剧《哈姆雷特》中著名台词,套用到死刑执行上便是:枪决还是注射,同样是个问题。

社会法治文明的进步,早已否弃了古代行刑"以牙还牙,以血还血"的复仇心态,死刑的执行方式越来越趋于人性化。中国1996年修订《刑事诉讼法》,就将注射与枪决并列作为死刑的执行方式。而此后的十多年改革中,各地司法机关更是开启了一段从"子弹"到"针管"的文明阶梯,一种人道主义的诉求由此在死刑执行领域弥散开来。

伴随着注射死刑的兴起,另一个"死得不平等"的问题日益成为公众瞩目的焦点。由于受各种环境、条件的限制,注射死刑并不适用所有的死刑犯,究竟哪些罪犯适用枪决,哪些罪犯能够享受到"温柔一针",法律并无明确规定。对立法所确立的两种执行方式,死刑犯也没有自由选择权,最终都由法院视情况决定。立法上这种对注射死刑操作规程的缺失,使得其公平性受到挑战。

自 1999 年长沙中院对"三湘第一贪"执行注射以来,注射死刑就与贪官结下了"不解之缘"。从成克杰、李真、马向东到王怀忠、郑筱萸,注射的方式似乎成为贪官与有钱人的特殊"待遇"。而事实上,司法实践中对被判处死刑的省部级腐败官员采取注射方式也似乎成为一种惯例。这种客观存在的"执行死刑官民不平等"现象,拷问着刑罚执行的公正性。

对于平等、公正等这些法律价值,人们有着最为原始和朴素的衡量标准。就枪决和注射两种方式而言,注射无疑是一种更优的选择,它不仅可以为犯人保留一个完整的尸体以维护其"最后的尊严",而且在减少死刑犯的痛苦程度方面也是枪决无法比拟的。正因为如此,对高官采取注射死刑,而对一般判处死刑的人执行枪决,在一般人看来则是明显的"不公",甚至被认为是贪官在最后时刻享受特权的表现。

与此同时,在民间也还流行另一种死刑执行观,认为对于罪大恶极的死刑犯不应采取注射方式,以体现死刑的威慑力。无论是出于本能反应中的报复心态,还是为了追究刑罚的社会预防效果,这种以犯罪手段的凶残程度作为死刑执行"区别对待"的标准,本质上同贪官"享受"注射死刑一样,仍旧忽略了最为关键性的问题:当体现公共意志的法律去"安排一个公共的杀人犯"(贝卡利亚语)时,当国家作为结束一个公民生命的主体时,其手段的正当性何在?在剥夺生命的行刑方式上区分三六九等,这是否符合现代国家作为文明共同体的价值取向?

人们对贪官注射死刑极为反感,主要源于一种平等公正的心理诉求;但对罪大恶极的死刑犯注射死刑也难以容忍,则是发自内心对传统报应观念的迷恋。如果我们的心理归复建立在对犯人肉体和精神的极大折磨基础上,这会塑造出怎样的社会心理,又会对人类的人道、良知、善良等一切美好的品格带来怎样的效应？联合国《关于保护面对死刑的人的权利的保障措施》明确规定："判处死刑后，应以尽量减轻痛苦的方式执行。"这种规则背后的精神，恰是对死刑犯生命被剥夺后的尊严的尊重，也是对活着的人一种文明的提升。无论对什么样的死刑犯，当其最终被法律所代表的正义剥夺生命时，都应当得到文明的对待。

在承认死刑犯被文明处死的道德正义后，那种主张对死刑执行区别对待的做法和观点便不值一驳。在宗教的视野中，人赤条条地来了又赤条条地走了，正是一种平等理念的体现。世俗中的人或许生不平等死也难平等，但在追求公正的法律安排中，让死刑犯死得不平等的制度，无论如何难以构成正义。执行方式的平等性，由此成为死刑制度的公正性的要素之一。

让生命——无论是否罪恶或贵贱——能够平等的选择痛苦小的方式离开这个世界，是现代国家保留死刑必须尽到的公共之善。目前，彻底废除死刑或是废除枪决的执行方式或许难以一时间实现，但既然法律设定了两种执行方式，那么我们为什么不能赋予死刑犯一种"选择如何去死"的权利呢？弗兰克认为，人类的终极自由就是"选择的自由"。对即将失去生命的死刑犯来说，这种"选择的自由"不仅关乎生命平等，更关乎生命的尊严。

刑事司法是杯"温开水"

一次旅行途中,读到一篇很有意思的文章,说现代人到饭店吃饭,最难搞定的往往是一杯温开水,因为无论是滚烫的水还是冰水或柠檬水,都能在不同程度上遮盖水的本质,只有温开水无色无味入口顺畅,藏不了一点拙。细细品来,作者的话倒真有几分哲理。

温开水之所以难搞定,在于其既不添加任何可以掩盖杂质的东西,也不对水进行刻意的过滤,呈现给消费者的完全是"原生态的水",而且温度适中,能让人直接品味到水本身的质量如何。在污染指数不断攀升的社会,再高贵的餐馆可能也难以寻得优良的水质,有胆量给顾客提供一杯简简单单的温开水了,故而多以纯净水或柠檬水替代。

温开水的这种品性,让人很容易联想到生活中的刑事司法。

在现代国家的正义系统中,司法具有矫正正义的功能,旨在将因违法行为造成的正义失衡状态修复原状,实现对正义的纠偏。而刑事司法担任着最严重的正义失衡纠治任务,其针对的对象是犯罪行为,直接关系到公共安全和公民权利的救赎。正因为如此,刑事司法的价值从来不单单体现在个案的公正之中,更辐射到其对整个社会的法治价值传递上。因为很大程度上,社会领域的法治认知与理念转变,主要来源于人们对刑事司法的直观感受。

问题是,什么样的刑事司法才是优良的呢?才能让老百姓产生好的法治印象呢?才有助于社会法治理念的正向塑造呢?从现代刑事法治理论中可以找到很多不同的衡量标准,例如,被美国人所尊崇到极致的程序正义至上,形式法治主义所反复强调的司法严格法定化,还有我国传统法意识中对实体公正的不懈追求。这些理论或许都蕴含着不同视角的司法价值,但对法治的最终"消费者"——民众来说,刑事司法文明与否、进步与否主要来自国家权威活动的公开、透明与可接受程度。

到饭店用餐,喝一杯没有杂质的温开水本是最基本的需求,同样,刑事司法的公开与透明,对社会而言也是法治最基本的内蕴。司法公开是现代政治文明的普遍性要求,与民事诉讼处理私人纠纷相比,刑事司法公开的社会意义更广。由于人命关天,国家追诉犯罪透明与否不仅关涉到被追诉人利益,更涉及普通民众对司法的整体认知,透明度甚至成为一国国民判断司法文明的重要标尺。他(她)或许对别人的私法纠纷处理漠不关心,但对于国家追诉犯罪的过程是否透明则十分敏感,只要国家追诉犯罪的过程掺杂杂质,就可能招来人们对司法正义的无限怀疑。

近年来,诸多影响性的刑事诉讼案件,正是由于司法程序上的不公开或选择性公开,才引起社会舆论的层层质疑。恪守被动与中立的司法原本应当与社会保持一定的距离,但面对影响力较大的公共性案件,司法只有推行程序公开才能够有效避免因隔膜导致的民众误解,防止公共舆论在信息不对称的情况下作出偏失判断,进而动摇司法正义的民意基础。

温开水因为透明而难掺杂质,也正因为返璞归真而功效凸显。在病理学上,一杯温开水往往能搞定 N 种疾病,乃最寻常最管用的

"良药",对于减轻甚至消除身体炎症至关重要。其实,身处社会转型的复杂环境,由于公权力无所不在的隐蔽化介入,日益增多的利益纠纷与社会冲突,都将反映到刑事案件中来。此时,透明的司法也是一剂不可或缺的"特效药",不仅能够增强民众对个案正义的认同,有效保护影响性诉讼中的法官权威;同时还能够向社会传递司法运送正义的价值理念,改变民众对"生死判官"的传统认知,让程序公正的理念深入人心。

公开培育信任,信任产生权威,权威化解冲突。一国刑事司法的透明程序,能吸纳诸多的矛盾与暴力情绪,为社会肌体"治病疗伤"。相反,一杯污浊了的水不仅让消费者产生极大的担忧,更可能让顾客对整个饭店失去信任。如果在程序上留下暗箱操作的怀疑空间,人们便难以了解自己所关注的案件是否毫无疑问地获得了公正审判,对司法的"诋毁"就很容易滋生并扩散。

那么,如何做到司法的公开透明?这也得从做一杯上好的"温开水"说起。

一方面,司法要公开自己的"水源",让民众看到司法的规则本身未受污染。遭遇了"三聚氰胺"的国人,对牛奶的"奶源"乃至奶牛吃的"草源"都十分关注,这也成为企业广告宣传所极力比拼的重点。同样,刑事司法的透明首先要求规则的制定过程要公开。例如,《刑事诉讼法》修改、"两高"司法解释出台等,就像是餐馆的"厨房",如果总是抱着"厨房重地外人莫入"的态度,就很难让人感受到司法所执行的规则本身是制定优良的规则。

对于程序规则的设计,公开意味着司法解释本身需要走民主化路径,防止刑事司法解释的自我封闭。以《刑事诉讼法》修改为例,立法过程中曾出现的部门利益争夺甚至一度达至白热化程度,执法部门都筹划通过各自的释法以争取到较有利的规则适用权。如果这种争相解释缺乏必要的协调尤其是民意的参与,就很难保证日后具体指引刑事执法的规则不会偏离正义。而要防止执法销蚀犯罪嫌疑人的正当权利,就需追求司法解释的温和、保守和谦抑,将其做成一杯让人放心的"温开水"。

另一方面,司法运送的正义还需要用透明的"容器"来盛放,以消除外来不必要的误解。盛温开水的最佳器皿是玻璃杯,玻璃杯的功效在于你能直接观察到内中物品是否掺有杂质,也更能看出一家餐馆的卫生水准。对刑事司法而言,透明度体现为每一起案件的程序平台也是玻璃式的,能让人们在需要观察的时候看清其中的奥妙。否则,刑事司法中诸多超越正常程序的对抗,便会涌入各个隐蔽的角落,以合法的外衣包裹滥用权力的实质,并砌成刑事司法程序中一道道看不见的墙。

中世纪大陆法系国家,司法是不透明的,美国比较法学家约翰·亨利·梅利曼曾经说过:"这种刑事诉讼是国家对被告人提起的诉讼。其程序是书面的和秘密的,被告人没有延请律师权。他通常被要求宣誓作证,刑讯是逼供取证的常用方法。"在人类历史上,封建压制特征下的司法注定是一种秘密审讯,以此使民众产生对生杀予夺权力的畏惧。然而事实证明,这种神秘主义的司法并没有阻止民间的暴力和针对封建统治的反抗。

民众对个案公正的判断,首先依赖于掌握全面的事实信息。如果司法只是选择性公开,就如同过了期的纯净水,因为人工的过滤而偏离了水的本质及人体的需求,此时就需要外在的独立力量促使司法全面公开,舆论的价值由此凸显。媒体对于刑事司法公开的倒逼作用,早在我国杨乃武与小白菜案件中就有显现。有学者指出,杨乃武案的平反,既有政治原因,也具时代色彩,《申报》的介入是其原因之一,"《申报》对杨毕一案,自始至终做了详尽的报道。

对案件审理中的朦胧之处，多有披露，显示了报纸制造舆论的强大力量"（张建伟，《历久弥新的话题：解读司法公开的五个维度》）。《申报》对审判缺乏司法透明度进行了抨击，称"缘审断民案，应许众民入堂听讯，众疑既可释，而问官又有制于公论也"。这样的事例，堪称倒逼司法公开的经典，就是在当下也极具启示意义。

不过作为一种国家理性活动，刑事司法的公开不应完全依靠倒逼机制，司法机关主动发布完整的事实信息和法律根据，同时精心展示其判决逻辑，我以为更加重要。一般来说，法庭审理案件，应经过事实判断、价值判断、法律判断和判决结果等过程，每个过程的判断中，法官都需要将其心证来源和过程向当事人和社会公开，这是审判公开原则的核心内容。但遗憾的是，实践中司法机关往往只关注到事实部分的公开，而对导致司法结论的逻辑过程缺乏耐心而细致的阐释。由于判决本身缺少说理性，八股式的"本院认为"刻意忽略了正义形成的逻辑展示空间，从而使得司法结论略显生硬且让普通大众不易接受。在习水案、邓玉娇案等诸多影响性个案的判决中，都折射出司法判决逻辑公开的重大缺陷。可见，学会如何提高司法判决的说理性，将司法的逻辑过程公布于众，是我国司法公开的重要方向。

当然，无论是司法根据还是司法过程的公开，刑事司法要获得"温开水"一样的良效，必须以不掺杂任何"杂念"为前提，同时以一种温暖的方式进入人心，这样才能增强司法本身的正当性与人文性。说到此，透明则只是温开水品性的一面，水的温度对于消费者而言同样至关重要。

刑事司法如何讲求适宜的"温度"呢？传统观念中刑罚特别是死刑主"杀"，面貌肃穆严厉，判官更是以怒为威。这样的司法注定只有"冰度"而无"温度"，其目的旨在震慑而非治理，很难让人体会到司法的深层关怀。现代文明的发展经验告诉我们,刑罚固然冰冷,但适用刑罚的过程与方式则可以融入一些人文因素,以谦抑、温和的姿态对待犯罪嫌疑人和被告人,以恢复性司法理念修复因犯罪造成的社会关系裂痕,以"理性、平和、文明、规范"的执法观推动社会法治预期效应的形成。

作为一种社会治理方式,刑事司法最终的价值在于保护人权、维护法治秩序,这注定了其应当是一种常规治理,而非短期内的补救政策。如果只是出于治乱的一时需求,采取严打的方式启用刑事司法,即便能够起到"秋风扫落叶"般的打击功效,但对于社会的常态化治理而言,如同夏天里猛喝冰水解渴一般,终究会伤脾伤胃甚至闹肚子。要让公众对刑事司法产生好感,提升由其辐射出的法治感受力,就需要以平常、温和的方式,将对犯罪的追查与惩治纳入常规法治轨道。

总之,理想的刑事司法应当追求"温开水"般返璞归真的境界,无色无味不藏一点拙,温度适宜让人不难触摸,公开而不隐匿,温情而不势利,这或许就是"温开水"所蕴含的司法哲理。

推开程序正义之门

20世纪90年代，中国足球界曾发生过一桩著名的公案。在足协的张罗下，两家俱乐部不得已通过抓阄定降级，结果A抓了7，B抓了9，按规则，A该降级。但A不干，并质问足协："凭什么说B抓的是'9'而不是'6'呢？"足协大员把B抓的"9"倒转过来一看，果然是"6"！原本在实体难断的情况下，诉诸"抓阄"看似荒诞但也体现出裁判的程序正义，可令人意想不到的是，事前严丝合缝的程序规则，竟然毁于"6和9"。

这段公案很容易让人联想到司法制度上的程序设计。"程序是法治和恣意而治的分水岭"，道格拉斯的格言将法律程序的功能可谓推至极致。对于今天的国人来说，在西法东渐的浪潮冲击下，早已认识到自身"重实体、轻程序"的历史积弊，现代法律制度的构建也大多融入了程序正义的基因。然而，对于程序法治的构建而言，"6和9"的迷雾反射出程序也有失衡和偏漏的危险。

在司法改革中，审委会制度改革被纳入程序正义的视野，实践中也创造出不少有效的改革举措，其中之一便是"检察长列席审委会"。这是依据我国宪法赋予检察机关的法律监督职责而进行的一项司法制度尝试，其法理依据在于：审委会对疑难、复杂、重大案件决定权之行使作为诉讼活动的一部分，检察机关可以依宪法赋予的职权对其实行法律监督。而其直接的法律依据则为我国《人民法院组织法》第38条第3款的规定："审判委员会举行会议时，同级人民检察院检察长或者检察长委托的副检察长可以列席。"

在宪制理论上，检察长以法律监督权为基础列席审委会，一方面，是对检察机关宪法职能的履行，是对司法实践中检察机关行使法律监督权的拓展，具有十分重大的宪制意义；另一方面，作为法律监督的重要方式，检察长列席法院的审判委员会，无疑有助于改变审委会的封闭格局，加强对审委会的法律监督，推动审委会司法决断的透明度和公正性。

作为我国传统特色的司法形式，审判委员会虽然在保证审判质量、实行审判民主等方面都起到积极作用，尤其是在司法外部独立机制欠佳的背景中，审判委员会有"集体意志"的护身符，一定程度上还有利于抵制外来压力，保证司法的相对独立与公正；但以往的实践表明，这一制度也容易形成"审者不判、判者不审"的审判分离状态，违背直接审理原则和司法自治原则。尤其是其运作上的"闭门断案"，在现代司法的程序正当性上存在缺陷。此种情境下，将宪法上负有法律监督职能的外部力量引入审委会，对于改变传统的行政化积弊，提升整个司法的程序核心价值，具有十分重要的现实意义。

出于上述诸多利好，各地均对检察长列席审委会制度的具体构建进行积极探索。不少地方从制约检察长列席的因素入手，查找落实和完善这一制度的"锦囊妙计"，在拓展检察机关法律监督权、促进法院审判公正上用力不浅。在这样的共识下，人们注意力更多集中在这一制度对公权力运作的完善意义上，却忽视了对检察力量介入后所带来的新的司法程序正当性、均衡性问题的思考。或许应当引起反思的是，在程序正义理念下设计的程序制度本身，是否也可能存在类似"6和9"那样的程序漏洞？

程序的要义不仅在于让人们"看得见"，而且在于让人们有均等的表达机会。虽然在日常生活当中，程序更多地体现为一种对过程的尊重，即按照一定的顺序、方式来达致目的；但对于法律制度而言，程序的普遍形态则主要是：在给予均等的机会、公平听取各方意见的基础上作出令人信服的决定，也即源于古老的英国自然法所奉行的，任何一方在行使权力可能使别人受到不利影响时，必须听取对方意见，每个人都有为自己辩护的权利。正是在确保不同利益方享有充分均等的表达机会基础上，程序才能通过促进意见疏通、加强理性思考、扩大选择范围、排除外部干扰来保证决定的成立和正确性。

我国刑事诉讼的发展，经历了从传统"职权主义"模式到"当事人主义"模式的转变，在诉讼过程中逐渐引入正当程序的理念。出于对程序的尊重，刑事诉讼追求控辩平等，注重保护处于国家强力追诉下的被告人权利，尤其是关注被告人的程序性权利。这些参与、辩护、自卫的诉讼权利，正是势单力薄的刑事被告人赖以对抗公权非正当追诉的有效武器，也是现代国家不可或缺的防止冤假错案的司法装置。所以，在现代理想的刑事诉讼模式里，法官、公诉人与被告人应形成一个"等腰三角形"的结构，司法权是顶角，法官在兼听的基础上居中裁判；公诉人和被告人是两个底角，分列法官两侧，以直接言辞展开平等对抗；法官与两者之间的距离必须相等，等距才能表明司法的程序正义。

用数学的思维分析，在这种三角形的控辩审结构中，三个主体构成三个支点，三点之间越保持等距那么诉讼结构就越稳固，任何一方的缺席或是控、审两点合二为一，都将导致诉讼结构的严重失衡，并容易带来司法公正的沦陷。在庭审中，席位的设置大多体现出了这种数学关系。但需要注意的是，这种诉讼结构不仅体现在庭审现场，更应当延伸到审判委员会席间。从性质上看，我国审委会决断案件仍属于诉讼程序，而且往往是决定司法公正的最核心环节，对其按照正当程序的理念进行改造，向来是审委会制度改革的重要方向。所以，程序正义视野中的刑事审判，当致力于控辩双方在力量均衡条件下展开法律博弈，这种博弈同样是审委会断案发现真相不可或缺的程序机制。

在上述背景中，将检察机关引入审委会程序，可以说拉开了我国审委会制度程序化改造的序幕；但同时，这种单方力量的引入由于加重了控方力量而凸显出某种程序失衡，亟待辩方力量的补入。不可否认，我国的检察机关并非单纯的公诉机关，在《人民法院组织法》中关于检察长可以列席审委会的规定，应当理解为对人民检察院实施法律监督权的具体法律确认。也就是说，检察长列席审委会一般是以法律监督者的身份。但检察机关这种身份的重叠很难彻底摆脱其作为公诉方的影响，其力量被直接引入具有终极决定意义的审判委员会，实践中无疑加重了"天平"一端的重量，容易导致诉讼结构失衡。根据常理，检察长作为行政化的公诉机关领导，其"指导性意见"往往已经体现在公诉意见当中。在这种情况下，列席审委会的检察长除了履行法律监督的功能外，更多的可能还是站在公诉方的立场维护控方利益，尤其是在法院的意见与检察院意见不一致时，更可能发表对被告人不利的指控意见。司法实践中，检察长列席审委会，就可以对案件办理的情况，支持公诉的情况，案件的事实和证据进行必要的说明，同时可以就案件的定性、事实的认定、证据的采信、法律的适用与审判委员们进行面对面沟通，阐明检察机关的意见、观点和法律依据，使审判委员会委员对案件有更全面的了解。但从整个程序正义的机制看,由于近乎封闭的审委会环节缺乏辩护律师的介入,检察长的列席就使得被告人程序性权利存有缺失,出现控辩力量的失衡。

或许这样的担忧过于敏感,但从理性法治的构建来看,可谓"程序无小事"。"自由的历史基本上是奉行程序保障的历史"(季卫东,《程序比较论》),否则美国的法官们当年也不会在米兰达案中庄重宣告:实体不公,只是个案正义的泯灭,而程序不公,则是全部司法制度正义性的普遍丧失。因为在成熟的法治社会里,程序恰是公民权阻挡公权不公的屏障。

近年来,检察长列席审委会已全面推广。我们是不是就要"因噎废食",放弃检察机关对审委会的法律监督呢?并非如此。笔者的观点是,不妨以检察长列席审委会为突破口,从完善诉讼结构入手彻底改革我国的审委会制度,在强化检察机关法律监督功能的同时,引入被告人辩护机制,并通过相应的程序改造,增强审委会的程序对抗性,最终通过这种诉讼化模式的改革,突破我国审委会制度的行政化积弊,进而推开审委会断案的程序正义之门。如此,"检察长列席审委会"所带来的司法改革意义则不止于审委会本身,而更蕴含于整个刑事司法乃至法治构建。

不仅如此,在打造审判委员会"铁三角"式的诉讼程序结构的同时,我们还需要对检察长、辩护方列席审委会之后的"开会程序"作出更精细的规定。优良的议事规则如同一部设计精巧的机器,能够有条不紊地让各种意见顺畅表达,压制各方利益膨胀与冲动,寻求可接受的正义结果。读过《美国宪法的诞生和我们的反思》的人,一定对美国人的程序规则意识深有感触。在费城制宪会议第一天,他们就用了整整一天的时间来任命规则委员会,规则起草过后,又用了整整一天的时间来逐条审议,直到批准后才正式进入会议议程。正是确立在对规则的极度遵从基础上，一百多天的制宪会议虽然开得异常艰辛，争论不断，但并没有中途夭折。对规则的重视保证了制宪会议既能各抒己见又能达至妥协，最终美国的那帮"乡巴佬"完成了真正意义上的"建国"，为人类贡献出一部伟大的宪法成果。

一般来说，作为重大疑难案件的最终决定过程，审委会会议往往是对案件不同观点表达、碰撞、冲突最集中的场所，如果缺乏必要的程序规则的规范，缺乏对议事规则的认同，那么就难以保障法律意见全面、充分而理性的表达，要么容易鸦雀无声领导说了算，要么容易纷争不休迷失了司法理性。这样，我们事先设计得再完美的诉讼程序结构，也可能在实践中出现"6和9"那样的迷失。所以，在对审委会制度进行司法化改革的过程中，程序设计的精密化至关重要，因为正是这些程序细节决定着不同利益主体的表达机会和效果，进而直接影响着司法判断的程序正义和民主质量。

最后，我还想回到中国足球的那桩公案。对当时的足协而言，"抓阄"式的程序选择，或许只是实体结果难以衡量下的无奈之举；但对于中国的法治构建而言，无论是小到一桩具体的个案，还是大到整个司法制度的塑造，程序都不是一种次优选择。恰如一种比喻：程序不是味精，做菜撒上点才有鲜味，程序应该就是菜本身，是中国法治这道"菜"里不可或缺的一道食材，离开了它，就无法端上世界法治文明的案台。

第六辑

法文化联想

常识的力量

有一个流传甚广的故事，说是把青蛙扔进沸水里，它立即就能跳出来，但如果放在温水里慢慢煮，青蛙反倒因为开始时水温的舒适而悠然自得，而到发现水温升高危及生命时，已经心有余而力不足，丧失了逃生的力气。这个寓意深远的故事，被父辈们反复拿来教育我们：人最容易在安逸享乐中被周围的环境所迷惑，最终导致消沉、放纵和失去斗志，消磨"跳出来"的勇气和力量。

此言不虚。如官场上的贪者，若一开始便送上能够判其死刑的财物，或许多能推之不沾；但倘若是从小恩小惠开始，则会在"笑纳"之后不知不觉胃口大开，及至被人推上"断头台"，悔之晚矣。这不正是绝佳的"温水煮青蛙效应"？！人容易在渐进式的变化中完成整个蜕变，但如果是突然从"天堂"跌到"地狱"，强烈落差下的境遇反而可能刺激出其"爬起来"的勇气。

一直以来，我都用青蛙的故事来提醒自己，只要生活稍显安逸便自生出一些莫名的危机感来，为的是害怕懈怠了斗志。然而一次偶然的机会，我读到了韩寒的《1988 我想和这个世界谈谈》，随即便产生一种上当受骗的感觉。小说中"我"和女友一起"煮青蛙"的场景，如针刺般挑出了我对自己常识判断能力的怀疑。上网搜索，发现很多网友特地做了试验,用温水来煮青蛙。真实的情况是:青蛙刚开始在水面上散懒地浮着,但过一会儿就明显感到不安,随着水温的逐渐升高,青蛙警觉性地跳了出来。那一刻,我真切地体会到自己习惯性思维的盲点:为什么以前从未怀疑过?是自己失去了反思的能力,还是过于相信父辈们的教导?

如此完美的故事突然坍塌,犹如美丽的青瓷花瓶碎落一地。我当然懂得,即便实验证明了故事的不真实性,也并不能否定父辈们附加其上的那些极富激励意义的良好寓意。只是在我心里,再想拼接出那完美的花瓶已不可能。仔细体会成长道路上那一个个发人深省的寓言,很多时候"大人们"是在一个美丽的叙事理由下,刻意安装一个这样的故事,在一辈又一辈人的反复讲解中,故事具有了深刻的哲理意味,而本身的事实反倒无人关心。

真理需要借由常识阐发,价值更需要凭借事实来传递。可是生活中,我们习惯用真理来裁剪常识,用价值来拼接事实。根据教育的需要,人们选择性的将哲理添附在一些故事上,哪怕故事本身违背常识法则,就如同月球上能看到长城那样,在虚拟的事实构建中实现伟大的教育目的。我不知道良好的教育愿望下这算不算欺骗,但缺乏常识或对常识缺乏基本的尊重,构成我们理性判断力形成的显著障碍。

一些故事表面上看起来合情合理,无懈可击,然而却经不起常识的简单推敲。由此,我想到了自己本行中的一个话题:法律与事实之间的"鸿沟"。从原理上讲,法律是经过事实的抽象而形成的规范,符合事实是其本质要求。但很多法律却与事实相隔甚远,究其原因是法律规则的凝练,并不全然出于对事实的归纳总结,而是掺杂了立法者的价值诉求甚或自身利益,有的法律条文甚至与常识相悖。在立法者的一厢情愿或盲目冲动下,法律的规则或许会与契合事实的自然法理念相隔甚远,也与普通百姓的生活存在隔膜。

公平也罢,正义也罢,法治也罢,人类所孜孜以求的理想生活图景,原本并不需要多么深刻的真理揭示,一切回归尊重事实、尊重常识即可。这世界充满了利益与博弈,也就充满了形形色色的谎言和欺骗,所以才让事实更显珍贵、常识更显力量。其实很多时候,看似宏阔高深的理论,最后都可以归结到常识层面。美国独立战争期间,极大地鼓舞了北美人民争取独立的决心和信心的,并非多么精湛的民主宏论,而是潘恩撰写的一本名叫《常识》的小册子,当作者把北美大陆脱离英国而独立回归于一些"常识"性问题后,其所席卷的革命风暴是无法比拟的,该书也被后人列为"改变世界历史的16本书"之一。

恰如梁文道先生所言:"此乃一个常识稀缺的时代。"(梁文道,《常识》)公共决策需要剔除部门利益干扰是常识,从纳税人口袋掏钱需要征得同意是常识,作出不利于他人的决定要听取他人意见是常识,国家追诉犯罪排除刑讯逼供是常识,基于监督的网民发言不受"跨省追捕"是常识,司法机关依法独立行使职权是常识,官员个人财产公开是常识,公开"三公消费"是常识,官员复出需要向公众解释也是常识……温水煮不了青蛙只是回归了一个简单的常识,很多时候,这种回归常识、敬畏常识的勇气与能力,恰是我们打开理性之门的关键力量。

一人一世界

"一粒沙里有一个世界/一朵花里有一个天堂/把无限放于你的掌上/永恒在一刹那收藏。"偶然间,我从博客上读到英国浪漫主义诗人威廉·布莱克(William Blake)的这些佳句,感触颇深。

春节期间,与几位中学同窗会于庐山东林寺,茶语间隙漫步三笑亭前,咀嚼着"莲开僧舍,一花一世界,一叶一如来"的题记,也是意境悠然。可惜自己悟性不高,佛中深韵难以俱陈,想到以前听过齐豫唱经,也有"一念心清净,莲花处处开,一花一净土,一土一如来"的句子,顿觉心中有一丝豁然。

无论是诗词还是禅语,以一微观细物生出千千世界,道出的都是作者的一种心境。一朵野花虽然渺小,但是对于蜂蝶来说却是一座天堂。寻常细微之物,换个角度却孕育着大千世界,无限常常藏于有限之中。佛经常传教世人:心若无物一花也是一世界,心若太满万物空如花草。参透这些,一贫如洗的你即便握住一粒沙子也能拥有整个世界。因而,只有懂得见微知著的人才能真正打开自己的世界,这或许就是《华严经》所讲"一真法界"的世俗道理。

当然,禅语"一树一菩提"是比喻,此等大彻大悟大智慧,非我等凡夫俗子所能参透;但现实中"一人一世界"却是真理,浩瀚宇宙中，我们宛若恒沙微尘，虽然渺小却也自成一世界。这种微观理念，不正契合了"具体法治"的路径吗？

孟德斯鸠有言，"在民法慈母般的眼神中，每个人就是整个国家"（孟德斯鸠，《论法的精神》），形象地道出了现代民法精神的真谛。源于罗马私法的现代民法，正是确立在"一人一世界"的微观理念上，注重公民个体自由与尊严的保障。它反对重物轻人，反对视精神如无物，反对将人抽象为没有差别的集体；它推崇权利平等，推崇自由与尊严，将一个个具体而鲜活的人视为最高的社会价值。这种立足于每个人的法权安排，本应是人类发明法律并构筑法治巢穴的原始初衷，是我们追求"具体法治""人本法治"的路径选择。

遗憾的是，随着共同体利益的上升，这种法治的初始愿景出现了不同程度的衰落。在所谓的公益面前，个人的自由变得不再那么重要；在统治阶层讲求的集体荣誉中，个人的牺牲也变得正当而无须挂怀。自人类结为文明的共同体后，个体的差异就这样逐渐被纳入整体的价值衡量当中，为了文明的需要或是共同体的安全，我们一点点拱手交出曾经珍惜无比的自由权利，一步步走向"少数服从多数"的公共世界，各种功利主义、现实主义的考量遮掩了我们当初祈求法治的初衷，"一人一世界"变成了"亿人一世界"。

是我们迷失了么？否则，为什么我们制定的法律越来越多，而个人的自由却越来越少？一个生命的消逝何时开始变得寂静无声？在道德、法律的重重约束下，我们渐渐只剩下"高尚"的自由，而失去了"低俗"的权利。如此千层包裹，最初的人性之美何处寻得？当每个人放弃自己"意志的统治"而臣服于"法律的统治"时，或许形式上的法治实现了，但在那个属于每个人自己的世界里，冷暖他人知否？

有一则流传甚广的寓言，也许能够带给我们启示。暴风雨后的一个早晨,许多卷上岸来的小鱼被困在浅水洼里,用不了多久就会干死,一个小男孩拼命地从水洼里捞起一条条小鱼,然后扔到大海。大人对小男孩说:

"孩子,这水洼里面有几千条小鱼,你救不过来的。"

"我知道。"小男孩头也不抬地回答。

"哦?那你为什么还在扔?谁在乎呢?"

"这条鱼在乎!"男孩一边回答,一边拾起一条鱼扔进大海,"这条在乎,这条在乎!还有这一条,这一条……"

寓言展现的是小男孩纯真执着向善的人性之美,这种美剔除了种种功利主义、现实主义的修饰,所以令人感动。而大人之所以"不在乎",就是掺杂了后天诸多的杂念:救不过来,每天都有,我无法改变……

这又让我想起自己和女儿关于乞丐的一段对话:地下通道里,三岁的女儿迎来了第二个行乞者,我对她说,"刚才已经给过了,还有好多乞丐呢,我们不能总是给他们。"但女儿坚持说,"我就是想给他钱,因为他可怜。"或许在她涉世不深的眼睛里,每一个身衫褴褛的行乞者都像困在水洼里的小鱼,"很在乎"。而事后的我,分明从孩子的童真里读出了自己后天的心灵迟滞。

是的,一条鱼有自己的生命与世界,一个用共同体价值衡量哪怕略显卑贱的生命或权利,对其个人而言也意味着世界的全部。所以,在我们以法律为"丝"构筑自身的共同体"巢穴"时,请多留一份心:你随手摘掉一朵野花,看似无关紧要,但毁坏的很可能是蜂蝶的一座天堂。

茶道与法理

春季是饮茶的好时节。节假日，约上三五好友，进入秦岭山麓，在农家院子里泡上一壶刚刚抽出的嫩绿春芽，体验一下神仙般的惬意人生，使平时的烦琐俗事尽如浮云散去，留出一方敞亮的心田。

自古以来，国人多有品茶的习惯，幽山古寺间，一把紫砂，一抹薰香，一盏香茗，一本闲书，半天工夫浸润其间。据说中华饮茶之风始于巴蜀，盛在江南，除了其自身具备的提神健身功效之外，中国人更是赋予其诸多的人生蕴意，衍生出一种流传至今的茶文化。唐朝茶学家陆羽说："茶之为饮，发乎神农氏，闻于鲁周公。"（陆羽，《茶经》）可见，很早的时候茶文化就深受齐鲁文化的熏陶，随后的发展更是糅合了儒、道、佛诸派思想，可谓中国文化中的一朵奇葩，芬芳而甘醇。

在悠久的饮茶实践中，人们形成了一套以茶为媒介的生活礼仪，通过沏茶、赏茶、闻茶、品茶学习礼法，净心育德，体会茶所具有的清心雅逸去杂修性之妙，这可能是西方人崇尚力量与热情的咖啡文化所难以企及的。于是，茶作为生活中的礼仪元素，形成了茶道之礼，被国人普遍当作修身养性的生活方式。也正是在这一点上，茶道与现代法治文化中的法理精神，达到一种天然的吻合。

首先,茶道与法理的气质相通,都在于"化"人。喝茶能静心养神,有助于陶冶情操、去除杂念,背后蕴含的是"清静、恬淡"的东方哲学,也符合佛道儒的"内省修行"思想。这样的文化熏陶,最终会改变人的心智,让生活在世俗中的人摆脱七情六欲的过度干扰,修养为一个品性高雅的人,一个在生活中能够举止有度的人,一个脱离低级趣味的人。

同样,我们在用法律规范人的外在行为的过程中,不断发现强制性的规制总是难以实现立法者的意图,如何使包括立法者本身在内的所有人,产生对法律的信仰,还是需要回归到法理精神的"内生之道"上来。在规范人的相互行为上,法理正是这样一种机制:它引导人们去思索共同体生存的秩序价值,认识规则对于人生的意义所在,并养成一种相互尊重、彼此自我约束的生活习惯。法理如同茶道,以一种"内省"的方式去"化"人,去塑造人。

其次,茶道与法理的工序严谨,都注重程序美感。茶品不同,与之匹配的茶器和工序也不尽相同,需要依据茶叶的品性发掘出一套泡茶的程序之美。无论是工夫茶的慢工细活、优雅有度,还是盖碗茶的盖、碗、托三位一体,道中人对茶的品鉴绝非仅看最后的茶汤是否明亮透彻,滋味是否鲜活干爽,更包含了一整套从制作烹煮到茶器品式和饮茶礼仪的程序感受。

现代法治精神,更是将程序价值推崇到极致的高度。在各种各样的法理描绘中,程序都不是做菜的"味精调料",而是法治这道菜不可或缺的主要食材。很难想象,如果缺乏对程序的尊重与认同,公民的权利安顿是否还会存在这么好的秩序,人类共同体的生活又会陷入何种紊乱的关系当中。在一系列精巧的法律制度被创设出来之后,人们对于法治的普遍预期与希冀,很大程度上如同工夫茶的功夫那样,全在泡茶的一系列严谨细致的工序当中。配着悠扬的琴声,我们在观赏品茗中体验渗透在各个工序之中的茶道文化;带着幸福的愿望,我们同样也是在平凡生活的点滴细节里感悟人与人之间的规则精神。

再者,茶道与法理的受众广泛,都具有可得性和普适性。中国的茶文化雅俗共赏,从"百姓出门七件事,柴米油盐酱醋茶",到"以茶行道,以茶雅志",不同的人群都能从中各取所需、各得其趣。可见,茶道的精髓在于:茶既能登大雅之堂,体现文化人的修养与生活习性;也能入百姓之间,供寻常人家品头论足、解乏消遣。孙中山先生曾在《建国方略》等重要论著中论述了茶对国民心理建设的功能,大概也是出于对茶的普适性认知,即"不贵难得之货"。

法理亦不难得,更能普度众生。虽然在科学的范畴上,法理已经被诸多法哲人探微与发掘得高深莫测,但就法治的生活方式而言,真正有价值的法理都蕴含在朴实的生活当中,于每个人的身边都能找到。从排队而引发的宪制秩序迷思,从红绿灯而引发的程序便宜共识,从对待小偷的态度而引发人的尊严与价值探寻,诸如此类,于我们所见所闻之中,都有普适性法理的存在。关键在于我们有没有发掘它的心思,有没有寻找它的空闲,有没有尊重它的态度。

"半壁山房待明月,一盏清茗酬知音。"其实,品茶论法,远不止上面闲聊的那些。

毛笔与软法

在我居所的不远处，是西安有名的"书院门"，里面的古玩店铺能够吸引不少中外游客驻足观赏。周末闲暇，我也会踏上那条石板街，观赏两侧仿古厅堂里挂满的字画，虽然自己对书画一窍不通，但也能感受到厚重的文化气息。或许这正是当初喜爱这座城市的原因，千年古都的风貌，从街边随便一家饭馆墙壁上装裱的字画便可窥见一斑。

遍布西安大街小巷的字画艺术，让我对创作它们的工具——毛笔产生了兴趣。记得小时候，总喜欢看哥哥为别人家写春联，浓黑的墨水在殷红的纸上挥洒成或粗或细，或曲或直的字，这让我对毛笔的神奇浮想联翩。后来，当我目睹公益画家现场的激情泼墨，更是对用笔的人敬佩无比。一支笔，从古到今书写出多少艺术世界，又流淌出多少文化传奇啊！我甚至认为，中国文人的精神，很大程度上是借助毛笔而流淌不息。

与西方人发明的羽毛笔相比，毛笔的神奇之处在于饱满而富有变化，其不仅仅是一种记载工具，更是艺术的载体，可写诗也可作画，可传抽象韵意也可达工笔具象。字从狂草到小楷，或行云流水，或疾风骤雨，或端庄考究；画从写意到写实，或意境朦胧，或旷达人心，其千变万化岂是硬笔所能比?! 记得在影片《国歌》中，那幕灯下含泪书写国歌的场景让我久难忘怀，毛笔溢出的墨水犹如主人翁眼中奔涌的泪水，隐喻这方古老的国土就像那支千年毛笔，单靠野蛮之力是操持不了的，更无法创造出艺术的杰作。

虽然柔软却能刻出最有硬感的石棱，虽然丰盈却能画出最富骨感的幽兰，毛笔的这种秉性，让我想到了中西方的文化差异，尤其是包含其中的法治文化。西方人崇尚理性，对于笔的追求多是出于文本表达与沟通的效率；而国人向来崇尚知性，写诗作画决不单是为了让人看懂，更暗含着作者的心境表达与文化创造，看看西安的碑林，就不难感受到古人的这种追求与自信。

受这种文化的熏陶，中国的社会治理也向来不是走西方的法治之路。与那种万事均以法律明晰而求格式化的治理不同，中国自古以来的统治是以德为重，德法并举，多元综治，即便法律威严时代也不排除人情伦理道德的作用。在先哲那里，法总是被指为冰冷的律条，用以惩治作恶者尚可，而用之格式化人心则只能让整个社会陷入冰冷的秩序当中。由于对社会秩序抱有更人情化的追求，对统治形式抱有更高层次的期待，所以古老的中国长时期拒绝西化的法治道路。

晚近以来，西风东渐，急剧的社会解构让中国开始寻求新的法治之路。西方那种唯法至上，将复杂生动的社会生活抽象为形式法治的治理思维，一度令人羡慕。只是处在转型期内的人，不断遭受着道德解体、法治未彰的秩序焦虑，彷徨间不知东方的法治出路何在，而想退回传统道德之治又已不可能。在这样的煎熬中，原来孜孜以求的形式法治，也难以安顿人类的意义秩序，而软法概念的提出，似乎让我们重拾昨日传统的法宝。

软法（soft law）与有强制力作保障的硬法（hard law）相对应，

多指那些与道德伦理相通约的民间习俗与惯例。传统"国家－控制"法范式下的"法"不过是硬法而已，所在乎的只是统治的效率；但随着社会发展，公共领域中的许多问题已经无法通过单纯使用传统强制法而得到解决，需要引用一些柔性的方法或软规则。这些没有国家强制力做后盾的软法，成为维系人情社会不可或缺、正式国家法无法代替的规则体系，与国家法相比，它们就像是"毛笔"，丰富而多姿，蕴含更多的意义价值，能弥补国家法的不足和缺憾，调试出一幅幅人间冷暖的生活彩色画。

重视"软法"并非否定法治。市场经济带来了利益调整的效率性要求，道德伦理的滑坡也加剧了国家法扩张的步伐，随着一项项道德律令入法、一款款民间习俗升格，国家法强烈地吞噬着原生态的"软法"精髓，强制力成为它们的后盾。只是在这样的国家法期待中，社会治理的手段更加趋于单一，方式更加生硬，搁置不用的"毛笔"终究也会变硬，以致无法寄予更多的意义和生活想象。如果我们追寻的不是冷冰冰的秩序枷锁，如果我们还对未来的共同体生活抱有更美好的憧憬，那么国家法就该为软法留下足够的空间，以妥帖安顿我们的心灵秩序。

其实，社会秩序的构建，就如同一张白纸，是选择用西式的硬笔勾勒出简单明了的秩序线条，还是用中式的毛笔描绘出一幅丰富多彩的水墨图景，抑或是两者兼具形成互补，这是法治征途上的人们应当思索的问题。

鲁迅与法治

鲁迅与法治,看似风马牛不相及,却被我"强扭"到一起。不仅缘于近来"鲁迅"话题的急剧升温,更重要的还是想攀附上这棵"文化大树",为步入关键期的中国法治"呐喊"几声,于是取了这么一个哗众取宠的题目。

在近现代中国文坛上,鲁迅是一种文化符号,蕴含着自由主义的精神品质,毛泽东称其为"中国文化革命的主将"(毛泽东,《新民主主义论》),江湖人士更是将其推向"神坛"。于这样的背景中,一些地方以近乎行政化的手段,将鲁迅文章从承担着部分政治教化任务的语文教材中撤出,难免招致质疑与批评。倘若鲁迅能活到现在,不知他会不会也举起时下流行的"程序正义"大旗,向决策者们斥问一声:你们征求大家的意见了吗?

毫无疑问,鲁迅的地位并不体现在语文教材之中,其价值也无须以教科书的形式来验证。质疑者所担忧的,无非是鲁迅笔下的人格之独立、精神之自由,再难为"祖国的花朵们"所感知、继承。但据我的观察,曾经"被"鲁迅文章熏陶而成长起来的人,真正继承了独立人格与自由精神的也不多。或许正因为如此,我们才更需要鲁迅。

法治需要的不是文人鲁迅，而是公民鲁迅。按照今天的法治话语逻辑，鲁迅的呐喊是为了追求公平与正义。在识得愚弱的国民"只能做毫无意义的示众的材料和看客"之后，鲁迅将笔当作武器，以犀利的语言和独到的见解对封建礼教进行批判，一部二十四史他竟然只读出"吃人"二字，此等精神不正暗合了现代公民的主体品格？

说到鲁迅的"弃医从文"，我突发奇想：如果他当年"弃医从法"，又该是一番怎样的景象？可以肯定的是中国文坛上会少了许多脍炙人口的杂文与小说，而法治领域或许也能出现不少的奇闻与趣事。

闲来读书，方知鲁迅还真与法律打过一次交道。1925 年秋，原任教育部佥事的鲁迅向平政院起诉当时以章士钊为总长的教育部，要求撤销教育部对他的免职令。在这场官司中，鲁迅亲自草拟起诉书，"为思想界争真理"，他紧紧抓住章士钊处分他存在程序上的违法这一事实，拒绝了教育部的和解，最终平政院裁决判定"教育部之处分取消之"。这样的官司放在当今，其结果或也难料。

单从这次的诉讼看，鲁迅还是比较有律师天分的，假如生于今世，说不准也会矢志以正义为归途的法律职业。即便记性不佳通不过"司法考试"，凭其发表的文章数量和留学经历——暂且忽略职称英语考试——也可以成为知名法学院的教授。而现实中不断出现的生活素材，照样可以成为他笔下的"嬉笑怒骂"，比如网络上意外曝光的"周久耕"、小偷不小心偷出来的"大贪官"等，他定能写出绝妙的文字来；就游街示众与公捕大会之类忤逆法治的现象，他同样会悟到"看客"的悲哀而生出"唤醒"法治精神的决心。

生于今世的法律人，其实与鲁迅有太多的通性之处。市场经济中渐渐遗失的法治精神与内蕴，需要法律人去坚守；纷繁利益冲突中的不公与不义，需要法律人去揭示；未写到纸上或写到纸面而落实不到生活中的公民权利，需要法律人去争取。很多时候，在信息不对称、调查不独立的环境中，一些法治事件刚开始就如同鲁迅笔下的"铁屋子"，"然而几个人既然起来，你不能说绝没有毁坏这铁屋的希望"（鲁迅，《呐喊·自序》）。同鲁迅一样，法律人"不是一个'振臂一呼，应者云集'的英雄"，但至少能为法治呐喊。

法治不是一种理想形态的制度设计，而是一项触动利益、制约权力的具体实践，其所捍卫的自由从来都离不开独立人格的批判、斗争与争取。"只向真理低头"的法学家江平，一定"在年青时候也曾经做过许多梦"，有关中国法治的梦，故而他的那本《我所能做的是呐喊》演讲录，道出了法律人与鲁迅同样的追求。在如今的现实生活中，能否做一个独立思考的人，敢于"路见不平一声吼"，而不是保持沉默，是我们面对鲁迅时需要扪心自问的问题。

问法治征途上的我们：为什么需要鲁迅？

因为公民鲁迅告诉我们："我们的第一要著，是在改变他们的精神……"（鲁迅，《呐喊·自序》）

乡约与祠堂

或许是出生在农村的缘故,我对乡村秩序的话题倍加敏感。我的家乡是典型的南方村落,同一个姓氏的有四十来户人家,他们分享同一个祠堂的谱系,按照几个大的宗派分支和睦相处。虽然邻里之间少不了纠纷,各家各户也少不了"难念的经",但在由威望族长担任的村支书的公平处理下,整个秩序维系的倒是十分和顺,印象中从未发生过村民争斗而闹到见官的地步。

在法律人的视野中,这样的乡村秩序是如何形成,之后又发生了什么样的变迁,是很值得观察与研究的。最近上映的电影《白鹿原》,就为法律人观察乡村秩序提供了一个窗口。特别是影片开始的一幕,祠堂里神情肃穆的白嘉轩,领一干族人共诵乡约,一字一顿,铿锵有力。这样的场景,很容易勾起法律人的浓厚兴趣。

在中国乡村,规则往往是隐性的,是非判断自在心中。孔子说:"知我者其惟《春秋》乎!罪我者其惟《春秋》乎!"(《孟子·滕文公下》)梁漱溟引用孔子这段话,用以说明中国礼俗道德的作用,所谓"春秋以道名分,实无异乎外国一部法典之厘订"。而一种内发型的乡村秩序,往往就是由这些礼俗伦理基础上形成的某种共同体生活规则而维系的。历史上,自神宗熙宁九年,陕西蓝田儒家士大夫吕氏兄弟四人发起制定乡约开始,这种用以处理邻里乡党之间关系的基本准则,就寄托了民间社会对于秩序的想象。在内容上,这些语言通俗的乡约无所不包,像乡民修身、立业、齐家、交友所应遵循的行为规范,过往迎送、婚丧嫁娶的礼仪俗规等,甚至还形成了定期聚会公开赏罚的风尚,比起如今的一些规则更有执行力。

我国历史上有乡村自治的特征,这依赖宗族制度和绅士群体的作用。一代代深受儒家经世思想熏陶的士大夫,毕生致力于躬行礼教、变化风俗,在他们的倡导和影响下,乡村之野也能形成民间自治的良好秩序。因而早期的乡约,大多"由人民主动主持,人民起草法则"(杨开道,《中国乡约制度》),立意良善,并选德高望重的耆老主持。然而,随着时代的变迁,这种传统渐渐消失。影片中描述的民国年间,鹿子霖获得官方任命的官职也叫乡约,职称的变化见证了国家权力的正式介入,而农会成立,黑娃怒砸乡约碑则寓意了这种自治传统的断裂……

与电影相比,小说更全面地展现了20世纪前半叶关中地区乡村社会的变迁,大时代变革下小人物的悲欢离合,诉说的乃是民间秩序的沧桑巨变。简单地说,原有社会中维系乡村秩序的传统伦理与宗法制度分崩离析了,而国家行政力量对乡村秩序的介入,不仅未能达到预期目的,反而招致民间内生秩序力量的反抗,并产生了更大的混乱。这种场景,恰如梁漱溟先生的一个形象比喻:"中国人民好比豆腐,官府力量强似铁钩。亦许握铁钩的人,好心好意来帮豆腐的忙;但是不帮忙还好点,一帮忙,豆腐必定要受伤。"(梁漱溟,《北游所见记略》)

权力的"帮倒忙",可能是忽略了"豆腐"自身的内在机理。对于民间秩序的自发生成,乡约终归只是一种外在的行为规则,其之所以有效的根本原因在于:乡党们分享的乃是同一种精神。在

《白鹿原》中，摆放着乡约和白鹿村列祖列宗牌位的祠堂，构成了内发秩序的精神载体。可以说，祠堂构筑了民间秩序的精神纽带，而乡约则提供了传统秩序的规则维系，二者虽然都是器物层面的东西，却融合了宗族伦理、儒家传统和信仰心理，故而能维持乡间秩序那么久。然而随着时代的变化，黑娃领回媳妇却进不了祠堂，于是祠堂被砸，乡约被废，反映出社会变革对于民间秩序的根本性冲击。

当然，在革命的背景下，构筑在传统宗法和伦理基础上的"乡约"与"祠堂"，都代表着某种守旧的力量，诸如祠堂里的"严刑峻法"，也确有违背现代文明；但这种从精神内蕴中开出秩序治理之道的逻辑，无疑值得省思。费孝通先生曾经极具洞察力地指出，传统中国乡土社会是一种"差序格局"，如同在池塘投下石子后形成的涟漪，由内而外，推己及人，构成了一个伦理本位的"熟人社会"。如今，当我们醉心于谈论如何在"陌生人社会"构建新的秩序理想，一厢情愿地想要帮助乡村人完成"从身份到契约"的转变时，却忽略了广大农村依然未脱"熟人社会"的现实。于是，权力主导下的法律虽然代替了传统的伦理纲常，但却缺乏维系乡村新秩序的精神纽带。祠堂这个代表乡村自治传统的权威场域，渐渐失去了维系秩序的象征，于是乡约这样的自治传统被请出了祠堂，只剩下祖宗的牌位，祠堂变成了纯粹认祖归宗、维系宗族谱系的精神器物。

这种变化也发生在我的家乡。在市场经济的大潮中，人心思变，小小的村庄开始变得复杂，老村支书的权威受到挑战。在利益矛盾冲突时，那种依靠传统权威所能化解的空间日渐逼仄。于是，老人退出秩序的舞台，后续的治理者变得处事圆滑，各家的事情不再像以前那样被视为村中的"公务"。有的老人不由感叹：人富了，心却散了。原有维系乡村秩序的纽带开始脱落，而行政主导下的"送法下乡"也并不讨好，如同卡夫卡的小说《诉讼》里的那则寓言故事：徘徊在外的乡下人始终无法进入法之门。

不难判断，缺乏乡村共同体的精神维系，失去自发性的民间规范的调整，先进的法律规范带给农村的秩序总显得有些遥不可及。乡村传统的治理权威发生动摇，新型法治秩序无从生长，于是出现碎片化的秩序真空。正是在这样的现实背景下，看过电影《白鹿原》的人，才对原著中主持白鹿书院、体恤灾民、订立乡约、以礼化俗的朱先生关注更甚，因为他的身上体现了传统士绅致力于礼俗秩序构建的理想，也延续表达了这样一种认知："中国人的骨子里都有祖宗传承下来的文化基因，它一定是埋藏在你血管或身体中的某一个部位，在某个时段不经意地爆发出来。那时候你会感觉到，祖辈的生活方式对我还是有意义的。"（牛锐，《乡约远去：〈白鹿原〉之外的白鹿原》）

法治构建中的乡土情结

在近代中国的思想家中,梁漱溟是比较特殊的一位。他一生保持了儒者的传统和骨气,被誉为"最后的儒家";其毕生精力都矢志于那并不算成功的乡村重建,即便受到最高政治权威的痛斥,依旧坚持自己的乡建理想。在解决中国现代化的方案中,他身体力行,将重心放在农村,这对当代中国的法治构建启发良多。

在历史上礼崩乐坏的时代,正是距离国家政权最远的乡村,保持了国家礼治秩序的渊源香火绵延。仲尼有言:"礼失而求诸野"(班固,《汉书·艺文志·诸子略》),表达了国家秩序构建中民间渠道的重要价值。然而,自近现代中国取法西域以来,各种法律制度概念与技术的引进,大多是在"富国强军"的诉求下由政治权威主导,缺乏对那些与民族利益"相隔甚远"的乡村的关注。随着民族危机的化解,这套引进的、尚不成熟的法体系,必然会受到深藏于乡村之野的秩序原理的抵抗,出现一种秩序文化的冲突与碰撞。电影《秋菊打官司》《被告山杠爷》等,都可视为此种冲突的艺术表现。

摆在中国秩序构建者面前的,一种是经由"城市生活"而发生的外来型法治,一种则是立足"乡土生活"而积淀的内发型礼治,如何协调好二者的关系，是一道难题。尤其是在市场经济的解构下，包括乡村在内的整个社会再度面临某种"礼崩乐坏"的局面：现代法治秩序尚未建成，传统礼治秩序崩然坍塌，即便是乡村之野，也出现了秩序失范、文明退化的危机。

如何化解上述危机？伴随着社会转型的艰难过程，现代法治必然要求在节制政治权威的基础上获得"统治权"，从而为"城市生活"带来稳定而有预期的规则之治；那么在乡村，是全面"清算"礼治传统的弊端，将城市人的法治全盘复制过来，还是在恢复礼治传统的基础上，实现法治的乡土式重构？从目前看来，我们尚未很好地回答这一问题。

改革开放以来的法治构建，很大程度上是立足于城市需要，缺乏对农村乡土结构变迁的敏锐把握。这种"城市先法治起来"的路径，虽然形成了初具规模的法治模型，但却不能恰当地为"9亿农民"提供心灵归属。与城市法律的蓬勃生长相反，农村在汹涌的市场经济冲击下，传统维系乡土秩序的各种乡俗民约、家法族规等规则面临解体，城市人所设计的法治则犹如"海市蜃楼"，如此造就了转型期内乡土秩序的真空。一味地强调对农村进行公共法律服务体系的输入，可能适得其反。旧的秩序被打破，而新的秩序尚未形成，农村走到了法治的"三岔口"。农村频频发生的一些群体性事件和上访案例，就充分印证了这种现状。

任何国家的法治构建，都不可能确立在单项文化引进层面，而是包含着多方面的创造与探索。衡量中国法治成功与否的关键，就在于是否契合中国的国情。而中国最为显著的国情之一，仍旧未从根本上脱离梁漱溟当年的判断："中国社会——村落社会也。求所谓中国者，不于是三十万村落其焉求之。"（梁漱溟，《河南村治学院旨趣书》）而且，由户籍发端的城乡壁垒造就了差距过大的制度鸿沟，使得城市人与乡村人在同样的法律治理下，得到的却是截然不同的两种生活。在一元化的制度变革中，法治建设者希望能够以统一的法律弥合这种差别，但其忽略的是，这种法律本身更多是以城市生活为基础，缺乏对广大农村深层次的体察与认知。

中国的国情最集中地体现在农村，这里沉淀有数千年的文化传统，生长有源源不息的秩序稳定基因，暗藏着与西方法治文明迥异的大众心理。而引进的西方法治成果，多立足城邦政制的民主体制、宗教信仰的传统和公民社会的文化心理，在此基础上生长出来的现代法治文明，很难自然而然地被移植到乡土中国的土壤上。法律的生命在于其与本土社会的内在联系，失去社会土壤，法治将无从生根。在寻求中国秩序的重构过程中，对中国国情的把握无论如何都不能脱离对乡村的关照。在"中国化"的背景下构建法治，除了要把握好具有中国独特性的政治体制外，还不能忽视城乡二元分割这一特殊国情。

因此，在社会治理资源多元化的格局中，中国法治可能面临着双重任务：既要吸收借鉴西方社会为人类贡献出的法治文明成果，又要开辟出中国乡土社会自己的法治路径并为人类作出自己的贡献。当前中国法治的整体构建，无疑需要更多地走进乡村，深入乡间展开田野调查。也正因为如此，无论是从梁漱溟的乡建理论到费孝通的《乡土中国》，还是从《走向权利的时代》到《法治及其本土资源》、《送法下乡》，这些面向乡村或包含乡村的秩序理性研究成果，无疑具有更深层的指导价值。

中国未来的法治图景，不光是阳春白雪，更应该有下里巴人。

"门"的隐喻

回江西老家过年,儿时的记忆一时被悉数激活。其中令人印象深刻的,便是大年初一各家各户早早地打开大门燃放鞭炮。晨光熹微中,不知谁家的孩子等不及点燃了爆竹,打破了江南村庄的寂静,于是在一串串延续到天明的噼噼啪啪声中,乡亲们送出了新年"开门纳福"的祈愿。

在我们的传统习俗里,"门"其实有着非同一般的隐喻,蕴含着敞向未来"幸福门径"的意义,因而即便是外出打工未归的人家,春节也要拜托邻里打开自家的大门,"闭门"被视为一种忌讳。这种文化意蕴,让我联想到佛语里的"法门"一词。《法华经·序品》中说:"以种种法门,宣示于佛道。"佛教有八万四千法门,皆是为得道成佛而设,"不二"法门乃是最高境界。可见,在佛法中,"门"乃是修行者入道的"门径",与传统习俗中的"门"有着异曲同工的妙用。

然而,这种蕴含着良好希冀的"门"文化,于法治实践中却也有另一番截然不同的意味。这得从 1972 年 6 月 18 日凌晨 2 点半说起,当时有 5 个人因潜入位于华盛顿特区的美国民主党总部——水门大厦而被捕,一次看似普通的入室盗窃,在一批"优秀记者"的

"扒粪"下,最后演变成一场骇人听闻的政坛"窃听风云"。这一事件不仅开创了美国总统被迫辞职的先例,更给"门"注入了一种全新的公共阐释,由记者卡尔·伯恩斯坦和鲍伯·伍德沃德创造的词汇——水门,拉开了"门"字指称公共社会中一些丑闻的序幕。后来,从"水门事件"引申出的千奇百怪的"××门",均用来代指极具爆炸性的丑闻,比如差点走上尼克松老路的美国总统克林顿,其身陷莱温斯基的性丑闻就被冠以"拉链门"。

在中国,"门"事件的概念是从 2008 年年初的"艳照门"开始的,作为一种网络文化,网友将发生的具有重大影响力或超强娱乐性的事件,也效仿取名为"××门",而后一发不可收拾,"门"字频繁出现在各种舆论载体当中。从惊艳世人的"日记门",到触发网民疯狂声讨的"风水门""学历门"等,媒体上走马灯似的"门字诀",搅沸了公共社会这"一池春水"。在极尽渲染炒作中,"门"也由传统习俗和佛教文化中的"门径",演变成公共事件中世人窥视个中风景的"遮羞布"。

追根溯源,各色"门"事件的修饰最早缘于"水门"这一建筑物的称谓,或许和我们通常所讲的"门"并无任何意义上的关联。但名称上的"同体"还是容易引发我的猜想。在以"门"冠名的公共事件当中,其实都隐含着"门内"与"门外"两个世界:"门内"藏着真相,藏着为数不多的人的私利;而"门外"则挤满了围观的人,他们渴望真相,寻求正义。这样的两个世界被一扇窄窄的"门"隔开,真相与正义各归其中,折射出公共生活里某种畸形的权力生态。套用鲁迅的话说,这世上原本没有"门",藏的人多了,便有了"门"。

在一切丑闻事件中,"门"这一词根既是对一些人"关门"搞暗箱操作的讽刺,同时也寄托着公众对"开门"力量路径的期许。

虽然虚拟的"门"总是企图关闭,让里面的人及其手中的权力得以安稳度过,而无须理会门外的喧嚣;但这样躲在角落里不见阳光,即便权力也会发霉,因而法治就是要极力打开这一扇扇"门",让真相走出来,让正义照进去。只是在法治尚不健全的背景下,公民的围观构成了"开门"的力量,如同那个不知名的孩童率先点燃了鞭炮,少许"扒粪者"的努力总会带来一串串涟漪的反应。君不见,那一道道窄窄的"门"口,拥挤了多少围观的公民!

当然,作为一种"门径",法律是打开公共事件"大门"的最终力量。它宣誓规则,安顿秩序,尽可能地消弭隔阂与断裂,致力于构筑一个适宜人居住的可信赖的共同体。它就像春节中的习俗一样,每年率先打破村庄寂静的人都会不同,但这种爆竹破晓却是一种不因人而异的"铁律"。

耳边的爆竹声将我拉回到喜庆的节日气氛中,望着各家装饰一新的大门,我在想:从开门放鞭炮到开门出示真相,二者其实都蕴含着一样的目的——"开门纳福",前者是家人的私情幸福,而后者则是共同体的公共福祉。

法到深处无善治

清代著名画家郑板桥曾为他的书斋题联:"删繁就简三秋树,领异标新二月花。"其中,上联主张以最简练的笔墨表现最丰富的内容,以少胜多。对于书画作品,相比于一些溢满纸面的繁花盛景,我更喜欢那些寥寥数笔勾勒出的竹兰幽境。宋代文学批评家严羽在《历代诗话·诗法家数》也曾有言:"绝句之法,要婉曲回环,删芜就简。"这种"删繁就简"的艺术创作风格,往往能够蕴含更多、更丰富、更饱满的人生意境。细心关联,这对法治构建也很有借鉴意义。

现代社会,规则是人类为自己能够和别人和谐相处而编制的行为准绳,正是在各种规则的引导和强制约束下,各种权利才相安无事,社会生活才秩序井然。尤其是像我们这样的国度,对规则、对立法有着比其他国家更为急切的需求,这正是40余年来中国急速立法的重要心理原因。

但人们可能很少思量,在规则越来越多、法律体系越来越完善的背景下,人们的生活是否更为舒适便捷?在我们所精心编制的规则网中,人生的意义、价值、理想与精神追求能否安顿其中?如果不是出于对法律规则的盲目追求,我们便会发觉:越来越复杂的规则体系犹如一个膨胀体，在保护我们共同体生活的同时，也不断克减着天赋的权利和自由。

一个社会需要多少规则，每一种规则又需要在多大程度上介入我们的生活，这些看似技术性的治理难题，实际上源于人们观念上的误差。当天底下遍地都是规则，我们就会变得像"木乃伊"一样，处在细密的包裹束缚之中，谈何自由呢？因此，保持必要的简洁与谦抑，或许更符合善治的初衷。

删繁就简，难道不也是一种优良的法治品格吗？

遗憾的是，伴随着法律在调整社会关系上地位的突出，一种"立法万能论"越来越流行于民众之间，最典型的莫过于道德入法。道德伦理滑坡了，人们便期待着法律能够去拯救，甚至在出现道德危机时，人们还容易将原因归结到法律上来。前不久，我参加了一档有关"常回家看看入法"的新闻节目，令我百思不解的是，一些平时对法律不屑一顾的人，却对此类道德入法表现出极大的兴趣；相反，一些法律界人士则对此持谨慎的态度。

从根本上说，对人的行为和社会关系的调整，有很多手段，它们在各自的领域发挥着作用。对于本属家庭伦理与道德规范层面的行为，应当追求对个体品德上的软约束，如果动辄用国家强制力捍卫伦理道德下滑的底线，无异于让法律钻进强制人类情感的"洞穴"。自古以来，中国就有太多的关于婚姻家庭敬老恤幼扶弱的道德规范，这些都有形无形地规制着亲属关系、长幼尊卑关系、扶幼养老关系，构成了完整而成熟的人际关系和社会秩序。如果一旦有伦理道德出现危机，就举起法律的大旗，这对道德的建设无异于"拔苗助长"。

我曾经参加过某省贯彻一部国家法律的地方性法规的制定，一部草案全文内容洋洋洒洒，但是细看起来并无多少地方特色，多数条文乃是对国家法律和相关行政法规的复制,具有可操作性的内容少得可怜。而旁观其他省份同样的贯彻实施法规,内容大同小异。我不知道这样的地方性法规在法治中究竟发挥了多少实际效能,但不难想象的是,许多规则本身徒具观赏价值而已。在如此法律规则的缠绕之中,我们又能获得怎样的生活处境?

目前,中国可能是世界上法规条文最多的国家,有些不仅老百姓"闻所未闻",甚至都被主管部门长期闲置而成了"古董",每次大范围的法规清理都显得任务繁重。什么时候,我们所向往的法律,开始变成一种沉重的负担了呢?

我理解,法律对社会关系的调整,应当保持一定的距离,也就是它不僭越自己的领地,而深入人的灵魂深处发挥规范作用。这是其与宗教、道德的"分水岭"。佛法不强求人的行为,因为宗教原本就是人的"心灵之约";同样,法律从来不规范人的内心,因为法律原本就是人的外在强制,如果深入人心探求规范之道,岂非越俎代庖、迷失了法律的初心?

所以,法律应当为人类的心灵皈依、道德自救、精神安顿预留出一块"空地"。人类所孜孜以求的人间善治,当然意味着法治,它强调法律在社会治理中的价值和功能,呼吁人们对法的认同与尊崇;但它又不仅限于法治,里面还必须包含着人的情感、道德、精神与信仰。

法律规则是灰色的,而生活之树常青。我想这也是英美判例法犹如一条流淌的河流的原因。在这个层面上,可谓"法到深处无善治",删繁就简也许是一种更高层次的法治境界。

交响乐中的宪法迷思

在一些人的联想叙事中,音乐和法律是个趣味横生的话题。在文字起源上,法律的"律"就来自音律的"律"。《说文解字》中说:"律,均布也。"据说,"均布"就是古代调音律的一种工具。作为人类伟大的两项发明,音乐和法律对秩序的体现和追求往往殊途同归。柏拉图在《理想国》中曾希望理想国家的各部分能像音律一样和谐,并由此强调对公民要进行音乐和体育的训练。而古罗马的鲍埃齐则认为世界上有三种音乐:"宇宙音乐,宇宙的'和谐'或秩序;人类的音乐,高尚的、健康的身心秩序;以及应用的音乐,人们所作的、可以听到的音乐。"(鲍埃齐,《关于音乐的教导》)

对于音乐本身,我是个"门外汉",但这并未阻挡我对音乐与法律之间关系的兴趣。自从研习法律以来,我就一直认为,在法律与音乐这两种看似毫无关联的事物之间,存在着某种天然的相通性:不过简单的几个音符,就能奏出千姿百态、风韵迥异的音乐,中西方的文化交流畅通无阻;同样,权利、权力、义务几种要素,也能编辑出千万法律文本,调整纷繁复杂的社会关系。

在众多的音乐形式中,交响乐是一种"阳春白雪"式的高贵类型,隐喻着人们对现代社会秩序的美好想象。据说,交响乐的名称源于古希腊,是当时"和音"和"和谐"两个词的总称。到了文艺复兴时期,交响乐这一名称被当作了一切和声性质的、多音响器乐曲的标志。可见从一开始,这样的音乐形式就与"和合"的社会关系相通。由于交响乐曲式结构宏大,乐队庞大齐全,有强大的音响力量,加上丰富多彩的音乐,管弦乐队的表现力能得到高度发挥,因此意蕴深远,善于表现神秘、丰富而复杂的感情,对大自然诗情画意的描绘更是有独特的色彩效果。所以,交响乐有强烈感人的艺术魅力。

回到秩序的想象中来,音乐无疑是通过节奏、旋律、和声、调式和调性等组织要素所构成的"声音的秩序"。而交响乐在这方面的神奇之处,就是能够容纳风格各异的乐器,在指挥家的指挥下协调地发出熨帖心灵的声音,时而如万马奔腾气势恢宏,时而如溪水潺潺悦耳动听。如果其中任何一个演奏者"开小差",都会破坏艺术的整体和谐。尤其重要的是指挥,他是一个乐团的灵魂,如果没有一个好的指挥,那么再好的乐手集合在一起也如同一盘散沙,再好的乐曲也如同平淡的聊天一样,交响乐会失去其自身的魅力。从排练到演出的整个过程,乐曲的轻重缓急究竟怎么表现,每个乐器之间如何协调,如何把前人的乐谱灵魂释放出来,这些都是指挥的职责。正因为如此,乐团指挥被称为一个男人一生中必定想尝试的职业之一,也被称为"民主社会里唯一的独裁者"。

这样的艺术形式,让我很自然地联想到国家的法律体系。由不同法律部门、不同位阶规范组成的法律体系,就像一部宏大的交响乐,重要的"乐器"不可或缺,"乐器"之间的演奏更不能发生冲突。做到这一点,关键就是靠"指挥"。对一国法律体系而言,宪法就是乐团的"指挥",她是治国安邦的总章程,是法律体系的"拱顶石",更是法治大厦的"根基"。一个好的乐团需要一名优秀的指挥,一个好的法律体系就需要一部优良的宪法。

中国的宪法曾遭受一些"歧视",权威性不够、稳定性不高、可用性较差等质疑不断,信仰宪法、敬畏宪法、守护宪法的意识极度缺失。作为法律体系的基石,宪法稳固才能保障整个大厦的安稳,如同指挥要给乐团成员一套预期性的行为指引,宪法也需给其他部门法的构建提供一套稳定的价值去遵循。作为世之经纬、国之重器,宪法既不可僵化不变,也不可轻易言变。变与不变的根据,取决于宪法文本设计本身是否周延合理,更取决于我们对宪法功能的认知与定位。除此之外,宪法在"指挥"国家法律体系的功能设定中,还应该有更多的秩序追求,只有她才能建立起不同位阶、不同领域法律规范之间的统一性、协调性与适度性,只有她才能敏锐地发觉"交响乐"中那些不和谐的音符并予以纠正,也只有她才能释放出国家法律体系尊重和保障人权的法律精神与灵魂。

音乐是人类流动的语言,宪法和法律也是。"宪法之为根本法,乃是因为它体现一种能够作为最高权威来源的根本法则。根本法则之有最高权威,乃是因为它体现基本价值。"(夏勇,《中国宪法改革的几个基本理论问题——从"改革宪法"到"宪政宪法"》)如同交响乐,再复杂的乐谱更改或是技术变动,都不能脱离其所想表达的精神主题。综观古今中外,宪法之所以为宪法,是因为它是公民与国家的最高契约,一切制度设计、机构组成和权利分配,无不围绕着公民权利与国家权力来展开。公民权利构成了宪法捍卫的核心价值。宪法的全部目的集中于一点,就是创设保障公民权利、实现社会自由的法律规范体系。

在这样的期待中,立足于整个法律大厦的长治久安,提升权力与权利的设计理性,增强宪法维系法治体系的功能,成为宪法发展的重要使命。有了永恒的价值追求,宪法也有望成为我们留给后代人的宝贵遗产,使整个民族的自由精神得以流淌不息。

青年与宪法

美国历史学家查尔斯·A. 切拉米写过一部畅销书，叫《给美国以灵魂：两个年轻人和美国宪法的故事》。书的主旨在于描述美国宪法的历史，但作者把笔触放在了当时的两个年轻人身上：32岁的亚历山大·汉密尔顿和36岁的詹姆斯·麦迪逊。两位年轻的开国元勋，引发了一段扣人心弦的制宪故事，也催生了人类历史上第一部正式的成文宪法。

引起我兴趣的不是宪法如何赐予美国以灵魂，而是切拉米在美国立宪的诸多巨匠当中，为何偏偏选择两位"年轻人"？这是否暗含着青年与宪法之间，还具有别样的关系意蕴？这让我想起中国的梁启超，"少年强则国强"的铮铮之言至今仍激励着一代代青年人为国奋斗。其实梁启超更是一位宪法学人，他在29岁即创作《新民说》，旨在为中国立宪政治开出一条切实的道路，"新民为今日中国第一急务"，点出了青年成为新民对于国家宪法政治的重要性。

如果把人类的立宪史描述为一部权利斗争史，那么在史册上熠熠生辉的那些典范，往往与青年有关。杰斐逊起草《美国独立宣言》时只有33岁；马丁·路德·金34岁发表《我有一个梦想》的演说，为黑人争取平等权；意大利法学家贝卡利亚26岁发表《论犯罪与刑罚》，在人类历史上第一次系统地提出了废除死刑的理念；获得 2014 年诺贝尔和平奖的马拉拉·优素福·扎伊年仅 17 岁，一直为儿童的受教育权而抗争……在立宪、立国的道路上，无以计数的青年以满腔热血与激情，以对权利自由的无比热爱，成为驱动历史的"火车头"。

告别了救亡的危机和革命的激情，今天的青年依然是推动社会进步、塑造立宪政治的重要力量。因为青年对于人的尊严最敏感，青年最看重人格的独立，青年的内心最向往自由，青年最不能容忍压制与专权，这种秉性与宪法的精神相契合。无论如何去界定宪法，她都与一个国家和民族对于自由的理解有关，与我们希望怎么安顿人的尊严和权利有关，宪法和法治说到底就是保障人如何有尊严地活着。我们之所以把国家的未来托付给青年，不仅因为青年必将担当大任，更因为今天青年的宪法观、权利观、自由观、法治观，将直接塑造明天国家的政治和法治图景。

自改革开放以来，人开始从依附地位趋于独立，权利与自由得到真正的解放。1982 年《宪法》的历次修改，无论是经济改制、人权入宪还是保护私产、依法治国，都在不断吸纳青年在改革开放中释放出来的"闯"的精神，将权利与自由的成果合法化、正当化。到今天，宪法有理由成为中国人民的最大共识，成为青年人自由精神的皈依，成为中国青年施展抱负的精神指引。

那么，在全面推进依法治国的时代潮流中，在中国宪法走进生活的历史性时刻，我们青年人担负着什么样的责任？这需要我们重新去认识中国，认识宪法，在内心与宪法展开对话，发掘激活宪法、实施宪法、护卫宪法的自身能量。

其实，中国宪法实施和法治建设面临的最大障碍，不在体制机制，更不在制度规范，而在人心，在文化心理。一代代口授心传的政治密码，千百年积淀的人情伦理，现实中彼此参照的经验遗传，都在一定程度上构成宪法和法治的文化障碍。而要改变这种内层障碍，实现整个中国宪法和法治生态的转型，则需要一种"代际更替"。如果今天接受宪法精神洗礼和法治熏陶的人，在进入体制和政治生活之后便将其抛之脑后，那么宪法和法治精神便极难塑造。走出这种文化上的心理依赖，需要在代际更替中去塑造今天的青年，给予他们以灵魂。

梁任公当年感叹："苟有新民，何患无新制度、无新政府、无新国家？"（梁启超，《新民说》）时至今日，这种"新民观"在某种意义上仍是中国法治道路上的短板。青年人的公德心、权利观、自由观、宪法观如何，将直接决定着中国未来的制度、政府、国家以及人民福祉。因此，在宪法知识的运动式传播普及中，我们或许需要反思：该如何触动青年对于宪法的兴趣？如何让青年在宪法教育面前由被动变为主动？如何从现实生活中培育他们的公民责任？又如何让蕴含于宪法背后的精神感染到他们？如何将他们的激情与创造吸纳进宪法门下以充分涌流？

答案永远需要在实践中不断探索，但道理却在历史与现实的照应下无比清晰：宪法是国家政治永葆青春的密码，而青年是宪法精神永不流逝的承载者。在青年心里建立起个人与宪法的牢固关联，让今天的青年拥有宪法的灵魂，明天他们便能把宪法精神洒遍天下。

女性与宪法

很难想象,知性、细腻、温柔如水的女性,与国家的根本法、最高法之间存在怎样的关联。二者在"生育"意义上具有一定的相似性——女性孕育生命,而宪法孕育其他法律的生命,除此之外,似乎就没有什么可聊的话题了。

其实不然。

2012年12月30日,一位名叫贝雅特的犹太女性在纽约曼哈顿家中与世长辞,世人的目光再度投向她于1946年赠予日本的那份厚重"礼物"。"二战"后的日本,女性完全受制于男性,"丈夫都必须走在前面,而妻子一定要在三四步之后紧紧尾随"(俞飞,《改写日本宪法的异国女子》)。当时承担日本和平宪法起草工作的贝雅特,利用一周的时间,凭着内心对生命的尊重,坚持将"法律面前两性平等""家庭生活中的个人尊严和两性平等"等女性权利条款写入日本和平宪法。

一位并非法学专业的22岁年轻女子,送给日本的"礼物"足以载入史册。在女导演藤原智子倾力完成的电影《贝雅特的礼物》中,我们看到了一种对生命平等信念的坚守。这段历史充分说明,宪法的精神从来不是来自装帧精美的宏大学理体系,而是源于人类最初始、最本真的良知和对生命的尊重与关怀。与其说贝雅特是在用"历史的智慧"写就日本宪法，还不如说她是将生命的体验融入宪法文明。

说一个人的一周改写了半个多世纪的历史，或许有些夸张；但在宪法汇聚人类价值尊严的历史过程中，不可否认女性发挥了重要的作用。第二届美国总统约翰·亚当斯的夫人阿比盖尔·亚当斯，就为女性争取与男性同等的权利，积极推动将女性选举权写入"1787年宪法"。如果没有女性的觉醒与推动，宪法的文明或许不会像今天这样完整，人世间最为值得争取的平等与尊严或许还有残缺。

历史上，柔弱的女性为宪法提供了精神养分，充实了宪法的价值内涵；现实中，文明的宪法又反过来影响广大女性的生活，推进社会向更为平等、更有尊严的方向前行。在很多国家，教育、工作、生活中对女性的歧视，很可能会被作为一种违宪行为而受到追究。正是宪法，将女性从男权主义的束缚下解放出来，以独立的人格与平等的生命形象走上世界舞台。

中国历史上也存在极大的男女不平等，这一切的改变也鲜明地烙印在了宪法文本上。1949年作为临时宪法的《共同纲领》就提到女性权利，1954年宪法则把女性权利条款正式写进"公民的基本权利"当中，现行宪法更是对保护女性权利作出了一系列规定，并制定了专门的《妇女权益保障法》。宪法和法律为女性确立了"独立而不可侵犯的地位或身份"，使其获得了与男性一样的自由、平等和尊严。

在现实生活中，女性总是容易受到伤害，例如教育的歧视、家庭暴力、工作的区别对待，等等。如果女性的财产可以随意被忽略，女性的自由可以随意被侵犯，女性在生活中总是"低人一等"，那么伤害的不只是单个女性的权利，更是整个弱势群体的尊严，是守护生命价值的宪法的权威。宪法为女性营造出一个有尊严的生活空间，而这个空间仍有待女性去积极捍卫。

都说女人如水，水的特性是柔而持久；都说宪法是最高法，最高法的特点就是要有刚强度。二者之间其实隐含着一种宪法实施的关联：宪法的刚强依赖尊重宪法、守护宪法的耐力。女性不仅在宪法的内容上改写历史，更应在宪法的实施上，复活女性的主体性，以持久耐力去塑造宪法的刚性，让宪法保护下的女性权利和尊严，真正走进生活，成为生命健康成长的最高价值准则。

人世间，因为身体、教育、财富等方面的差异，人与人之间客观上总是存在着这样那样的不对等，而宪法的价值就在于抹平这些差异，将人还原至出生时的赤裸裸状态，以平等的眼光打量每一个来到这个被称为"文明的世界"的人，赋予我们平等的权利与自由。当上帝创造出亚当和夏娃之后，或许就为男女平等预留出了一条宪法的路径，让宪法成为人类追求生命尊严的文明密码。

宪法与女性，还真是个饶有趣味、聊之未竟的话题。

中医之道与治理艺术

中医看病，讲究望闻问切，求根治本，所谓"望而知之谓之神，闻而知之谓之圣，问而知之谓之工，切脉而知之谓之巧"（《黄帝八十一难经》，第六十一难）。在中医看来，人体所表现出来的各种病症都是外像，根源在于五脏六腑出现病灶，故而经验丰富的老大夫都强调察表究理，循序渐进地对症下药。这正应了中国的一句老话："病来如山倒，病走如抽丝。"

转型时期的社会少不了各种问题，就如同一个生了病的人，某些极端事件所反映出来的往往只是社会病灶的外在症候，真正的内因则需穷根追本。例如，前些年一些群体性事件的发生，对地方的秩序构建而言无异于"病来如山倒"，但对其治理并非简单的平息了事，而必须对事件背后积淀的复杂社会矛盾进行仔细疏导。优良的公共秩序恰恰是建立在"病走如抽丝"般的慢工细活上。在这方面，中医的治病之道，与社会转型期内的公共治理之道，有着天然的相通之处。

例如"望"。望是中医看病的第一诊，"视其外应，以知其内脏，则知所病矣"（《黄帝内经·灵枢·本脏篇》），是上火还是虚寒，大夫看舌就知道。中医通过望神，可以辨别病人精气的盛衰、病情的轻重。社会治理同样也要望,观察社会上的种种表象,从中把握社会病症规律。睿智的治理者只要经常挤挤公交,就能知道城市管理的"肠梗阻";走走建筑工地,就能知道农民工的生活境况;逛逛自由市场,就能知道商品价格调控的执法效果。可见,依法治理也需要向中医学习,善于从社会现象的蛛丝马迹中发现根本性问题。

例如"闻"。中医看病重听,听病人的声音,听病人的呼吸,甚至闻病人身上的气味,因为这些都是病症外泄的渠道。通过听患者语言气息的高低、强弱、清浊、缓急等变化,以分辨病情的虚实寒热。优良的公共治理也需要强调听,最根本的就是要听老百姓的诉求,闻不同领域的民意。无论是法规政策的出台,还是城市发展的规划,抑或是涉及民生的重大事项决定,都需要听取民间的意见,如果在听的环节上失之于偏、失之于疏,那么就很难形成契合公众利益的治理实效。不能反映民意的行政决策与执法举措,难以成就优良治理。

再例如"问"。问诊就是对病人或陪诊者进行询问,"凡欲诊病者,必问饮食居处"(《黄帝内经·素问·疏五过论》),大到问体质、问生活习惯、问发病经过、问过去的病史、问家族史等,小到问寒热、问汗、问疼痛、问睡眠、问饮食口味、问二便。对于公共治理而言,"问"就是问计于民,广泛征求公民意见。优良的治理要以保障公民诉求的表达为基础,无论是化解矛盾还是寻求良策,都应先建立公民诉求表达的平台,通过持之以恒的常态化互动增强官方渠道的吸引力,以尽可能多地吸纳社会意见,让矛盾在集中爆发前得到有效的反映和疏导。

还例如"切"。切诊是指用手触按病人身体,借此了解病情的一种方法。其中最重要的就是切脉,这背后的原理是:不同脉象的形成与心脏、脉络、气血津液有着密不可分的关系。其实社会治理也需要切脉,从不同的现象中把握内在制度存在的种种积弊,从不同案件中发现均衡利益配置的法律重心。当前社会治理最突出的问题,就是有效制度供给不足。而制度供给是否充分有效,直接决定了矛盾化解乃至整个社会治理是否建立在稳定的法治根基上。切脉就是要把握如何由传统的"治事""治人"转变为具有远期效应的"治法"这一规律,以有效制度的正式规则为根本遵循,剔除偶然性、临时性的指令安排,提高正式制度在公共治理方面的正当性和有效性。

当然,社会治理除了观气色、听声息、问症状、摸脉象之外,还需要学习中医看病的渐进与辩证之法。面对复杂的矛盾,有的采取休克疗法来剔除社会发展过程中逐渐积累的弊病,犹如西医的"手术"治疗;有的则主张边发展边化解矛盾,通过搭建常态化的诉求平台实现矛盾的及时疏导,犹如中医的"调理"治疗。相比而言,渐进式治理要比激进的方式更容易分解阻力。

与此同时,面对纷繁复杂的地方性知识,社会治理更需讲求技艺。有则故事说,一位皇帝患上噎症,吃什么都吐,御医束手无策,后从山林觅来一位能医此病的高僧,诊脉后开了一张与御医所开完全一样的药方,只是服用方法不是饮用,而是要将药盛于汤匙,用舌舔药。果不其然,皇上舔完药后精神大振,连服数剂竟至痊愈。皇上不解,问其中有何奥妙,高僧解释说:"医药者,既要有方,又要有法。你用舌舔匙羹,靠舌把药引入五脏,此乃是法。我与先前御医在治疗龙疾时是方同而法异。"(《家庭中医药》杂志编辑部,《小方治大病》)这个传奇故事道出了中医讲究辨证施治的真谛。很多时候,社会治理又何尝不是如此。不同的地方风俗不同,百姓生活习惯不同,社会矛盾表现虽然一样,但治理方法却不能"格式化"。立法尚且需要根据"地方性知识"因地制宜,何况公共治理呢?

参禅的境界与释法的视域

春节，寺庙香火隆盛。望着香炉前跪拜的虔诚人群，我不禁想起宋代禅宗大师青原行思提出参禅的三重境界：参禅之初，看山是山，看水是水；禅有悟时，看山不是山，看水不是水；禅中彻悟，看山仍然是山，看水仍然是水。正所谓参禅悟道，释法悟真。参禅是为了悟出佛祖大道，释法是为了悟出立法本真。很多时候，参禅与释法实则异曲同工。

法律作为一种符号化的理性建构，其文本规范含义有限，而社会事实则流动不居、变化无穷，法律难以"事必躬亲"提前预设周全，因而不可避免地为适用者留下模糊空间。法律解释的目的，就在于运用理性与经验去解读理性，将立法者的本真与原旨妥帖运用于社会事实，于模糊之处求法律善治。笔者穿凿附会，以为释法其实也可分为三重境界。

初释法者，眼中只有法律条文，见文释法。如参禅的第一重境界，初识世界，内心纯洁，眼睛里看见什么就是什么。学理上称为"文义解释"，原原本本按照法律条文的字面意思解释。这本是尊重法律的基本态度，只是太过刻板可能走入极端。如：刑法中自"罪刑法定"原则确立以来，出现不少当罪不罪、不当罪入罪的情形，严格的字面解释让刑事司法捉襟见肘。像"赵春华持枪案",其之所以引发社会争议,就是因为法院在裁判过程中未考虑案件行为的社会危害性,而仅依据法律的字面解释,即落入了字面解释的窠臼。可见,文义解释是释法的起点,但过于极端就容易偏离立法本意。

久释法者,眼中看重的不光是法律条文,还有法律背后的种种较量与取舍。如同参禅的第二重境界,随着我们涉世渐深,就会发现眼见不一定为实,故而看山感慨,看水叹息。法律既然是调整社会关系的规范,背后就牵扯着复杂的社会因素,有道德伦理,有政治现实,也有人情世故,释法者在告别"书生意气"之后,便渐渐在释法中融入各种考量。极端者,虽立法有明文规定,但囿于其他因素而选择"弃法"。这种释法,力求摆脱第一重释法的机械困境,很多时候能巧妙地达到弘扬正义之目的;但因每个人的考量标准不一,也容易让法律成为"任人打扮的小姑娘"。

释法的第三重境界,是将法律条文与价值规范融合在一起,解释出"活的法律"。庞德说:"法律必须稳定,但又不能静止不变。"(庞德,《法律史解释》)无处不在的矛盾,非此即彼的取舍,经常使释法者陷入两难:既要仰赖于技术性解释以求法律之"真",又要寄希望于艺术性解释以求法律之"善"。其实如同参禅的第三重境界,需要我们在饱经沧桑、开悟生慧之后,看通山水之内与之外。释法既不是对法律的机械适用,也不是对法律的完全抛弃,而是在"立法之法"和"先在之法"之间寻求一种平衡,这是"一种对法律的综合性把握和运用能力,它是法律知识与经验的完美结合,作为法律工作者只有建立和完善自身的法律经验模式,才能为法律规范向现实法律秩序转化贡献自己的力量"(李林,《全面落实依法治国基本方略》)。

参禅的目的在于明心见性,方法不外乎"戒定慧"三学:其一是持戒清净,其二是内心平静,其三是培育智慧。佛陀认为,做到这三点方能断除烦恼、根除苦因,以"见性成佛"。其实,释法同样如此。每一位执法者都带有自己对法律的理解,按照自己的价值观去揣摩立法者旨意,而正确的释法前提是除却自己附加在法律条文上的各种妄想与私意,婉若参禅"屏息诸缘,一念不生"。放下万缘,不生一念,方得真道。释法者先养德、祛除贪欲,再定心、不受干扰,然后修智慧、提高技艺,让法律适用过程充满真、善、美。

学术如江湖

读金庸先生的小说,总是痴迷于他所构造的江湖世界,里面勾勒的武术门派气势恢宏,英雄故事荡气回肠,不同路数的武艺争奇斗艳,字里行间映射出的赤胆忠心、侠义冲天、劫富济贫、正义沧桑等经典主题,更是带给人们无限的遐思与向往。我想,金庸小说之所以能让人百读不厌,一个重要原因可能在于:他描述的虽是私人恩怨情仇,凸显的却是正义这一永恒的主题。

在我们的文化语境中,江湖曾是文人向往的精神家园。武侠中的江湖,是一种自由豪迈、义薄云天的人生境界,正所谓"相濡以沫,不如相忘于江湖";东晋陶潜的笔下,"江湖多贱贫",盖指"遁迹江湖之上"的隐居之所,寄托的是一种自在洒脱的生活理想;北宋范仲淹眼中,"处江湖之远则忧其君",则表达了一种身处民间却仍朝思暮想报效朝廷的人生抱负。然而,江湖也有一张"普洛透斯的脸"。正义的主题下,还夹杂着烧杀抢掠,潜藏着险恶阴毒,各种明争暗斗反映出江湖的丛林原生态。正因为如此,崇尚自由、正义的惬意人生,才成为英雄们的共同志向。

学术亦如江湖。作为经世致用的学问,法学承载了人类安顿心灵、寻找正义的精神理想,这对于阅读规则、发现秩序、编制意义的法学人而言，自是无时无刻不处在江湖之中。

一者，学术崇尚百家争鸣，犹如江湖中的门派林立，自由而平等地展开思想竞争，方能获得百花争艳的繁荣景象。璀璨的人类法学殿堂中，陈列着自然法学、分析法学、综合法学等数十种风格各异、大小不同的法学流派，正是在相互交锋、相互批判乃至相互借鉴、相互吸收的过程中，它们各自的学术传承才历久弥新、生机勃勃，至今照耀许多国家的法治之路。

中国法学虽然整体上并未分化出大的学术流派，但派系门户观念却已相当盛行，学术传承正在形成之中。只是这种繁荣的背后，也暗藏着"门户之见"的偏私，让学子们陷入某种困惑。所谓"非出名门，其论必谬"，凡入法门者，必先找到一个"门派"，否则在学术上难成大器，就连发表学术见解，都要受到"你导师姓甚名谁"的影响。如此江湖中，发生"学术奇遇"的事是越发不可能了，而且"学术裙带"也越带越长，直至裹住前行的双脚。在金庸的小说里，主人翁多以"流浪汉"形象出现，不依附于任何门派，可正是这些被名门正派斥为"血统不纯正"的人，反而伸张了武林正义。回头来看看现实中深陷抄袭门的"正统"学者们，这会不会也是一种学术上的反讽？

二者，学术崇尚思想独立，犹如江湖中的朝武分界，适度保持与行政的距离，方能获得"遗世独立"的精神价值。武侠江湖中，杂草丛生、法则林立，但大体上仍能维持一个稳定的秩序，这大概要归功于江湖与朝廷的分野。金庸小说中，虽不乏朝廷之事，但"江湖事江湖了"却向来是个"潜规则"，各门派的武术传承与江湖威信，并非源于朝廷的封赐，排斥朝廷插手江湖纷争更是成为各门派的共识。这种分野对学术发展启示颇多，学术的生命力在于自治，如果缺乏思想自由的权利保障，在行政力量的偏好下研究学问，学术势必萎缩,无法担当起引领社会前进方向的重任。

考察世界的学术史,催发思想巨匠的鼎盛时期,大多是行政力量控制较弱的时期。改革开放突破了思想的禁区,极大地刺激了中国当代学术的繁荣。但与此同时,有些领域的科研也呈现出过度依赖行政、过度靠近官场的趋势,无论是学科建设还是学说思想,似乎只有取得官方的认可才能"光宗耀祖",有的学人更是喜好以某种官僚头衔来示人。"人在江湖,身不由己",在过于沾染官气的学术体制中,江湖亦将不能自由,就连彷徨在体制之外的学术"流浪者",都可能随时被"收容"。

三者,学术崇尚真理真知,犹如江湖中的行侠仗义,只有心无旁骛排除功名利禄的干扰,方能收获到真、善、美。江湖的初始秩序,很大程度上是依靠侠义精神维持的,充盈于英雄胸口的公共情怀,恰是江湖正义的中流砥柱。真正的学术也离不开公共轨道,挟私而行的学术活动势必走上功利性的歧途。然而,平心而论,现实生活中有的所谓"公知",满嘴仁义道德、捍卫公义,实则博取功名、大肆敛财,乃"挟公济私"之辈,可归为"岳不群之流"。

法学是人的学问,自当竭力探寻人的真知真理,以公平正义为归宿。但是,在市场化环境中,法学也在以一种功利性趋势下滑,院校撤并与学者游走,博士学位和重点学科的申报,获取课题和发表论文等,都可能是学术利益下的"蛋"。更有甚者,连基本的学术批判都不能容忍,对于阻挡自己学术攀升的人不惜上演起"全武行",学术斯文扫地如斯,大概都是功利化惹的祸。

学术的江湖,依然纷纷扰扰。当思想变为一种权力,学术变成一种交易,门派变为一种壁垒,那么栖身于此的江湖人何以安身立命?

第七辑

法治影视录

《战马》中的规则精神

宁静美丽的农场，男孩阿尔伯特骑上看着长大的"乔伊"自由奔跑，战争的突然降临完全打破了这份自然界的惬意。围绕着小主人翁与奔赴战场的马的情感线索，影片《战马》演绎了一个"人马情未了"的感人故事，博取了不少观众的眼泪。大导演斯皮尔伯格完全颠覆了传统战争片以人为主体的一贯路线，从马的视角来观察、解读人类战争。"乔伊"这一拟人化的名字，预示了马在影片中的主体性，这或许也体现了电影人追求的比人道主义更高层次的精神旨趣。

战争可谓人类最惨烈的冲突形式，同时它又是化解冲突的常用手段，历史上多少群族之间的利益冲突，最终都是通过武力解决的。在关于战争的文化解读中，无论其性质正义与否，战争始终会给人类造成创伤，而人类文明的演进也在不断寻求某种国际规则来限制战争，这正是现代战争法的由来。通过人道主义的国际规约，对战争所使用的武器、作战手段等进行规制，同时对战争中的受难者和平民给予必要的保护，以减少战争之恶带给地球人的痛苦。

因此，人道主义是我们面对战争或控诉战争时的价值标准。但人们或许很少思考：由利益冲突引发的战争在给人类自己带来痛苦的同时，又会给我们的"地球伙伴"——其他生灵带来什么影响？据说"一战"中光是英国就有大约 100 万至 200 万匹战马死去。我们在关注战争中人的主体意识之余，是否想过其他的动物同样也具有主体性意识？至此，我感觉《战马》较之以往斯皮尔伯格的战争影片，其突破之处不仅在于以马的视角来重新审视战争，更在于通过描述马这一区别于人的生灵代表，在被卷入人类战争之中所呈现的境遇与心理，来填补人类思考战争的思维盲点，同时也更有震撼力地动摇了以战争来化解冲突的合法性根基。

如果这样理解没有偏离电影的主旨，那么接下来最激动人心的画面便能给人更多的启示：从"德国佬"手里逃出，摆脱拉大炮的命运后，刚刚失去"战友"的"乔伊"在英德两方的战火中四处狂飙，长时间的镜头特写将战马控诉战争、追逐自由的心理意识描述得淋漓尽致。然而，在人类自我制造的种种利益"铁丝网"中，战马的努力注定逃脱不了桎梏，在"铁丝网"里越挣扎只会被越缠越紧、最终遍体鳞伤。这预示着深陷战争的人类想摆脱战争所面临的困境。那么人类能否走出依靠战争平息冲突的泥沼，找到更和平的化解冲突之道呢？电影为此有意安排了英德两军解救战马的一幕，从而将立足于马的主体性叙事，投射到人类的冲突化解上来。

原本是战场上兵戎相见的死敌，却能为了解救一匹马而搁置冲突、暂停战火，像兄弟般展开手把手的合作，整个战争格局下的这一幕宁静画面，直接表达了对拼死争斗意义的怀疑。合力解救表现了人类原本具有的合作意识，这种本能恰是我们寻求冲突和平化解之道的基础。于是在战马被解救出来之后到底归属哪一方的问题上，影片特意安排了一个孩童式的游戏：以抛硬币的方式来决定战马的归属权。在我看来，正是这个稍显俏皮的细节，完成了电影对人类冲突难题的解答：原来化解利益冲突并不那么复杂，有时只需一个再简单不过的规则，就能避免大规模的杀戮。影片至此得以升华，不仅让人无法控制住抑制已久的眼泪，也让观众发觉到规则这个隐含其中的重要价值点。

其实，在人类基于利益与生存恐慌而产生的种种纷争之中，只有规则才能将许多可能爆发的战争与武力导入平和的化解轨道。只是很多时候，我们用利益绑架了规则，或是对规则本身缺乏基本的敬畏感。一旦争斗双方认同规则、尊重规则、信赖规则，表面上无论看似多么复杂的利益冲突，都很容易得到化解。这也让我想起了电影《非诚勿扰》中范伟购买的那个"分歧解决终端机"，从原理上讲它是最公平最合理的发明，最后之所以被人弃之不用，主要是人们并未把它当回事。

闲扯至此，我觉得《战马》并非单纯的战争片，同时也是一部寓意深远的法治片，它在试图告诉我们：大自然的秩序中原本存在诸多冲突，例如人与自然的冲突，这些冲突可以通过规则得以解决；同样，人类在面对复杂利害的矛盾冲突时，也应当寻求一个双方尊重的规则，并将利益交由规则来分配。因此，人与战马所共同期求的和平与安宁、公平与正义，并不需要通过战争的暴力手段来解决，而只需要尊重自然界最简单的规则，信赖它，维护它。

杀人安人,杀之可也?

影片《鸿门宴》中,有一场范增与张良对弈的精彩戏,二人于博弈之间,将关于战争正义性的争辩展示得淋漓尽致、气势恢宏。尤其是范增的一段话,令人印象深刻。他是这样为西楚霸王项羽的战争辩护:"治乱世不能不战,杀人安人,杀之可也。攻其国,爱其民,攻之可也。以战止战,战之可也。天下有谁想战争,诸侯不服,我才以兵服诸侯,不服我就打到你服!"

这几句话来自我国著名的古代兵书《司马法》。西周时王室设大司马,职掌军事,《司马法》就是司马论兵的兵书,原本早已亡佚,但战国中期齐威王令人追记古司马的兵法,并将春秋末齐景公时期田穰苴的兵法附于其中,形成了修订的《司马法》,不乏对战争与正义话题的思辨。其《仁本》篇主要论述以仁为本的战争观。原文说:"古者,以仁为本,以义治之之谓正。正不获意则权。权出于战,不出于中人。是故杀人安人,杀之可也;攻其国,爱其民,攻之可也;以战止战,虽战可也。故仁见亲,义见说,智见恃,勇见方,信见信。内得爱焉,所以守也;外得威焉,所以战也。"

如果杀人是为了让更多的人获得安宁,如果攻占一个国家是为了爱护其国民,如果发动战争是为了制止战争,那么这样的"杀"

"攻""战"便具有正当性。《司马法》中表达的战争观,虽然并未直接触及战争的正义性,但通过对战争目的性的强调,旨在申言一种合乎仁的战争原则,即战争必须是为了"安人""爱民""止战"。

人类的文明在某种程度上起源于冲突。法律作为一种文明的基因,部分也是起源于战争,所谓"刑起于兵"。后来,随着国家的诞生,特别是现代民族国家的崛起,早期战争中孕育的规则逐渐分化为两种体系:一种是约束战争本身的规则体系,一种是约束其他冲突的规则体系。而在老祖宗那里,这两种规制不同形式冲突的规则体系,实乃具有同源的目的性根据:仁。然而,这种"仁"的战争目的如果不能转化为一种具有硬约束的战争规则,便很容易被不同的人拿来作为战争正义性的借口。范增引用此言无非是为"打到你服"辩护,美国打着"人权高于主权"的旗号四处出兵,亦是拿"爱其民"作为装饰。

战争如此,人类一般冲突的化解也是如此。例如,西方社会曾广为流传"决斗"文化,虽然私人间的生死决斗经不起现代生命权理论的审视,但如果这种决斗是为了安人,是为了从更广的意义上平息冲突,便具有一定的正当性。只是这种决斗必须经过严密规则的约束,以确保"安人"目的的实现。当国家介入人类冲突的解决并成为主导机制后,上面用来讨论战争目的性的根据,同样适合我们对国家刑罚制度的观察。

死刑向来被视为一场国家同单个公民的战争,《司马法》中"杀人安人,杀之可也",很贴切地为保留死刑的国家提供了根据。从功利的角度看,死刑首先以报应性心态满足了人们对受难者的抚慰以及对作恶者的报复,其次以威慑效应从心理上击退那些潜在的"犯罪企图",的确具有"安人"的目的。但是,如同范增托词辩护一样,死刑如果不是本着安人的目的去实施,反而只是给死刑滥用套上一个永久的目的性装饰,那么贝卡利亚在《论犯罪与刑罚》一书中所极力抨击的死刑之残酷性、非人道性和不公正性便不可避免。

其实,《司马法》中的战争观,某种程度也是一种功利主义视角,它在现代遇到的终极挑战是:谁会愿意将自己的生命交付给一个缺乏实际约束的"安人"目的呢?人们即便愿意为了共同福祉而牺牲个人的一部分自由,但绝不意味着愿意把处分自己生命的生杀予夺大权交出去。实际上,生命是一种特殊的权利,作为缔约者的个人往往也无权交出处置自己生命的权利。既然如此,国家刑罚权中的死刑权自然成为无源之水,诸如美国式的"攻其国,爱其民"也就成了无本之木。

约束战争也罢,化解一般的社会冲突也罢,"杀"与"战"都是一种迫不得已的选择,即便目的性的"仁"为其提供了功利主义的正当性基础,但实际操作中却向来缺乏实现"仁"的手段性规制。如同贝卡利亚所观察到的:"滥施极刑从来没有使人改恶从善。这促使我去研究,在一个组织优良的管理体制中,死刑是否真的有益和公正。人们可以凭借怎样的权利来杀死自己的同类呢?"(贝卡利亚,《论犯罪与刑罚》)立足于此,谁又能确保"仁"的正当性目的不会被各种人所利用?

技术为下，尊严为上

4分半钟能干什么？这样的时长对电影人来说几乎是个极限。然而，当我在这个影讯斑斓的暑期，偶尔看到短片《2032：我们期望的未来》（下称《2032》）时，之前头脑中所有关乎电影的想象被彻底颠覆。"20年后，我希望——"周迅在空白背景中淡淡地开场后，32张中国面孔原生态地道出了各自20年后的愿望。

"没有飞车追逐，没有特效加工，没有功夫表演，但我仍然心潮澎湃。"联合国秘书长潘基文如此评价这部时长4分半钟、总投资30万元人民币的影片。与拥有华丽的制作、精美的包装、眩晕的特技的电影相比，《2032》甚至称不上是真正的电影；但它却以另一种抵达人心的朴实，感动着每一位观众。即便是镜头前腼腆羞涩甚至不知所措的面庞，也能带给我们以个体的尊严与感悟。

这让我想到前不久在"西安亚洲民间影像年度展"上观看的几部"9分钟"短片。虽然时长的限制让这些导演们很难完整地展开故事叙事，但其截取的不同社会断面、不同普通人物的生命场景，同样因为电影人的匠心独运而令人感动。曾几何时，一旦提起中国的电影，国人大多会对技术的落后怨声载道。与《阿凡达》《变形金刚》等超强的3D技术相比，国产电影无疑处于极大劣势。但是，看过那些奥斯卡获奖影片之后，你会发现真正能够留在脑海中的，并不是这些所谓的大片，而是《阿甘正传》《辛德勒的名单》《人鬼情未了》等一类的电影。没有3D技术和特技的包装，没有气势恢宏的大场面，不动声色之间，却能带来铅华洗尽的心灵震撼。当国产电影步入技术迷途，憋足的技术赶超不仅"画虎成犬"，也抽掉了本土的精神内蕴。

影视艺术的主旨应当是尊严，如果缺乏对尊严的解读，再绚美的技术恐怕也拍不出打动人心的影片。因此，《2032》的导演特意让那些真实的"演员们"到摄影师肖全的镜头前拍照片。被拍摄者的脸上没有阴影，光线柔和，线条却硬朗。"灯光上我要的是'正大光明'，能很好地勾勒出面部细节的质感，让民工很民工，大学生很飞扬。"（孙风华，《"让普通人说"——公益短片〈2032〉的成功之道》）如此"用明星的规格对待老百姓"，为的就是"给他们一种'尊严感'"。而这种尊严感，也成就了艺术的真谛。

这样的文化意境让人很容易联想到法治与尊严的话题。在人类构建理想的人生图景时，法治之所以成为其中的最佳选项，不是因为共同体的维系离不开规则，也不是源于丛林之中人与人之间是野兽的假定；而是因为法治描绘着人有尊严的生活图景，表达着人有尊严的精神诉求，捍卫着人有尊严的人格权利。它犹如母体中的胎盘，让生活其中的人不仅感到物质充裕，更能享受到充满归属感的精神舒适。

在实现对人的尊严保障中，法治也离不开必要的技术，如同表达尊严的电影需要技术一样。但技术只是塑造法治的形式体系，并不能表达法治的实质追求。现代法治的概念，向来是与"正义的基本原则、道德原则、公平和合理诉讼程序的观念"等密切相连的，"它含有对个人的至高无上的价值观念和尊严的尊重"。在市场经济的催生下,中国法治的走向越来越精细化,技术层面吸收引进了大量的国外经验。这种技术的引进深刻地改变了中国法治的传统,让其快速迈步入法治现代化的轨道。但与此同时,中国法治也在对美妙绝伦技术的崇拜下,逐渐忽视了对法治精神内核的铸造,对人价值尊严的重构,就如同国产电影一样。

诸如立法领域,有时过于关注利益分配的技术化处理,关注博弈机制的技术化打磨,各种干扰因素都进入立法者的技术操作之中,致使有的立法精神主旨不清,甚至偏离了立法本初的目的。立法的本质乃是分配正义。1959年国际法学家会议通过的《德里宣言》提出了三条法治原则,其中第一条就是:"根据法治原则,立法机关的职能就在于创设和维护得以使每个人保持人类尊严的各种条件。"改革开放以来的立法实践中,立法机关、政府部门、专家学者等,都学会了一套如何表达规范的知识、经验、规则、方法和技巧,这让法律规范的表达形式日臻完善;但立法的技术也可能会屏蔽正义的追求,让人的尊严在立法过程中让位于可操作性的技术处理。

又比如司法领域,法官有时会更关注案件的技术化审理,关注司法是否符合形势政策的方向,关注如何让当事人都尽量满意。庞杂的技术考量可能会让司法在矫正正义时偏离本真。在刑事案件中,国家追诉机关也可能更关心对有罪的技术侦破,而无罪推定、疑罪从无等保障尊严的原则均让位于对技术的迷信。量刑也日益精密化,甚至发明出计算机量刑软件,技术的专业化程度堪称精湛,让法官成为非人格化的"判决书输出机"。这样固然能够有效防止自由裁量权的滥用,但同时也可能牺牲掉能动的法官在司法过程中对于尊严的价值追求。

还比如法律教育领域,在司法考试指挥棒的指引下,法学院的学生更关心法条式的技术能力,而缺乏基本的人文精神。法学本是公正善良之艺术，但法学院培养出的却多是眼中只看得见法条的法匠，而不是对正义、尊严的追求者。法律正在成为一些人的谋生手段，律师的辩护技巧日益精湛，而一些人的职业道德和对公平正义的信守却在锐减。

回到《2032》，影片和照片都是黑白的。所有的色彩都没了，观众就只会留意人，只会留意人的眼睛，从颜色的起始到结束，纯净、有力、平等。在走向法治崛起的过程中，我们或许也要像检讨电影迷途一样，对技术的作用作出审慎的判断与反思。任何时候，技术都无法取代尊严，如果法治的构建过度依赖技术，就可能忽视人的作用，这是现代法治维护人类普遍尊严所要避免的。

"我尽量不玩花的，就一盏灯照过去，好像他们推开窗户照到阳光一样。"（图片摄影师肖金的话，见《南方周末》2012.07.27）就对法治的期待而言，这种拍摄手法何尝不是一种宝贵的建构思路呢？

法海的执法困惑与自然法旨意

与电影《青蛇》相比，同题材影片《白蛇传说》虽然对白蛇与青蛇的刻画有些过于妖媚，但对法海的塑造却有很大的突破，李连杰扮演的法海一身正气、挺拔伟岸，一派执法宗师的形象深得观众的认可。

电影是时代的留声机。在传统爱情题材的艺术挖掘中，导演不得不考虑如何提取那些能够折射时代交锋的亮点。当下日益浓厚的法治气息，自然会感染到电影人，让他们在影片中就法治话题作出另一番表达。因而，无论是《青蛇》还是《白蛇传说》，电影人不约而同地看中了法海这一角色，着力凸显法海内心的执法困惑。在《青蛇》中，法海将二百年道行的老蜘蛛精压在五角亭下，但当他看到蜘蛛精的那串佛珠时却动摇了：或许真是自己弄错了？在《白蛇传说》中，正气凛然的法海也发出了类似的自问。

一开始，法海就是以执法者身份出现的，执掌降妖除魔的权杖，捍卫人妖分殊的边界秩序。天地间自有法则，妖不得擅入人间，如同许多神话故事中神仙不得擅入人间一样，正是建立在三界恪守各自疆界的法则上，天下才能秩序井然，仙、妖与人才能各安其所。妖入人间，必然会打破人间生活的安宁，不管它是有心还是无意，其本身已构成对合法秩序的破坏，因而需要猎妖师替天执法。法海正是这样一位以执法为终身追求的人，收妖是他的天职，他必须完成这项使命，维护法理的尊严。

从社会治理的角度看，这种执法如铁、冷酷无情的法海形象，合乎我们对维护公共秩序执法者的想象，电影人对法海形象的塑造，或许也暗喻着某种社会期待。即便是在今天，执法从严都是法治构建中的高贵品质，透过法海对白蛇穷追不舍的执着精神，我们不难感受到法贵必行的优良价值。如果允许良性违法，在人情宽宥下放违法者一马，那么执法的自由裁量将变得不可捉摸，这对法治权威的消减将是难以估量的。

但《白蛇传说》较之《青蛇》的高妙之处，在于围绕"法海的执法困惑，演绎法治时代中情与法的冲突如何化解"这一主题，最终设置了一个让执法者心安、让旁观者动情的方案。这一诉诸更高理性的方案，最精彩的一幕体现在结尾部分：在白蛇与许仙离别前，法海领悟了佛的最高旨意，让塔中的白蛇出来与许仙见最后一面。于法律人看来，这一感人的场景绝非止于爱情的渲染，更化解了贯穿影片的法海内心的执法困惑。法海在严格执法的体系内关照到情感，且这种关照并非源自执法者个人的法外开恩，而是诉诸更高理性的佛的旨意，这使得纠结在法海内心的情与法的冲突得到了圆满的解决。

电影艺术化的处理，让人很容易联想到现实世界的情法冲突。犹如法海所说："我一生护法，为的就是天道人伦，为什么会招来这场灾难呢，是不是我太执着了？"这种境遇其实是每一个执法者都可能遇到的，当我们面对执法如何近乎人情的困境时，该如何化解呢？如何实现法律理性与人的情感诉求的高度统一？在宽泛的法治建构意义上，"一断于法"的价值显然更为重要，甚至不惜牺牲实质的个别正义而强调"恶法亦法";但就个案的处理而言,执法总是难以绕开人情、人性的羁绊而追求单纯的法律效果。面对诸多情与法的困境,执法者不应是冷冰冰的执法机器,而应在坚守底线的同时,寻求一些其他的化解方案。

由此我想到了自然法。

萌发于古希腊哲学自然状态中固有的正义法则,自然法聚合了人类对人间秩序的无限想象。在《荷马史诗》中,正义女神"狄凯"和惩罚女神"忒弥斯"分别作为正义和惯例法的象征,表现了自然正义和习惯法之间的主从关系,正义作为神人共守的秩序,是习惯法的基础。这种取法自然的思想,经过后世哲人的不断推演,最终形成一套"法上之法"的理论体系,自然法成了宇宙秩序中一切世俗法的终极性原则。

人类是自然界的一部分,自然界的秩序也应是人类的最高法则。自然法与世俗法的最大区别,在于其高度的抽象性、普遍性和永恒性,像影片中佛的旨意,就是指导世俗法的最高理性,是化解世俗法与人情伦理冲突的最高准则。优秀的执法者通过长期专业训练形成的"拟制理性",努力发现自然规则,不断修正世俗法的偏差,回复自然的本原秩序。正是在这个意义上,我们才说自然法是"法上之法",当出现法无明文规定或情法冲突时,需要根据自然法的指引,兼顾法律、天理、人情,体现自然界中的公平、正义、理性精神。

如果用自然法原理分析,白蛇擅入人间违背的是实在法规范,但其追求真爱的行为本身又符合自然法,正是这种发乎人性的正义属性,让白蛇赢得了民间的广泛认可;相反,执法者法海却一度被当作封建势力的顽固分子,被贬为"癞蛤蟆精"不说,最后还要躲进螃蟹壳里"永世不得翻身"。欣慰的是,经过当代电影人的艺术解构，传统意识形态中的法海终于能够逃出螃蟹壳，以一个多样化的执法者形象回应社会的诉求。

当我们重新演绎法海的角色时，发现从文学典故到《青蛇》再到《白蛇传说》，法海至少经历了三重身份转变：由最初的封建顽固者到严格执法者，再到法与情统一的法治捍卫者。这或许也是法治发展过程中人们对执法者角色转变的期待。从与心爱的徒儿变成妖后分道扬镳，到最后与妖徒同行，这一变化也隐喻着曾纠结于情法冲突的法海，某种程度上已走出了困惑。问题是，现实世界中的执法者，是否能够走出这样的困惑呢？

改革容不下修仙的"孙区长"

生活中有这样一种现象：虽然谈论的都是些老生常谈的话题，但在公共平台上大家依然乐此不疲地互诉衷肠。观看《人民的名义》，我就有这样的感受。无论什么样的尺度，其实都没有超出现实个案，但人们依然热议不断，很大程度上在于影视艺术对现实作出了契合大众心理的描述。从官场到高校乃至小学，剧中几乎对现实中各个领域存在的问题都有所反映，无论什么样的观众都能从中找到"互诉衷肠"的素材与机会，此剧怎能不火！

从独断敢闯的李达康到首鼠两端的高育良，从正义凛然的反贪局长到不择手段上位的公安厅长，剧中脸谱化的人物背后，其实是对现实官员的类型化建构。于法治的视野下，每个人物所代表的那一类官员都值得拿出来分析，但更让我感兴趣的是个小人物。不贪不腐，不想升官也不想干事，剧中塑造的孙连城这个角色，我以为于改革的语境中更有镜鉴意义。改革当前，利益矛盾错综复杂，需要啃的"硬骨头"何其多。就一市而言，作为"一把手"的市委书记再有改革魄力，也招架不住底下孙连城之类干部的敷衍推诿；就一国而言，顶层的改革设计再好，也离不开一大批廉政勤政官员的尽心尽责。无论是推进改革还是践行法治，不敢担当、不愿作为的官员都是无形的"肠梗阻"。

值得警惕的是，一些官员缺乏利益驱动，看到升迁无望便在原位得过且过，"做一天和尚撞一天钟"。像孙区长那样在家消遣自己的小爱好，修仙的生活好不"惬意"。高层破釜沉舟的改革力道，传至一些地方、一些部门，便可能被不同程度的消解。部门官员对待上级指示和改革决策，或是充当"复读机"，或是装聋作哑，或是投机取巧。孙连城在李达康视察区信访办之后，在改建信访窗口这件小事情上，几乎将上面几招都用绝了：先是以李书记没有明说为由不管不问；在李达康明确提出按银行窗口标准改建后，孙区长便在信访群众面前一字不落地复述指示，竟然还赢得了掌声；最后想按照出4把小竹椅外加10颗糖的标准，来敷衍兑现上面的要求。这样的桥段，谁说不是现实的真实写照？

修仙的"孙区长"不贪不腐，到底错在哪里了呢？所谓在其位谋其政，官员吃人民的饭，却不为人民干实事；站行政领导的岗，却不认真履行自己的职责，这种修仙的官员人民要他何用？更可怕的是，这种不作为的修仙态度，往往成为消解改革乃至抵触改革的"绊脚石"，让良好的改革决策落不了地，兑现不成老百姓手中的红利。

反腐高压之下，改革攻坚之时，如何督促和纠治孙区长身上的瘠症？恪尽职守，勤于政事，一直以来都是我们衡量官员的重要标准。但是，这种标准更多时候藏纳于百姓的口碑里，或出现在官员的举荐之中，很少或很难成为法律制度的"硬杠杠"。一个岗位上的干部，工作到了什么程度才算是勤政？干部考核提拔程序中，达到什么样的勤政标准才能提拔？实际上，在最核心、最关键的勤政要求上，干部选拔任用的标准有些失之于宽松软。就像《人民的名义》中的易学习，其能否被提拔重用，更多时候不是取决于制度标准,而是取决于某种"运气"。

说到底,勤政不是一个官员的道德职业要求,而是履职尽责的法律要求。由此,勤政应当进入法治视野,成为行政法治建设的重要目的。现代行政法治之起步,更侧重于权利与权力的抗衡,而缺乏对权力内部的现代化治理。以往,我们强调更多的是行政法治对于外部法律关系的目的——保障相对人权利,限制和监督行政主体及官员的权力。实际上,健全的行政法治还有另一重目的,即在行政官僚体系内部塑造勤政的体制环境,让想干事者能干事,能干事者干成事,干成事者获升迁。

与实现权力的廉洁运行相比,实现权力的有效运行有时更为不易。因为贪腐往往是看得见的,而不作为、懒政庸政则常常难被察觉,甚至连李达康这样的上级都有些无可奈何。可见,行政法治建设必须深入官僚体制内部,客观分析官员的利益驱动,尽可能从法规制度上建立健全勤政的评价标准。其基本要义有三:首先是从制度上消除"不干事没风险、干得越多风险越大"的思想;其次是健全激励官员勤政的法律机制,以正面的硬标准确保老实人、能干者不吃亏;最后是完善懒政和不作为的惩处机制,让不干事者及时"下马"。

中国的改革与法治,双重逻辑转轨正处于交织推进的关键阶段,尤其需要一支既干净又干事的官僚队伍。行政法治不是要确立官民之间的对立性,相反,对公权力的监督和制约,最终是为了让官员们能够"想百姓所想、急百姓所急",在廉政的基础上实现勤政目的。因此,实现从懒政到勤政,行政法治尤其需要向内聚焦,培厚官员优胜劣汰的制度土壤。

厨艺与审判的技艺

《舌尖上的中国》刺激了不少中国人的味蕾,也让古老的中华厨艺有了一次集中式的展示。在烹饪的技艺中,我们以虔诚之心感谢大自然的馈赠,也感悟着食物变化的神奇,那份凝结在经验之中的节制、谦和之美,正是中华厨艺的至高境界。

打动人的美食究竟如何烹制?面对如今琳琅满目、图文并茂的菜谱图书,很多人陷入了迷思,为何格式化的做菜技术推陈出新,但让人感动的菜肴却日渐消失了呢?儿时记忆中外婆的老碗菜,扑面而来的香气总是能勾起心底无限的渴望。长大后我们或许才明白,那其实是外婆一辈子的心血。是的,能够刺激食客味蕾的佳肴,向来不是依照菜谱就能做得出来的。从电影《食神》、《满汉全席》到韩剧《大长今》,出神入化的厨艺,无不是经过用心烹饪而成,无论是食材的选取、搭配和切割,还是火候的拿捏、判断与把握,以及各种调味品的撒放时机与分寸等,任何一个环节的丝毫偏差,都会影响菜的口味。

菜谱只能教给我们一道菜的基本做法与流程,真正好的厨师是靠自己的悟性,从长期的实践中悟出每道菜的真谛,用心烹制。这种职业特性让我联想到法官的审判工作。法学院设计的教材与课程如同菜谱，只能提供给法官基本的审判知识与司法流程，而个中技艺的提升，则有赖于司法实践的磨炼与领悟。如果掌握一定的法律知识就能够审判，那么很难解释为什么诸多从法学院走出来的毕业生并不被法院所看好，为什么一些品学兼优的法学学子在面对复杂现实案件时往往手足无措。从法学院到法院，一步之遥、一字之差其实横亘着巨大的社会阅历鸿沟。缺乏实践的锻炼，不掌握司法经验的"地方性知识"，没有一种追求公平正义的良心，即使一个优秀的法学博士也未必能够成为合格的法官。

从格式化的菜谱到精湛的厨艺，中间存在着知识向能力转化的"实践理性"。优秀的厨师烧同样的菜其味道总是不差毫厘，而初学者往往是靠运气。严格来说，食谱上的知识只是"技术理性"的运用，如红烧带鱼会使用到什么原料，一个人只要识字就可以掌握。但天底下识字者颇多，掌握这门技术理性的人却并不一定能够烧出一道美味的带鱼，原因何在？恰如有论者所言，厨艺本质上更带有实践属性，如何将原材料制作成红烧带鱼，除了要掌握基本的技术理性之外，更要具备丰富的实践理性。此种理性的掌握，需要通过实践不断地总结，如不同气候、水土环境下有不同的火候、佐料要求，不同大小、季节的带鱼要进行不同的取料等，只有在不同的地方、针对不同的食客、运用不同的食材反复烹调，才能悟出每道菜制作过程中藏纳于那些细小环节里的"适度感"。

法官审判案件也是同样的道理。要想成为一名优秀的法官，首先需要一定量的法律知识，懂得案件审理的流程与基本方法，熟悉司法判断的逻辑，但仅此显然不够。高等学府毕业的你，或许可以游刃有余地从法理上论述司法判决的逻辑，但是面对鲜活而具体的矛盾纠纷，却难以寻找到司法判断中那个最佳的点，让普适性的法律知识与常青的生活之树实现规范之约。以一个厨师的培养经验观察,法律职业者更需要经受长期司法实践的历练,专业知识的背景只是一层薄薄的铺垫。因为只有在具有丰富的法律实践与办案经验之后,才能在庭审中透过双方的证据展示和词语交锋,从微妙之中去发现真实、明辨真伪;才能以接地气的态度对待各种权利之争,通过审判活动让格式化的法律文本走进我们的世俗生活。到那时,你或许才能真正明白,为什么白发苍苍的美国大法官霍姆斯会在耄耋之年发出感叹:"法律的生命不在于逻辑,而在于经验。"

精妙的厨艺源于实践,高超的审判技艺也源于实践。经过数十年法学院的批量化生产,我国针对法律实务工作的各种"菜谱"可谓汗牛充栋,掌握法律技术理性的人也不断增多,但是整个司法系统相对于民众的诉求而言依然资源不足,许多高学位的司法人才面对复杂的社会纠纷依然束手无策。相反,那些被横亘在司法资格门槛之外的老法官、土法官们,在处理一些地方性诉讼事务时则显得更加得心应手。可见,审判需要精通法律专业知识的技术理性,甚至垄断这种知识的解释能力;同时更需要建立在对社会望闻问切的"实践理性"基础上,用良心砥砺知识,这样才能作出既符合法律标准又能够为社会所接受的优良判决,发挥司法对社会的建构作用。

韩剧里的司法智慧

能够把枯燥的家长里短叙说得趣味盎然，能够将格式化的爱情故事演绎得摄人心魂，大概非韩剧莫属了。选材寻常不过，人物亦多平凡，纠缠其间的爱情与仇恨也难免落入俗套，但韩剧却能将韩国的文化带到全世界，其奥秘就在于善讲故事。这是一种文化传播的智慧，也是一种文化自信的体现。韩剧的成功与风靡，其实对转型时期的司法有颇多启发，不妨勾连一二。

韩剧选材普通，容易拉近与观众的距离，产生文化意义上的共鸣。虽不乏诸多离奇因素和浪漫气息，但韩剧题材的一个重要特点，就是多描写普通人的普通故事，动辄几十集甚至上百集，唠唠叨叨演个没完，看似在这个浮躁、速读的时代难有市场，却正因为普通，拉近了电视剧与观众的距离，让人产生亲切感，寻求一种生活情感的认同与体验。充满着生活气息，这是韩剧成功的一个重要奥秘。同理，法律本是规制普通人生活和交往的规范，司法作为定分止争的活动，也应当接近生活。实践中，法律人往往更愿意关注那些典型案件，尤其是"百年一遇"的稀奇古怪案件，一些法官也喜欢把精力放在特殊案件上，反倒容易对老百姓的寻常纠纷草草了事。倘若能认真对待每一桩寻常生活中发生的纠纷，在程序上、证据上、裁判说理上都精益求精，那么这种普通而寻常的个案，或可成为司法走进生活、赢得公信的重要通道。

韩剧故事连贯，将价值观藏纳于绵长的情节之中，容易产生润物细无声的效果。韩剧的故事不在于场面恢宏，而在于过程的绵密连贯，一环扣一环，合乎逻辑地演绎下去。没耐性的人是看不下去的，但一旦看下去就难以割舍、欲罢不能。故事多是老掉牙的灰姑娘之类的，但是由于讲述者对于节奏的准确把握，对于情节设置的精细化追求，对于传统文化和价值观的妥帖植入，故事依然令人痴迷不已。我看韩剧，最佩服的就是现代化生活剧中对于传统文化的守护，一点一滴都令人感动。这种对传统的捍卫，对价值的固守，显得如此认真，沁人心脾。同理，司法过程也是一个绵长的过程，法律的适用本身就是一种逻辑推演。倘若司法程序不连贯，司法裁判的形成过程有瑕疵，那么司法的公正形象便很难塑造。更重要的是，现代司法还是一个普及法治观念、塑造法治价值、传播法治理念的过程，这一点与韩剧的价值观植入理当异曲同工。

韩剧画面纯净，偶像化的"养眼"路线，容易让人从中获得真善美的体验。韩剧画面很唯美，路线很偶像，迎合了现代都市人在这个滥情的时代寻找真爱的心理。尤其是那些灰姑娘或者穷小子的幸运故事，虽然有时显得过于完美，有时又显得过于悲剧，但总是能够将人性中的真善美勾勒出来，传递给年轻人一种积极向上的力量。纯净还体现在对商业气息的回避，与一些充满铜臭味、近乎赤裸裸植入广告的影视剧相比，韩剧有时连汽车的商标都遮盖住。其实，韩国影视业的商业竞争异常激烈，但展现给观众的总是积极正面的。同理，司法也需要纯净化的外表与仪式，对公开透明的强调，对法庭席位的设置，对司法文书的要求，乃至对审判法官着装仪表的规范，都是为了传递一种追求公正的价值目的。公正往往藏在细节里，洁净的司法乃是廉洁司法、公正司法的应有之意。

辩论是法治的重要品质

阳春三月，万物复苏，自然界沉寂了一个冬天的各种声音陆续醒来，汇聚成最美妙的音符，让世界充满生机与活力。声音对于人类而言意义非凡，人的本质是作为言说者而存在的，"唯语言才使存在者作为存在者进入敞开领域之中"（海德格尔，《林中路》）。奥斯卡获奖影片《国王的演讲》，让我们从存在语言障碍的国王的发声练习中，感悟到声音的价值：人因表达而高贵。

在人类寻求表达的秩序里，辩论成为最具艺术性的语言形式，它让不同的声音得到理性而富有激情的释放，将人类天生的嫉妒、争斗导入"动口不动手"的君子之道。正因为如此，辩论被视为民主政治的首要气质，构成了自由社会确立的重要机制。阿伦特在论及古代雅典城邦时指出："以政治方式行事、生活在城邦里，这意味着一切事情都必须通过言辞和劝说，而不是通过强力和暴力来决定。"（汉娜·阿伦特，《公共领域和私人领域》）

通过辩论来解决社会冲突，避免暴力和非理性因素对人类文明的威胁，并在复杂利益纷争中建构新的社会秩序，这是迄今为止许多思想家所追求的目标。从古希腊苏格拉底的辩证法，到当代德国思想家哈贝马斯的商谈政治学，辩论的确带来了人类知识的积累与增长，让崇尚丛林法则的野蛮人变得文明。一位美国著名的律师说："当别人说服我改变某个观念时，往往是唤醒我曾经获得但遗忘了的知识，这是一种类似顿悟的经验。通过辩论发觉自己的这种知识，进而可能发现关于全人类的某种共同点，这就是辩论的神奇之处。"（盖瑞·史宾塞，《最佳辩护》）某种程度上，共同体也如同具体的人，能否发动持有不同观点的人进行理性辩论，成为区分现代社会是否存在真正意义上的政治生活的重要尺度。

当人类共同体的秩序维系与福祉增进重任落到法治的肩上时，辩论对于法治的价值就日渐凸显，它甚至构成了现代法治生活里重要的品质之一。无论是作为一种政治生活的安排方式，还是作为公民普遍意义上的生活方式，法治都必须面临各种利益的冲突与选择。从自由到安全，从私权到公权，法治必须为共同体生活提供一种利益均衡机制，而这种机制的核心装置离不开有效的辩论。

法治首先立足于不同的人有不同的利益，在公开辩论的基础上去公平分配正义，这便形成了立法中的博弈。现代代议制的精髓，就在于人民通过自己的代表去发声，在庄严的场合展开利益的辩论。"争执的背后往往隐藏着被倾听的欲望。"对于任何一项公共政策的制定，有效辩论才能让我们倾听到另一种声音，一种站在其他视角观察的不同声音，一种"真理有时不掌握在多数人手里"的反对声音。无论是关乎国家大政方针的宏观立法，还是关于医疗保障、个税调整、商品价格等百姓切身利益的具体制度调试，只有通过充分的辩论才能逐层剔除掉包裹其上的种种利益笋衣，还原出问题的本质，成为公共决策的元参考。就如同亚里士多德谈到的，最好的笛子应该分给最优秀的吹笛手，因为那就是笛子存在的目的。

辩论还能让代表人民的人避免出现怠职。就公共政策的制定而言，有效的辩论以充足的功课为基础，如果代表们不提前做好调查分析，缺乏严密的逻辑论证和翔实的现实素材，那么辩论将会让肤浅的思想出丑，也让选民发现其不称职。倒逼之下展开的思想交锋，才能为决策者提供有价值的意见。通过这种辩论，为民众提供更多的价值选项，最终形成有利于社会进步和个人自由的法律制度。

法治的重心在于法律的实施，而无论是执法还是司法，都必须设置必要且充分的辩论机制。任何执法者在作出不利于他人的决定前，应当听取他人的意见，其中主要是辩解意见；司法程序中更应重视辩论环节，法官欲发现真实、化解法律适用的争议，只有通过法庭上控辩双方的唇枪舌剑，才能去伪存真使真相水落石出。尤其是在利益的均衡上，有效的辩论是通往妥协的理性平台，因为"辩论制胜是要得到你所需要的，但通常应有前提，即必须同时协助对方得到他所需要的"（盖瑞·史宾塞，《最佳辩护》）。

追溯古老的人类文明，民主即是兴盛于公民的自由辩论，遗憾的是我们疏于练习。民众并非通过被动学习宪法而熟悉宪法，而是通过对围绕宪法长久不息的辩论的关注，理解宪法条文背后所蕴含的精神价值。辩论所能释放出的民主参政、构建法治的公民热情，当不可小觑。在这百声竞发的春天里，宽容辩论，鼓励辩论，当成为一种常识。

枪与琴的秩序联想

时隔将近 15 年之久,卡梅隆的《泰坦尼克号》再度袭来,重复着往昔"一票难求"的盛景,一部用 3D 技术重新包装的旧片,在影视文化如此多样性的消费市场上,竟能取得这般骄人的票房成绩,真是羡煞旁人。

追赶着这股潮流,我再一次走进影院。不知是不是年龄的增长消磨了容易激动的心,这次看后并没有期待的那份感动,反而更多的是一种职业思维的思索。记得前一次看是刚迈入大学接触法律的时候,那时和千万个懵懂青年一样,对影片刻画的爱情之贵、人性之美感动无比;而此时此刻,专业裹挟下的我,却从影片中的一些镜头中解读出别样的感受来。

让我心绪停留的第一个镜头,是船员威尔开枪自杀。当泰坦尼克号沉没时,为了稳定混乱不堪的秩序,威尔开枪打死了两名乘客,因为自己良心上的愧疚,敬礼后毅然选择了自杀。其场面虽短,表达的信息却十分丰富。从危机处置理论分析,当船下沉的时候,乘客便会陷入一种极度恐慌之中,进而导致秩序的瞬间混乱。作为秩序的维护者,船员必须按照船长的指令迅速稳定秩序,从而为施救赢取更多的时间;同时在救生艇不够的情况下,也需要在维护秩序的前提下，确保救助妇女儿童这一体现人类基本价值观的决策得到有效实现。正是在此种危机情境下，枪成为一个特殊的"道具"：它本身是一种暴力，一种能够直接剥夺人的生命权的暴力；但它同时意味着责任，与实现较大秩序价值的利益紧密相连，开枪成为应对危机秩序的不得已选择。

与开枪场面形成鲜明对比的另一个镜头，则是几个拉琴手临时组建的"视死如归"的乐队，在大船行将沉没之际演奏了一曲曲乐曲。在电影人的表达中，琴无疑代表着与枪完全不同的文化意义：随着提琴流淌出的优雅音符，乐曲不再是回荡在音乐大厅里的"靡靡之音"，而是蕴藏了稳定人心、舒缓紧张心情和气氛的秩序价值的精神力量。尤其是当船身倾斜一曲终毕的时候，一位提琴手在告别后又拨动琴弦，此时影片从演奏晚会音乐转变成圣诗的处理美妙绝伦，当观众于嘈杂的逃生声中听到天韵的升起，看到几个刚刚告别过的提琴手也转过身来加入最后一首的演奏之中，一种心灵的震撼无以言表。

上述电影镜头蒙太奇般的回闪在脑海中，让我思索着人们面对危机时该如何寻求安定的秩序。在危机时刻，枪往往是一种"合法的暴力"，稳定秩序的现实需求冲淡了人们对于自私目的下的人权的珍惜；但枪也始终面临着道德上无法化解的非正义，合法的枪并不意味着能够合乎道德的剥夺他人的生命权，所以开枪者自杀的结果，乃是实现对暴力运用道德正义的救赎。当一种外在力量以牺牲个体来达到对其他人的震慑时，其注定只是一种强迫服从的正义，而非道德自觉基础上的正义。

相反，琴声是透过人的心灵来实现情绪的平稳，从而达到人的外在行为的理性约束，实现社会秩序的稳定和谐。遗憾的是，在应对危机时，琴声往往陷入徒劳无功的困境，那些陷入逃生混乱之中的人，根本没有闲情雅致去听他们的琴声。这是一种让人纠结的结果，但并不意味着其完全无助于危机秩序的构建。相反，如果是一个深受文化熏陶的贵族，他会在危机时刻如同影片中的爵士一样，穿上最华丽的晚礼服："我要死得体面，像一个绅士。"那种面对危机与死亡的态度，传递出一种真正的贵族风范。据说泰坦尼克号上的英国人很多，但得救率很低，有的贵族把妻子送上救生船后自己就回到甲板，这样的公民气质或许是与平时的文化熏陶分不开的。

对社会治理来说，枪和提琴代表着两种截然不同的路径。我们看重枪的即时性威力，追求对社会秩序治理的立竿见影之效。但也要明白，这样的暴力迷恋最终难以化解自身的道德危机，也容易让公众陷入以暴制暴的恶习。我们之所以需要琴，是因为只有注重平时的文化教养，才能培育出深厚的公民素质和理性的公民人格，使公民在面对危机情境时能够有序坦然应对。

总之，在人类寻求安定平和的共同体生活秩序中，枪是一种硬暴力，是一种不得已的最后手段；而琴是一种软文化，它能抵达人心最柔软的地方，唤起深陷危机旋涡中的理性与人性。

城市精神的法治底蕴

上下班途中,一块巨幅广告牌上打着"一座城市,一种精神"的标语,向路人展示着在这座日新月异的城市背后,还应该有一种精神让生活在其中的人,能够找到心灵的归属。

一座城市需要一种精神,摩登大楼只是城市的形骸,它在提供人们舒适生活所需的物质条件之外,还须聚起一座城市独具特色的精神品格和价值理念,凝聚和团结全体公民的共同信念和追求。然而,一座城市的精神究竟是什么?近期火热上映的香港影片《寒战》,对此作出了一番精妙的演绎。

《寒战》以社会危机下的警察权反应为描述对象,围绕着香港政府部门之间的权力制衡展开,通过叙述警察机关、廉政公署、安保部门的人物故事及其内部斗争,不遗余力地彰显出法治社会中权力制约、司法公正及权利平衡等理念。从梁家辉扮演的副处长因独断专行而被女下属指为人治,到郭富城扮演的另一副处长通过正当程序夺取权柄反成廉政公署怀疑的对象,在故事的层层推进中,观众看到了香港行政部门的内部运作机制和彼此间的监督关系,感受到一整套维护法治的精密制度及程序的高密度运行,更体验到法治之所以让香港成为"最安全城市"的理由。

有人说《寒战》是《无间道》以来最好的香港警匪片，也有人说《寒战》是十年来节奏最快的香港警匪片。但是很显然，《寒战》在内地的卖座，很大程度上与其对香港法治精神的宣传相关。雨骤风狂的叙事固然能给人以观赏的快感，但兵贼对决的素材不再作为满足人们感官刺激的情节，而退居作为借以描绘香港法治精神的载体。故事退居幕后，精神走上前台，影片的用意再明白不过，及至刘德华扮演的保安局长振聋发聩的宣讲，也显得水到渠成。"香港能成为国际金融中心和亚洲最安全的城市，法治是我们的核心价值观。"正是这种法治精神的传递，让内地观众大呼过瘾。

在中国的版图上，香港一直被视为一座具有法治精神的城市。在那里，法治所强调的平等、公正、人权等理念，与城市精神所包涵的人本、诚信、秩序等内涵是一致的，法治精神构筑了现代城市精神的重要基石。影片折射出的现实，对今天的香港应当极具启发，对内地城市精神提炼也具有借鉴意义。

每座城市都有自己独特的文化传统、地域特色和城市民风，不同的地域环境和历史传统必然会孕育出不同的城市精神，它以高度凝练和简明的形式，集中了一座城市自然资源和人文创造之精华，反映了区别于其他城市的独特气质和内涵。经过四十多年来翻天覆地的变化，不少城市都开始培育、塑造自己的城市精神，或从悠久的文化传统中挖掘，或从伟大的改革实践中凝聚，或从走向世界的开放历程中提炼，绿色、人文、包容等频繁见诸于城市建设规划的方案中。其实，无论是什么样的城市精神，法治都是其中不可或缺的选项。

对一座现代化都市而言，法治构成了城市精神的底色。钢筋水泥勾勒出城市成长的外表，纵横交错的规则体系构成了城市运转的脉络，而法治精神所蕴含的人本关怀才是现代城市的心灵归属。因为法治不仅契合了公民作为城市主人的理念，满足了公民参与公共治理的理想，法治更是建设幸福城市、美丽家园的途径，是推动城市科学发展的生活方式。可以说，一座充满灵性的城市，就是蕴含法治精神的生活共同体。

当然，用法治精神塑造城市的灵魂，并非只是强调法治冰冷的一面，也并非否定人的主观作用。实际上，《寒战》中也并没有抹杀个体在法治社会中的影响力。梁家辉扮演的副处长在廉政公署"喝咖啡"时，对年轻调查员大谈自己的人生哲学："先学会游戏规则，再玩游戏。"这里的"游戏规则"，是指合乎法治精神的一整套法律和制度，对公权力而言这是不可动摇的"底线"。在此游戏规则之内，人的主观能动性可以尽情发挥，只要不越轨，"英雄"大可创造出一些新的游戏规则。就像有的评论者所言，影片中把这套人生哲学玩得最溜的是郭富城扮演的角色，他巧妙地利用廉政公署对警队施压，一步步设套引出幕后黑手，这一切都在法理之中，没有丝毫逾越。这样的情节设计，实际上在一定程度上回答了城市运行中法治与人治的关系。

借助警匪冲突的场景，《寒战》为法治精神唱出了一首赞歌，作为香港法治精神的故事样本，它于当代中国当更有现实价值，对今日之香港和内地城市的精神塑造依然具有启迪意义。要知道，"钢铁森林"绝非现代人的理想栖息地，摩登大楼的外表之下，共同体必须提供一种让人共同分享的核心价值观。捍卫、守护这种价值观，是每一个共同体成员的神圣职责。

仁慈的法治

最近上映的影片《烈日灼心》，让我联想到了被成功激活的特赦制度。当被卷入强奸杀人案的罪犯，带着罪疚感以一个"好人"的角色生存于世时，我们该如何对待他？被注射死刑之后，罪犯归案伏法似乎并没有给我们带来理想的结果。不妨设想一下，如果在古代这种死刑的个案获得皇帝的赦免，其结果是否更合乎我们的情理预期呢？

影片在刻画理念冲突方面，并没有超出根据小说《悲惨世界》改编的电影，而在现代法治的追求者心中，实际都有一个挥之不去的"冉·阿让"。这种法与理的纠结，我以为恰是特赦制度存续的正当性所在。

一直以来，对于要不要启动特赦制度，总是存在两种截然相反的观点。令人奇怪的是，无论是赞同者还是反对者，论辩的根据都是法治。只不过反对者更侧重于"形式法治"因素，而赞许者则援引"实质法治"价值。"形式法治"更强调法的一体遵循和严格实施，坚决反对"法外开恩"，这对时下正在厉行法治的中国而言具有更特别的现实正当性。但是，法既然是一种规则，其运行过程中就难免会有例外情况。如何防止例外情况侵蚀法作为规则的安定性，避免破坏规则在人们行为心理上的预期,的确是法治的一个难题。

从立法技术上看,法律的条文无论如何精美,总是难以预料到一些极其特殊的情境,尤其是出现依法当罚、依情可宥的情况,而采取类似特赦的制度,便能弥补一断于法的刻板与呆滞,以合乎实质法治的精神弥补形式法治的不足。英国学者特纳指出:"长期的经验表明,人类的预见不可能构思出、人类的语言也不可能表达出一个完善无缺的立法规则,因此,赦免权对于明智的刑事司法行政是绝对必要的一种权力。"(特纳,《肯定刑法原理》)

在实质法治者看来,特赦是对法律过于僵硬状态的一种补救,它能弥补制定法之不足,救济法治之穷,缓和刑罚严苛。汉密尔顿曾指出,普通法的传统不仅是公正的法律,也是仁慈的法律。必须承认,有时法律可能过于严苛,这可以借赦免予以调和。例如英国1884年的Regina v. Dudley & Stevens案,就像"洞穴奇案"一样,被告在船沉后快饿死的情况下,吃了即将死去的一个人,最终因谋杀而被判死刑,但随后马上被赦免。这就是波斯纳所谓的"特事特办",依法定程序进行赦免既保留了法律规则的颜面,又化解了我们在规则上如何界定"合乎情理的吃人"的法理和道德困境。

特赦制度针对国家刑罚的执行,以一种例外而又合乎宪法的方式,矫正了行刑中的严格法定主义与特殊境况下的自然法冲突,从而使得现代国家法治呈现出一种"规则加例外的结构"。由此我们也可以说,宪法上的特赦具有曲线救"法"的功能,它避免法定主义与例外情况的尴尬,弥合形式法治与实质法治的裂痕,追求法律与人情的统一。所以在笔者看来,现代特赦制度体现出法治的"仁慈"品质,它在不动摇法治普遍原则的基础上,去关照那些特殊境况下的个体,以一种合乎法治的程序照亮形式法治的灰暗角落,并投射出可贵的"仁慈"之光。它将陷入困境的法律规则从道德质疑的绝境中挽救出来，其真实的意图是在追求一种"仁慈的法治"，而非破坏法治。

当然，追求一种"仁慈的法治"，同时意味着法治中注入了道德的价值，其可能带来的风险便是形式法治者深度恐惧的主观判断问题。现实中，对罪犯的特赦也容易触动社会公众的敏感神经，引发各种担忧和顾虑。即便是在法学界内部，也存在特赦突破法治风险的担忧。这一切，都与特赦本身能否以法治的方式运作密切相关。只有通过严密的程序设计，通过充分的审议、理性的司法和民主的监督，在透明的程序中防止特赦制度变形歪曲，才能达成其"仁慈的法治"的目标。

好莱坞电影中的宪法精神

我和爱人都喜欢看电影，看得多了，爱人总结出一个"规律"：好莱坞的电影里，最大的幕后黑手往往藏在政府内部，最后还得依靠个人英雄力挽狂澜；相反，国产电影里政府则是最后的"救世主"。两国影视中刻画的政府形象如此截然不同，反映出人们对于政府的认知差异。在美国，藏污纳垢、坏人当道、政客的丑恶嘴脸与两套面孔，或许是他们对政府的直观印象。

其实，支配好莱坞电影的背后逻辑，乃是美国最坚实的宪法精神。虽然美国人很不愿意为他们的宪法找一个统一的"指导思想"，但谁都不否认，有一种内在的一致性逻辑，深刻影响着当初制宪会议的各项议题，最终体现在一部成文宪法之中，并且支配着美国200多年来的法治实践。这种逻辑就是对政府的怀疑。防火防盗防政府，这就是美国宪法的精神。

这种精神，是如何在好莱坞影视作品中得到体现的呢？不妨以前不久上映的《暴力街区》为例。这部翻拍自法国电影《B13区》的动作片，除了以已逝好莱坞明星保罗·沃克为宣传噱头，感观上也不乏酣畅淋漓的激情要素，诸如跑酷、复仇、阴谋、特种人种等，全方位地满足观众的口味。在"好看"的前提下，影片才可能成功地"软植入"宪法精神：跑酷的力诺桀骜不驯，一心想复仇的警察达米安充满正义感，黑帮老大特里梅因则奉行丛林法则。当围绕三者间紧张冲突而展开的情节推演至"文明"的市长那里时，剧情逆转，手握公权的人原来不是要拯救毫无法律秩序的暴力街区，而是要借助正义的警探，将法治文明外的这块"荒地"彻底消灭干净。那些生活在暴力街区里的人，被政府彻底抛弃了。看到这里，很容易想到孟德斯鸠的一句话："没有比在法律的借口之下和装出公正的姿态时所做出的事情更加残酷的暴政的了。"（孟德斯鸠，《罗马盛衰原因论》）

影片的叙事风格延续了好莱坞的一贯模式，让怀疑公权的宪法精神不断彰显，深刻影响着观众的思维和判断。讽刺批评政府，张扬捍卫自由，向来都是好莱坞电影的一大主题。凡是涉及政治、间谍与打斗的美国大片，几乎百分之九十以上的剧情都是批评、攻击政府，揭露美国警察局、FBI、CIA等部门的黑暗和丑陋。而美剧之所以风靡全球，成为当下年轻人热捧的流行文化，也是因为它宣扬自由价值，提倡质疑精神，反对主流权威。

这样的文化理念，契合了美国宪法的哲学基础。其宪法是以人性恶为前提，自然状态或原始状态下的人的权利无法得到保全，所以需要建立政府；政府也因为人性恶而呈现出扩张的倾向，所以人民创制宪法成立政府，并通过宪法保持对政府的控制与监督。正如潘恩所说，"一国的宪法不是其政府的决议，而是建立其政府的人民的决议"（托马斯·潘恩，《人权论》）。宪法在诞下政府之后，就成为政府的终身监护人，时刻提防他学坏变坏，干出"弑母"这样大逆不道的事来。所以在美国人的心里，政府乃是"免不了的祸害"或者"必要的恶"，电影反复宣扬这一主题，就是让人民保持对掌权者的怀疑。

有人说，美国政治是"双城记"，一城是华盛顿特区，一城是好莱坞影城。此言在文化的意义上不虚。华盛顿提供权力与政策，好莱坞则供给理念与价值。从好莱坞这些政治题材的影视剧看，美国可能是世界上最热衷于批判自己政府和体制的国家；这样做的目的，并不是鼓励人们去摧毁政府、摧毁国家，而是引导人们避免盲从、懈怠和堕落，提醒人们时刻保持对政府理性而清醒的认知，最终目的是强化美国的自由、民主和宪法价值，让政府丝毫不敢懈怠。事实也证明，类似给政府抹黑的影视文化，反倒能够让美国政府赢得民众的信任。

文化说到底是为了整合人心、塑造现实。在美国内部，好莱坞构建了美国宪法上的"共同体"，通过电影这种流行文化，将不同种族、来自不同国家、有巨大内部差异的移民社会整合、凝聚为"美国人"；面对外部，好莱坞不断建构美国的形象，传播美国的核心价值。"一个国家的电影比任何其他艺术形式都更直接地反映出这个民族的心态。"（齐格弗里德·克拉考尔，《从卡里加利到希特勒——德国电影心理史》）好莱坞影视作品避开直接描述宪法的生硬套路，选择将宪法精神融入盛行的消费文化当中，使民众对宪法精神有了更直观、更生动、更形象的认知，这一点或许值得正面临法治文化障碍的中国好好学习。

每年的12月4日，虽然各种有关宪法主题的宣传活动精彩纷呈，但我很想找到一部蕴含中国宪法精神的影视剧来看，而不是走在街上去被动地接受别人散发的宪法传单。让人民主动接触宪法、感知宪法、体验宪法，让宪法精神流淌在文化的血液里，这是一个法律人对宪法日的期待。

《流浪地球》中的世界公民观

2020年的春节档,被誉为中国首部硬科幻的《流浪地球》口碑炸裂。气势恢宏的故事设计,突破天际的科幻想象,加上荡气回肠的细节叙事,让这部落入拯救世界末日"俗套"逻辑之中的影片,依然吸引了全球大批观众。很多观众发现:与好莱坞科幻大片不同,拯救地球不只是美国一家的事,这次是中国人在危急关头带领全世界参与救援行动,展现出全球合作共同抵御星球危机的愿景。正是在这一点上,有外媒认为电影体现出中国人不同于西方人的价值观念。

也有评论认为,电影在传递价值观上,大大压缩了原著的表现空间。在刘慈欣的小说《流浪地球》中,人物角色原来的种族、国家属性是被淡化的。但无论表现的充分与否,《流浪地球》无疑是在"人类命运共同体"的价值视角下展开叙事的,其传递的正是一种崛起于互联网时代的"世界公民观"。

曾几何时,公民的含义被界定为"具有一国国籍的人",这种形式化的定义,抽空了公民最为本质的精神———一种超越地域和种群的人性与担当。为了争取所谓的"公民权",人类将自己的同类作为假想敌人,在自己构筑的利益藩篱中展开你死我活的争夺。然而，在地球毁灭这样的灾难面前，人性的复苏让我们感到共同体的价值所在。

人类历史上，每一次自然灾难都是对人类文明的检阅。生命在瞬间被吞噬，家庭在巨浪间被击碎，人类在自然面前犹如哲学家帕斯卡尔所说的芦苇，脆弱不堪；但人类并没有被击垮，反而在应对灾害中结为休戚相关的文明共同体，道义良心得以矗立不倒，世界公民的意识越发强劲。面对地球毁灭的生存危机，人类之间的怨隙乃至国界、种族都显得微不足道，一种超越各种隔阂的共同体价值自然彰显。此刻，一切的纠结和仇视都被抛下，所有的心结都显得卑微，来自不同方向的祈祷构筑起的人类文明光环，足以冲破阴霾、普照世界。实际上，这不仅是灾难科幻片中的人性预设，也是实践生活中的体验。

梁启超曾写道："余自先世数百年，栖于山谷。族之伯叔兄弟，且耕且读，不问世事，如桃源中人……曾几何时，为十九世纪世界大风潮之势力所簸荡、所冲激、所驱遣，乃使我不得不为国人焉，浸假将使我不得不为世界人焉。"（梁启超，《夏威夷游记》）他虽身负拯救民族国家的使命，却依然能够胸怀四海，做"世界公民"。今天，我们早已告别"桃源中人"，全球化拉近了彼此的物理距离和心理距离，"国人"也是"世界人"。虽然很多场合，我们还会被国家、民族、肤色、语言、信仰等标签所包裹，但灾难让我们抽掉所有附加的标签，重归人性之美。

在哈佛大学 2017 届毕业典礼上，Facebook 创始人马克·扎克伯格在演讲中提到一项调查，世界各地的"80 后""90 后"被要求选择自己认同的身份，最流行的答案不是国籍、宗教或种族，而是"世界公民"。其实，"世界公民"并不是一句乌托邦式的口号，其有着深切的人性根基，充盈着干净而无杂质的原始情感，呼唤守望相助的担当精神。做"世界公民"也并不代表我们要抛弃自己的根,相反要像胡适所说的那样,"超越狭隘的国家主义,同时深深爱着自己的国家和文化"(胡适,《民主与极权的冲突》),也像扎克伯格所说的那样,"建立起一个连接的世界,先从本土的社群做起"(扎克伯格 2017 年哈佛毕业演讲)。

  《流浪地球》的想象力可谓天马行空,但归其根本仍在讨论"人"自身的哲学命题。细细回味,从中或许不难感悟到:每一代人都在扩大我们认同的"自己人",只是在这个充满傲慢与偏见的世界上,人们对"自己人"的定义方式各不相同。

从《疯狂动物城》反思人类的动物权利观

热映的迪士尼动画片《疯狂动物城》,以人的视角建构了一个反常识的动物大都市:柔弱的兔子可以当警察,狡黠的狐狸也能做良民,细小的鼩鼱可以当教父,温顺的绵羊反倒成了幕后黑手。这种挑战人类认知习惯的剧情设计,实则传递出一种反歧视的权利观:动物同人一样,没有三六九等,它们需要被尊重、被保护,每个个体都有被平等对待的权利。

影片里的动物世界终归是乌托邦,但足以引发人类的反思:我们一直看待动物的视角是对的吗?我们一直对待动物的方式是正当的吗?在这个人类主宰的世界里,动物难道仅仅只是被宰割的客体?近年来,从"虐猫""虐狗"到"活取熊胆"等,各种虐待动物的事件频发不绝,严重侵蚀着我们的人性基础。而在这部影片中,仿照人类规则所勾画的动物世界,在提醒我们究竟应该如何与动物相处,如何与我们自己相处。

一直以来,出于对"人"权的极度维护和对"兽"权的长期漠视,人们很难从法律上接受动物的"权利"概念,也很少考虑过动物在法律乃至生命意义上的"平等"。后来,在生态平衡的价值主导下,人类才开始慢慢意识到,从法律上保护动物不仅仅是显示爱心和体现文明的"装饰",更是关怀自身生存发展的迫切需要。1822 年,人类第一部"反对虐待动物法案"在英国诞生。此后,法国、爱尔兰、德国等 100 多个国家都相继出台了"禁止虐待动物法案"。

我国动物保护立法比较滞后,一个重要原因是缺乏一种理直气壮的动物权利观。1988 年制定的《野生动物保护法》,虽然经过两次修订,仍只是保护某些有"身价"珍贵动物的"不平等"动物保护法,家养动物、畜牧动物、实验动物很难享受到这一立法的恩惠。许多人仍将动物置于人类中心主义下的次级支配物,或是将"动物是人类的朋友"作为彰显怜悯之心的口号,不能从生命体意义上认识立法平等保护动物的深意。立法保护的缺位和认知的落后,使得人类对自身的残忍行为缺乏救赎:黑熊被硫酸泼面,老虎被拔光牙齿,数万宠物狗被实施"忍气吞声术"残忍地割去声带……

今天我们之所以选择法治,乃是因为法治蕴含着权利的平等精神,法治折射出人类自我反思的理性品质。《疯狂动物城》告诉我们:动物亦不该受到歧视,立法保护动物不应区分三六九等。在全国"两会"上,有政协委员提案呼吁制定反虐待动物法。实际上,在对待动物的态度和方式上,我们应当寻求更平等的立法,制定一部完整的动物保护法,尽可能保护所有的动物不受虐待。而支撑这种立法的社会价值,在于从反思中厘清人类应当具有的动物权利观。不是怜悯,更非矫情,而是从生命的初始价值出发,即便在食物链上无法摆脱彼此之间吃与被吃的关系,也不意味着人类可以凭借自己的"智能",去奴役动物。

人类最宝贵的能力在于反思,反思激发出人类的文明进步。在这个意义上,《疯狂动物城》决非观感层面的趣味影片,其主题设计包含了电影人立基于理性立场,对传统人类动物观、权利观所作的反思。其借助电影的艺术,引发了我们普罗大众的反思:我们所习以为常的思维、观点、方式，我们所引以为豪的力量、文明、智慧，是否一定就是善的？在这个世界上，从来不是只有人类自己。或许，我们从来没有走进动物的内心世界，但生存在同一个世界上，人类最终需要面对自己与其他物种之间关系：我们究竟凭什么对它们享有权力？这种权力的边界又在何处？

后　记

整理完这本书稿，内心更加忐忑不安。这些文字既非字字珠玑，更非黄钟大吕，充其量只算是个人的所思所想。虽然都已在媒体上发表，也或许折射出转型期法律人的一些困惑与期许，但真要汇编成集出版，便免不了担忧：散漫的主题会不会缺乏主线？陈旧的话题是否还有新意？对法治的理解是不是肤浅？

最终战胜这种"不自信"的，还是对法治的热情体验。记得当初选择法律可谓误打误撞，但我真正对法律发生兴趣，则缘于读到那些充满激情的法学随笔。篇幅不算长，理论不算深，信马由缰的文字却深埋着"火种"，启蒙着我的法治观。在建设法治的新时代，这样的启蒙仍然任重道远。我希望自己的文章，也能激发一些人对法治的兴趣。

伴随着新世纪的曙光，一个从江南小村撞入法学殿堂的年轻人，用火一般的热情投入写作当中。经历过咬文嚼字的苦楚，体验过石沉大海的煎熬，也品尝过印成铅字的兴奋。从 2001 年开始撰写法律评论，至今已近二十年。这段时期，恰逢中国时评文体风涌崛起，迎来媒体时评市场的急剧扩张。那些稚嫩的文字，那些鹦鹉学舌的观点，有幸得以面世，从侧面印证了中国舆论对观点与表达的欢迎，也见证了我在法学园地孤寂成长的印迹。

评论本是一种"快餐",最大的价值莫过于"很快就没有价值"。那种单凭在法学典籍中摘录只言片语,就开始"指点江山、激扬文字"的勇气,属于年轻时初入法学殿堂的我们。知识与阅历的积累,终究会让我们明白,当这种简单的法理运用与常识阐发,被一再发生的社会事件所反复运用时,时评作者便失去了批判与表达的终极价值,如同祥林嫂一般只是呻吟着同一句话,变成一种无力而茫然的机械运动。梁文道先生认为,只有一种情况能使时事评论"不朽",那就是你说的那些事老是重复出现。新世纪的头二十年,法律评论所营造的公共舆论不断改变着个案走向,但却很难摘除背后深藏的根蒂。如果没有更彻底的价值再造,缺乏足够通俗化的理论扶植,很多社会问题的发生机制便难以撼动。在一个原本已经足够浅度阅读的时代,着实不敢将那些"老调重弹"甚至重拾牙慧的"快餐品",拿出来为出版界平添一堆废纸。

所以从2008年开始,我闲暇的写作兴趣从法律时评逐渐转移到法学随笔上来。起因是《检察日报》为我开设了一个专栏,虽然篇幅与之前的评论相差无几,但内容不受新闻由头的限制,无拘无束的表达更合乎法律人的趣味。其他刊物也不时约写一些随笔性文章,日积月累也存下来不少。记得刚写随笔的时候,自己还是把握不准,时评的烙印跃然纸上,再度见证了我思想上的浅陋。所以真到了要汇集成册的时候,甄别时评与随笔成为一道难题。我还是作了审慎的区分,尽量剔除了那些言过其"时"的文字。仅此甄别,便与近二十年来发表的千余篇文字做了彻底的告别。

本书的很多内容,于我而言是一种东拉西扯的思想漫游。其中很多话题,都是在与妻子看电影、与朋友吃饭、听学术讲座甚至在下班的公交车上联想到的,它显然算不上严谨的学术论证和推理。

后　记

但在观点的表达上，我极力恪守法律人的理性思维，尽量防止激情与冲动影响到表达的准确性和中立性。因而理性与联想，构成本书诸多随笔文章的主基调。由于这些文章都是"过去式"，虽然在此次整理时作了一些修正，但仍带有太多的旧痕迹和表达上的瑕疵，希望读者能够包容。

无论是在我成长的道路上，还是在本书的结集出版中，都得到众多师友的无私关心和帮助，也离不开诸多媒体刊物编辑的提携与厚爱，在此一并致谢！尤其是知识产权出版社的庞从容等编辑友人，他们对出版法学随笔所倾注的热情令人敬佩，对本书的编校付出也令我感动。

最后，谨以此书作为我一个法学学习阶段的总结，也以此书献给我一生中最重要的三位女性：我的妈妈、妻子和女儿！

2020 年 3 月 8 日
古都　西安